두럭산 숨비소리

두력산 숨비소리

임시찬 수필집

정은출판

| 작가의 말 |

한숨이 웃음보다 훨씬 많았다. 원망스러운 삶의 흔적인 슬픈 역사는 차곡차곡 쌓였는데, 웃음의 역사는 쉽게 지워져 갔다. 슬픈 역사를 지우기 위해 글을 쓴다. 가슴에 안고 묻히면 오염될까 봐, 생전에 정화시켜야 하겠다는 사명감으로 글을 쓴다.

아장아장 겨우 걷는 나의 손목을 잡고 문학회에 데려다 준 벗이 있었다. 가슴이 따뜻한 사람들을 만날 수 있었던 것은 내 생애 최고의 선물이었다. 호랑이가 아니라서 가죽을 남길 수도 없고, 가진 게 없어 주위에 나눠 주거나 자손에 남겨 줄 것도 없다.

나의 살아온 흔적을 남기고 싶다. 훌륭하게 다듬어진 작품이 아니라 투박한 질그릇 같은 체험을 겪으면서 느꼈던 과정을 진솔하게 전하고 싶다. 슬기롭게 마무리 못한 일들을 돌아본다. 더욱 넓게 포용하지 못한 부분을 시인하면서 아프게 생각하고, 해답은 여러분이 찾아줬으면 한다.

앞 사람들의 발자취를 좇아가다 운 좋게 등단을 했다. 작품성보다 흔적을 남기려는 소박한 꿈을 꿀 수 있도록 독려를 해주었다고 늘 고맙게 생각한다. 구슬이 서 말이라도 꿰어야 보배라고 했다. 이리저리 긁적거려 뒹구는 글들을 꿰매도록 독려해 주신 동보 선생님과 양재

봉 작가님의 보살핌은 평생 잊지 못할 것이다.

등단하고 얼마 되지 않아 서둘러 책을 낸다는 게 여간 쑥스럽지 않다. 벼 이삭이 여물고 고개를 숙일 때까지 정진한 후에 했으면 좋겠지만, 살아온 과정이 남보다 앞선 게 별로 없고 늦둥이로 출발했다는 조바심에 욕심을 내어 본다. 내용 중에 독자의 공감을 얻을 수 있는 것이 있다면 큰 영광이 될 것이고, 부족함이 있다면 채워 주시리라 믿는다.

황금 개띠 해 청명 날 수필집 위에 술잔 넘치게 술을 가득 따라서 부모님 묘 앞에 올리고 싶다. 먼 훗날 손주들이 나의 제사상에 올려놓은 수필집을 돌아가면서 큰 소리로 낭독하는 꿈을 꾼다.

미숙한 작품이지만 가슴으로 낳았다. 낳은 흔적이 아직도 아픈 것은 숨기고, 꺼내 놓고 싶지 않은 사연들을 매끈하게 좀 더 세련되게 다듬지 못한 탓이리라.

보다 나은 글을 쓰는 데 정진하겠다는 약속으로 대신하고자 한다.

2018년 정월 대보름날

임 시 찬

차례

3부_ 사십구재

4부_ 환갑 선물

5부_ 아내의 관광 여행

6부_ 방파제

1부

장남의 울타리

큰 구들 앞에서

초가삼간은 중심에 상방이 있고 양편으로 큰 구들과 작은 구들로 구성되었다. 큰 구들 쪽에 칸을 막은 고팡에는 대대로 물려받은 늙은 항아리와 아픈 항아리들이 일용할 식량이 언제 떨어질지 위태로운 모습으로 잔뜩 웅크리고 있다. 떨어진 쌀 한 톨을 얻기 위해 부지런한 쥐들이 죽치고 산다. 작은 구들도 칸을 막아 작은 고팡으로 잡동사니들이 보관되는데 별채가 없는 집은 부엌으로 사용하였다.

큰 구들이라고 해 봤자 세 평도 될 듯 말 듯하다. 그래도 제사, 명절을 지내는 방이고 어미닭이 병아리를 품듯 어머니가 우리 형제 다섯을 품고 키워 낸 방이기도 하다. 내가 초등학교 고학년이 되어 작은방으로 옮아갈 때까지 함께 웅크리고 지냈다. 이불 하나를 서로 당기면서 싸우고 다투면서 울고 웃으며 성장했다.

여름철에는 덥기도 하고 보온이 필요 없으니 상방과 큰 구들에 모기장을 치고 넓게 지냈다. 때로는 마당가에 연기를 피우고 모기떼를 쫓으면서 멍석 위에 누워 이름도 모르는 별들을 헤면서 벗하다가 유성을 보면 소리를 지르기도 했다. 하지만 겨울에는 큰 구들 하나에 식구들이 머리를 반대 방향으로 두고 발도 제대로 펴지 못한 채 서로 포개서 사는 데는 고만한 사정이 있었다.

방바닥을 따뜻하게 하려면 굴묵을 때야 하는데 땔감 구하기가 쉽지 않았다. 겨울 준비한다고 보리 타작 후 까끄라기를 한데 모아 쌓아놓고 소나무밭에 가서 솔잎을 긁어 땔감으로 쓰고 남는 부스러기를 섞어 사용했다. 추운 날에는 지게에 가마니를 지고 나가서 들에 방목된 소와 말들이 고맙게 마련해 준 우마분을 주워 저장했다가 다른 재료와 섞어 구들장을 지피곤 했는데 초저녁과 새벽녘 온도 차이가 심했다.

나는 열 살 무렵 처음으로 굴묵을 땠다. 초저녁 이전에 때야 하는데 어머니는 늦게까지 밭에서 돌아오지 않고 경험이 있다는 친구를 옆에 앉히고 차례에 따라 했는데 어머니가 보시고 잘했다는 칭찬 한마디가 노상 굴묵데기가 되었다.

쥐란 놈도 추위를 싫어하는가? 어느 날 굴묵을 때려고 쭈그려 앉았는데 굴묵 속에서 뛰어나오더니 바짓가랑이 속으로 들어갔고 놀라 일어섰더니 반대쪽 가랑이로 빠져나갔는데, 그때 순간적으로 놀랐던 일을 생각하면 지금도 식은땀이 난다.

처음 잠잘 때는 바닥이 뜨거워서 조금은 느슨하게 잠이 들고 이불도 걷어차면서 이리 뒹굴고 저리 뒹굴며 여유롭다. 하지만 새벽녘이면 아랫목에 서로 부둥켜안고 서로의 체온으로 가족애를 키워 주기도 하고, 이불을 놓치지 않아야 하는 경쟁심을 키워 주기도 했다. 가족 중에 감기라도 걸렸을 때는 아랫목과 이불까지 양보하면서 이마를 짚어 보기도 하고 측은한 눈빛을 주고받으면서 배려와 희생의 정신을 큰 구들에서 배웠다.

방 도배는 지금도 힘든 노동으로 쉽게 손을 대지 못하는 일이다. 그래도 경비를 들이면 전문가가 있어 해결할 수가 있다. 당시에는 가족끼리 집에서 풀을 쑤고 질이 형편없는 도배지를 사다가 도배를 했다. 특히 추석명절이 가까이 오면 창문을 떼어 내어 먼지를 씻어내고 창호지를 정성껏 붙이고는 볕이 잘 드는 마당가에 세워서 말리고 달아 놓으면 온 집안이 훤해 보인다.

어렵던 시절이다. 한꺼번에 집안 전체를 도배하기도 어려워 두세 해에 한 번 하기도 버거우면 더러워져 몹시 너덜거리는 데만 도배를 하기도 했다. 도배지 질이 나빠 색이 너무나 빨리 바래지는 것도 그 시절에는 그러려니 하고 당연시했다.

내가 초등학교 4학년 때 처음으로 붓글씨를 배웠는데 연습할 신문지 구하기도 어려웠다. 어머니가 부엌에서 도배하려고 풀을 쑤는 동안 이왕 도배할 테니까 기회에 벽장을 연습장으로 생각하고 그동안 쓰고 싶었던 먹 글씨를 마음껏 썼다. 편편한 벽지 위에 붓을 마구 놀린다는 게 그렇게 신날 수가 없었다.

풀을 들고 온 어머니가 기겁을 했다. 벽장 도배는 생각도 아니 했고 일부 더러워진 부분 도배만 하려고 했는데, 더구나 먹 글씨 위에 도배를 한다고 해도 당시 도배지로는 비쳐서 안 되는 것을 까맣게 몰랐다. 할 수 없이 벽장에 잘 써진 명필들은 묵은 종이를 떼어내면서 흔적을 지웠고 도배 내내 꾸중을 들었다. 당시에 어머니가 칭찬을 하고 연습할 신문지라도 구해 줬다면 명필가가 될 수도 있었는데 하는 생각이 드는 것은 아직도 철이 덜 든 때문일까.

도배할 때면 다른 곳은 못 해도 꼭 큰 구들 벽장은 추석 때 병풍 세울 자리라고 해서 빼놓지 않고 했다. 집안에서 큰 구들 하면 우리 모두의 둥지이고 조상들이 살았었고 제사 · 명절에는 찾아오는 곳이다. 지금은 방 가운데 상 하나만 오도카니 방을 지키고 있다. 동쪽으로 머리를 하고 누우신 어머니, 오른쪽에는 막내가 왼쪽에는 여동생이, 반대쪽으로 나와 둘째, 셋째 동생들이 서로 껴안고 잠든 모습들이 배어 있다.

동생들이 전부 날아가 버린 둥지에 지금은 주름투성이 할머니지만, 당시에는 젊고 예쁜 아내와 귀여운 세 아이들이 재잘거리면서 자라났다. 어느덧 자라서 전부 날아갔다. 바닥은 보일러이고 벽은 고급으로 치장해 놓았는데 큰 구들은 늘 비어 있다.

큰 구들은 우리 가족들에게 추억이 서려 있는 의미 있는 공간이다. 제사 · 명절 때면 모여들고 어디에 있건 잊지 못하는 곳이다. 어머니 숨결이 배어 있는 곳 아닌가. 자신들이 성장해 온 역사가 방 안 구석구석에 새겨져 있다. 비록 서로 살아가면서 불편한 사이가 되더라도 와서 만나야 되는 곳이다. 큰 구들을 보면서 식구 모두를 손잡게 하는 마법의 성으로 영원히 남기를 빌어 본다.

손주

정유년 붉은 닭 해맞이한다고 야단법석이더니 벌써 입춘이다. 해마다 겪는 일이지만 입춘 지난 추위가 매섭다. 아직도 자고 있는 봄을 깨워 놓고 가려고 진눈깨비와 세찬 바람으로 호통도 쳐 보고 때로는 따뜻한 햇볕으로 달래도 보는 게 아닌가 싶다.

오늘은 읍 소재지 이웃 마을에 오일장이 서는 날이다. 춥다고 이불 속에서 연속극을 보면서 꿈쩍도 하지 않는 마누라를 장구경도 하고, 평 과자라도 사서 입을 즐겁게 해주겠다고 꼬드겨 본다. 그리고 마음에 드는 게 있으면 사준다고 해서 어렵게 동행했다.

추운 날이라 예상은 했지만 장날치곤 조용하고 웅크린 상인이 손님보다 많다. 아내 손을 잡고 묘목을 파는 곳으로 갔다. 사는 사람도 없고 파는 사람도 없고 묘목만 있다. 둘러보니 주인은 다른 가게에서 추위를 피하고 있었다. 우리를 보는 주인아줌마 얼굴에 생기가 돈다.

나는 망설이지 않고 그동안 생각해 두었던 목련 한 그루와 자두 두 그루를 샀다. 실은 지난 장에 구입하려고 했지만 너무 이른 것 같아 조금 늦춘 것이다. 오늘도 썩 마음에 드는 날은 아니지만, 목련 꽃봉오리가 더 굵어지기 전에 구입하려면 더 늦출 수가 없어서 실행을 한 것이다.

눈을 감으면 아른거리는 귀여운 손주들이 다섯이나. 큰아들은 사내애만 셋이다. 마지막은 딸이라는 희망을 갖고 있었는데 또 아들이라 실망을 했다고 한다. 사람 힘이 아니라 삼신할머니 소관인데 어쩔 것인가! 곱게 커 가는 삼돌이가 귀엽기만 하다.

작은아들네는 1남 1녀다. 너무나 이상적인 가정인데 부부간에 풍파가 여간 아니다. 언젠가 조용해질 날이 오겠지 늘 기도를 한다. 2년 전에는 풍파에 태풍까지 겹쳐 여섯 살인 큰애와 기저귀를 떼지 못한 딸애를 두고 며느리가 가출해 버렸다. 작은아들이 출근하면서 집에 데려와서 맡기고 가면 만사 제쳐 두고 어린이집에 보내야 하는 뒷감당을 해야만 했다. 다행히 잘 자라 주었다. 지금이라도 어머니와 같이 살게 되어 한시름 덜어 본다.

결혼 삼 년이 지났는데 아이가 없는 딸을 생각하면 가슴이 먹먹하다. 아이가 임신 초기와 다섯 달째 두 번이나 유산되어 깊은 슬픔만 주고 갔다. 특히 두 번째는 희망이 컸기에 슬픔도 너무나 컸다. 베개를 적시는 딸아이를 진정시키고 사위 눈물까지 보면서 대범한 척 달래며 뒤처리를 해야만 했다. 더 늦기 전에 아기 갖게 해 달라고 해님에게도 달님에게도 부처와 예수에게도 큰 바위 큰 나무에도 두 손을 모은다.

손주들이 태어날 때마다 직접 이름을 지어 주었다. 큰손자는 올해 초등학교 4학년인데 덩치도 소년티가 난다. 늠름하고 어른스러운 게 여간 믿음직스럽지 않다. 이름을 지으면서 집안에서도, 사회에서도 기둥이 되라는 염원으로 '영주映柱'라고 작명한 것은 잘했다는 생각이 든다.

큰아들 둘째와 작은아들 첫째가 올해 초등학교에 나란히 입학을 한다. 손자들의 성장을 보면서 새삼 세월이 빠르게 가고 있다는 것을 실감한다.

마당가에 목련나무를 심으면서 기저귀를 풀고 해맑은 웃음으로 엄마 품으로 가는 하나뿐인 손녀를 생각한다. 세 살에 집에 왔을 때 밥을 먹지 않는다고 호되게 훈련시킨 일이 효과가 있었던지 지금은 가리지 않고 잘 먹는다. 늘 쉬하겠다고 신호하던 손녀가 어느 날 "쉬하고 올게." 하면서 화장실을 가던 모습이 지금도 잊히지 않는다.

목련나무가 자라서 새봄에 예쁜 꽃을 피우면 예쁜 소녀가 되어 할아버지 술잔에 술을 따라주는 모습을 상상하면 절로 입가에 웃음이 번진다. 할아버지가 없어도 꽃을 보면서 고운 모습 고운 마음으로 자라기를 바란다. 고운 감성으로 시를 노래하고 숭고한 정신과 우애와 은혜를 잊지 않는 존경 받는 사람이 되기를 소망하면서 뿌리에 흙이 잘 붙도록 꾹꾹 밟아 준다.

자두나무 두 그루는 올해 입학하는 손자들 몫이다. 언제부터인가 초등학교 운동장에는 세종대왕과 이순신 장군 동상이 세워져 있다. 물론 역대 임금과 장군 중에서 뛰어난 분들을 상징적으로 기리고, 어릴 때부터 꿈을 심어 주기 위한 교육적인 차원에서 정말로 잘한 일이라고 생각을 한다.

입학하는 손자 두 놈 중 한 놈은 훈민정음을 창제하신 세종대왕처럼 부모와 많은 친구, 주위 모든 사람들로부터 사랑받는 사람으로 성장하기를 바라는 마음을 담아 자두나무 한 그루를 정성껏 심었다.

또 한 그루는 이순신 장군같이 맡은 바 책임을 다하며 불의와 타협

하지 않고 정의롭게 그리고 건강한 심신으로 성장하기를 바라는 마음으로 심었다. 왜 하필이면 자두나무를 생각했을까? 자두를 보면서 머리 위로 '사랑해' 하며 양손을 올려 놓은 모습을 연상하면서 결정을 했다.

두불자손을 더 아낀다는 속담이 있다. 모든 할아버지 할머니들은 자식보다 손주를 더 사랑한다. 자식들 키울 때는 사랑을 줄 시간과 기회가 늘 부족했다. 열심히 키워야겠다는 강박관념과 자기가 이루지 못한 꿈과 욕심을 자식을 통해서 대리만족을 얻으려고 다그치고 욕하고 때리면서 키웠다. 자식들은 밥으로 키우는 게 아니라 사랑으로 키워야 한다. 사랑을 먹고 자란 아이가 자라서 주위에 사랑을 주고받게 된다는 것을 한참 나이가 들어서야 알았다.

나무들을 심어 놓고 돌 방석 하여 앉아 커피 잔에 사색 한 스푼 공상 한 스푼 넣고 살며시 눈감고 마신다. 커피 잔 속으로 손자들이 '할아버지' 하며 달려오는 모습이 보인다.

장남의 울타리

집안 대 · 소사에도 보기 힘들게 된 형제들이다. 바다 건너 사는 형제는 그렇다 치고 한 시간도 안 걸리는 지척에 살면서도 오지 않는 형제도 있다. 모이면 어렵게 사는 모습 보이기 싫어서 핑계를 대면서 불참하고, 도와 달라고 할까 봐 피하기도 한다.

나이가 들면 추억을 먹는다고 했다. 내가 태어났을 때는 전쟁 통이었고, 조금 철들었을 때 아버지는 한 동네 안에 다른 가정을 꾸리고 사셨다. 어머니는 이런 아버지의 술주정을 받아 주면서 슬픈 삶을 숙명적인 양 받아들였다. 아버지와 제사, 명절 때 말고는 한 밥상을 한 적이 없다.

맨 정신으로는 집에 오신 적이 거의 없는데도 밑으로 남동생이 셋이고 여동생이 하나다. 지금 시대라면 이혼하고도 남을 상황인데 당시에는 동네 안에 이런 가정이 한둘이 아니었다.

이런 가정 형편 때문에 장남 몫의 울타리가 아버지 역할까지 담당해야 하는 운명을 짊어져야 했다. 어머니를 도와 밭농사를 해야 했다. 어린 나이에 쟁기로 밭도 갈았다. 아버지 역할 형 역할로 동생들도 돌봐야 했다. 각자 놀기에도 바쁜 동생들에게 청소 당번, 설거지 당번, 우물에서 물 길어오는 당번을 시키지 않을 수가 없었다.

그러다 보니 공부 게을리한다고 구박하고 맡은 일 안 했다고 때리고, 어쨌든 껴안고 격려해 준 일이 없는 폭군이 아니었나 싶다. 그럴 수밖에 없었다. 형이 아니라 나에게는 아버지 같은 존재였다고 말하는 막냇동생을 지금도 만나면 정신 차리라고 책망하는 내가 스스로 밉다.

같은 환경에서 자란 형제간에는 뭔가 통하는 게 있었는데 옆에 사람이 하나씩 붙더니 달라진다. 형제간에 질투하고, 싸움하는 것도 평화롭게 지내는 것도 옆에 어떤 사람이 같이하느냐에 따라 크게 달라질 수 있다는 것은 비록 나만 겪는 일은 아닐 것이다.

어머니가 감기에 걸리면 같이 사는 큰며느리가 약을 사다 드린다. 며칠 후 다른 며느리가 시내에서 감기약을 사가지고 와서 드리면 먹고는 이웃에 가서 큰며느리가 사 온 약은 먹어도 낫지 않고 작은며느리 사온 약을 먹고 감기가 떨어졌다고 자랑을 한다. 그 이웃은 또 큰며느리에게 고자질하고 고부간 갈등에 끼인 장남만 짐을 지면서 어려움을 헤쳐 내는 기술을 키워야 했다. 장남이 아니라도 같이 사는 며느리와 시어머니와는 다른 며느리에 비해 살갑지 못한 모습을 이웃에서도 쉽게 볼 수 있다.

형제들이 오랜만에 어머니를 만나러 오면서 효도를 할 때도, "집에 형님과 형수님이 같이 있어 저희가 마음 놓고 일할 수 있습니다. 고맙습니다." 하면 이보다 보기 좋은 일이 없는데, 오히려 효도를 덜 한다고 투덜거린다. 한 번 모시기라도 하면서 편히 못 모신다고 하면 덜 밉기라도 하련만, 그렇게 미울 수가 없다. 그래도 어머니가 살아

계실 때 일이다.

아버지가 돌아가시기 전에 얼마 안 되는 재산을 당신의 의지대로 자식들에게 조상 제사 지내는 책임과 함께 분배하고, 이전등기를 해 놓았다. 그런 일이 불만스럽다고 제사, 명절에도 오지 않고 남처럼 지내는 동생도 있다. 재산 없이 돌아간 부모 밑에 자식 형제들은 사이좋게 지내지만, 그렇지 않은 집안은 형제간이 남보다 못한 경우를 쉽게 볼 수가 있다. 우리나라 재벌 집안도 형제간에 재산 싸움 하는 경우를 보고 듣는다.

우리 형제들도 여느 집안과 같이 초가삼간에 나뭇가지 해다 밥해 먹고, 양푼 밥이 모자라 숟가락으로 금을 그어 가며 먹던 시절이 있었다. 여름날 남긴 밥이 상하면 당원 몇 알 넣고 쉰다리라고 천연요를 만들어 먹었다. 마당가에 멍석 펴 놓고 모기가 오지 않도록 쑥으로 연기를 피우면서 밤하늘의 별을 사이좋게 세다가 잠이 들었다.

동생들이 성장 과정에서 형이 울타리가 되어 고생하면서 도와준 것은 망각하고 섭섭했던 것들만 기억되는지 거리를 두려고 할 때면 여간 섭섭하지 않다. 원망스럽기까지 하다. 어머니와 동생들을 뒤로하고 부산으로 나오라는 친구의 부름도 마다했다. 내가 아니면 더 어려워질 것이라 떠날 수가 없었던 시절이 후회된다. 차라리 나가서 자수성가하고 돈 보따리를 안겨 주는 형이 되었다면, 존경받으면서 살 수도 있었을지 모르는 일이 아닌가 하는 생각이 들 때도 있다.

장남의 울타리는 어디까지인가, 나도 손자들을 보는데 언제까지 짐을 져야 하는가! 각자 편할 때는 형이고 장남이고 관심도 없다가 필요할 때는 의무를 묻는다. 내 대代에 끝나는 것도 아니다. 대대로 나의 첫자식 손자들이 짊어지고 가야 할 운명이다. 옛날 사람들은 왜 장손 가지를 중요하게 생각을 하고 장손을 위해서 희생도 마다하지 않았을까? 기둥이 든든해야 집안을 지킬 수가 있고 융성할 수 있다고 믿었던 시절, 옛날의 장남 그런 시절의 장남이었으면 좋겠다.

먼저 태어난 죄로 고생한 것도 사실이지만 온 가족의 사랑과 보호도 많이 받을 수가 있었다. 특히 이웃에 살았던 할아버지와 함께 잠자리할 때면 늘 그래 왔는지 내가 갔을 때만 그랬는지 모르지만, 할머니는 할아버지와 머리를 반대로 하고 주무셨다. 할아버지가 '우리 손자 꼬치가 얼마나 컸나!' 하고 잡을 때 나도 재빠르게 할아버지 팬티 속으로 손을 집어넣으면 할아버지는 '예끼!' 하면서 얼른 손을 놓으셨고 할머니는 즐겁다고 웃으시던 모습이 엊그제 같다.

고생한 생각만 하고 넘치게 받은 사랑을 나눠 주는 데 그동안 인색했던 것은 아니었는지 내가 주고 양보할 수 있는 것은 없는지 다시 한 번 살펴야겠다.

유일한 벗

나의 유일한 벗이다. 철들고 지금까지 배반하지 않은 벗이다. 처음에는 반아 주기 싫었다. 아버지의 나쁜 친구였기 때문이다. 아버지와 같이 어울리는 날에는 거의 조용한 적이 없었다. 폭언, 폭력, 기물 파괴 등등. 어머니 눈물의 근원이고 자식들에게는 공포의 대상이면서 세상에서 제일 싫은 표적이었다. 내가 크면 절대 가까이하지 않겠다고 벼르던 게 어느덧 내 곁에서 너무나 가까운 벗으로 자리를 했다.

성세기 해변, 지금은 여름철 해수욕객으로 북적대는 해수욕장으로 변모를 했지만, 예전에는 멸치 후리는 소리 근원지인 멸치어장이었다. 저녁에 해가 지면 풍선에 후릿그물을 싣기 시작한다. 엄청난 그물을 가득 싣고 바다 가운데로 나아가 대기한다. 뒤이어 닻배가 뒤따른다. 바다에는 어둠이 깔리고 지도자들이 타고 있는 당선에서 신호가 떨어지면 후릿그물을 깔기 시작한다. 한쪽은 고기가 나가지 못하도록 해놓고 한쪽은 고기가 들어오도록 열어 놓는다.

고기가 들어오면 닻배에서 그물 끝이 연결된 로프를 이용해서 들어온 입구를 막는다. 기계가 아닌 인력으로 로프를 감아 돌린다. 젊은 이들 몫이라 쉴 틈이 없다. 밤새 돌리고 나면 기진맥진하고 멀미기까지 더해 제정신이 아니다. 여명이 밝아올 무렵 그물 안에 갇힌 멸치

떼가 팔딱거리는 것을 보면서 피로를 잊는다. 때로는 오징어가 보일 때도 있다. 작업이 끝나면 조반이라고 보리밥에 된장뿐이다. 식초를 넣은 된장에 펄쩍 뛰는 각제기 머리를 자르고 껍질을 벗긴 다음 듬뿍 찍어서 보리밥과 함께 한입에 넣으면 세상에 이보다 더한 맛깔이 없다. 그야말로 일미다.

후릿그물을 백사장에 널어놓고 터진 곳을 손질하면서 배운 것이 지금까지 유일한 벗이 되었다. 처음에는 못한다고 피했지만 술은 어른 앞에서 배워야 한다면서 반강제로 먹게 했다. 어쩌면 어린 나이에 술 먹고 실수하면 볼거리가 된다는 걸 기대하면서 장난삼아 먹였다는 것을 나중에야 알았다. 어찌 되었든 이런 연유로 어른들의 보호 아래 술을 시작한 것은 잘된 일인지도 모른다. 지금까지 술로 인한 실수가 별로 없다.

술은 적당히 마시면 약이 된다고 한다. 그렇게 말하는 사람들은 신이다. 어느 정도 경지에 도달하지 않으면 불가능하다. 마실 때의 기분과 장소에 따라 같은 종류의 술이지만 맛이 다르고 취하는 정도도 다르다. 어차피 술은 악마가 준 선물이라고 했다. 순한 양과 사나운 사자와 촐싹대는 원숭이와 지저분한 돼지 피로 가꾼 포도나무에서 포도주를 만들었고, 마시면 차례로 근성이 나온다는데 긍정하는 부분이 있다.

지금도 유일한 벗과 어울리는 날에는 가끔 실수할 때도 없지 않지만, 젊은 날과 비교할 바는 아니다. 주는 대로 마시고 밖에 나와서 전봇대를 무슨 애인인 양 의지하고 욕구를 배설하는데 어렵게 얻어먹은 저녁까지 반납한다. 위로 들어간 것은 밑으로 나오게 설계가 된 몸인데, 위로 들어간 것을 위로 나오게 하는 것은 위반 행위이다. 잘못했다고 눈물 콧물까지 동원을 한다.

전봇대 혹은 화장실에 반납하고 새로 시작하는 술맛은 먹어 본 사람만 안다. 비록 다음 날 고생은 하지만, 그러나 지금은 해 볼 용기가 없다. 군대 휴가 나와서 술 먹고 실수 한 번도 안 했다면 그도 신에 가까운 사람이다. 군화를 신고 취해서 길 가운데를 통제를 했다. 감히 겁 없이 지나는 사람의 구덕을 차 버렸는데 하필이면 제삿집 가는 떡 구덕이다. 길에 널린 하얀 떡을 보면서 너무했다는 생각이 드는데 난데없이 고무신을 벗어 들고 뺨을 때린다. 정성스레 제삿집 가던 노인네 정신 차리게 해줘서 고맙습니다. 죄송합니다. 고개를 숙였다.

새해를 술로 시작하고 연말도 술로 끝낸다. 시작할 때는 그래도 짧게 하지만 끝낼 때는 무엇이 그리 아쉬운지 지루하게 끌어간다. 젊은 날의 술에는 그래도 개똥철학도 있고, 뻥뻥 큰소리치면서 당장 이룰 것 같은 허세도 있고, 위세당당한 어깨로 신작로를 보무도 당당히 활보했다. 남의 이야기를 들으려 하기보다는 내 이야기만 들어 주기를 바라고 거슬리면 폭언도 마다하지 않았다.

유일한 벗도 나도 세월 따라 많이 변했다. 전봇대 곁에는 가지도 않지만, 밥맛 돕기 위해 반주로 때로는 잠 안 와서, 피로해서, 외로울 때, 아내 또는 자식 때문에, 이웃이나 동기간 때문에, 때문에, 때문에…. 유일한 벗과 가까이할 핑계는 많아서 좋다. 그러나 나이가 들수록 혼자 하는 날이 많아진다. 조용한 게 싫고, 슬퍼지려고 한다.

술은 양면의 얼굴이다. 그중에 장사하는 사람 또는 상대방을 이용하려는 사람들이 영리하게 필요에 따라 술을 사는 기술을 본다. 술이 마음을 비추는 거울이라는 것을 이용해서 취중 진담을 낚으려는 것이고, 필요한 것을 얻으려는 것이다. 이럴 때면 술은 약 중의 으뜸이지만 백 가지 독의 근원이라는 선인들의 말씀이 생각난다.

술은 사랑을 싹 틔우는 우유다. 술이 없는 곳에는 사람도 없다고 현혹적인 예찬을 한 예술가들의 이야기에 너무 귀를 기울여선 안 된다. 선인들의 생략된 말 속에는 분수에 맞도록 하라는 것이다. 이제 올 한 해도 저물어 간다. 폭탄주 들고 '건배, 원 샷' 하는 소리가 들린다.

주위 시끄러운 일에서 떠나 조금은 쉬고 싶다. 반백이 자꾸 그리하라 한다. 나의 유일한 벗은 소주 2홉이다. 안에는 일곱 잔이 살고 있다. 오순도순하지는 않다. 늘 찬성 석 잔, 반대 석 잔 될 때가 많다. 그래도 나머지 한 잔이 중심을 잡는다. 항상 현명한 답으로 양쪽을 화나지 않게 하면서 정리를 한다. 항상 2홉을 유일한 벗으로 살아갈 것이다. 만약 4홉 이상과 어울리게 되면 갈팡질팡할 것이고 중심 없는 어른이 될까 두렵다.

추석날 새벽에

새벽 두시다. 두 살배기 손녀가 보채는 울음소리에 잠이 깨었다. 추석 차례상에 올릴 제수를 준비하면서 남은 음식으로 저녁 식사를 할 때, 손주들이 다퉈 가며 따라주는 소주에 얼큰해서 잠이 들었는데 손녀의 보채는 소리에 그만 잠이 깬 것이다.

젊은 날에는 늦게 자고 일찍 기상하는 게 고역이었는데, 언제부터인가 저녁을 먹고 9시 뉴스가 끝나기 전에 졸린다. 새벽에 잠이 깨는 것도 습관이 되었다. 부부간에도 자고 깨는 습관이 다르고 연속극을 고집하는 아내와 뉴스를 고집하는 내 취향이 달라서 방을 따로 한 지도 꽤 되었다.

옛 어른들이 부부간에 방을 따로 하기 시작하면 정이 그만큼 멀어진다지만, 서로 배려하는 차원에서 떨어져 자는 게 이젠 익숙해졌다. 오히려 같이 자는 게 불편하다. 제사, 명절 때면 불편해도 부득이 같이 자야 한다. 방은 여러 개 있지만, 방마다 큰아들네, 작은아들네, 딸네 주고 나면 별도리가 없다. 하기야 따로 자려면 가능하지만, 자식들에게 그런 모습을 보여 줄 수는 없다. 자식들도 "오늘은 우리가 효도하는 날입니다." 하면서 웃는다.

부인도 잠이 깨서 손녀가 우는 소리를 들었다. 명절을 진두지휘하는 부인은 깊은 잠을 이루지 못한 듯했다. 우는 소리를 들으면서 자식들 키우던 생각이 나고, 이런 날이 아니면 두 부처만 덩그러니 있는 집이다. 무릎을 세우고 연속극이나 보면서 마당에서 감나무와 석류나무가 주고받는 이야기가 창가에 들리는 듯 조용하고 적막한 집이다. 추석날 새벽에는 작은아들의 딸애가 2시에 울고, 큰아들네 방에서는 새벽 4시 절간 종과 함께 세 번째 손주가 울어댄다. 큰아들네는 위로 아들 둘을 낳고 딸을 은근히 바랐지만, 또 아들이라 실망을 했다고 한다. 이제 세상이 많이 바뀌어 딸딸 하지만, 역시 든든한 건 아들이라는 생각에는 변함이 없다. 나는 역시 옛날 구닥다리인가 싶다.

젊은 날 자식들 키울 때 더구나 소주 한잔하고 잠을 자는데 자식들이 울어대면 달랠 생각은 않고 짜증을 부렸다. 그때마다 부인이 달래고 잠재우는 기술이 탁월했는데, 역시 우리 며느리들도 이에 못지않은지 금방 보채는 소리가 사라지고 부인도 잠이 들었다. 깨어 있는 건 나와 마당가를 서성이는 강아지뿐이다. 천장을 보면서 자식들 키우던 시절을 돌아본다. 넉넉한 게 하나도 없었다. 아이들은 천진스럽게 웃어 줬고 큰 병치레 없이 잘 커 줬다.

잘해 주지는 못하면서도 내가 이루지 못한 꿈을 이뤄 주기를 바랐다. 자식들을 통해서 대리만족을 얻으려는 욕구 때문에 얼싸안고 달래 주기보다 차갑고 조금은 혹독하게 다뤘던 날들이 후회스럽고 미안하기만 하다. 모두 가정을 이루고 자식을 키우면서 별 말썽 없이 살아가니 고맙기만 하다.

살아가면서 다투거나 어려운 일도 많겠지만, 부모에게 들키지 않으려 노력하는 모습들이 대견하다. 명절 때면 어머님 생각이 난다. 이런 모습을 간절히 보고 싶어 했던 어머님! 그나마 이제 혼령이 되어 명절에 오신 어머님이 보고 계신다고 믿는다. 그리고 함께 오신 조상님께 저의 자식들과 일가를 이루고 맥을 이어 가는 모습을 자랑하고 싶다.

문득 잠들기 전에 큰손자에게 할아버지하고 같이 자자고 했다가 거절당한 생각이 난다. 태어난 지 엊그제 같은데 올해에 초등학교 입학했다. 곱게 자라서 학교에 간 것을 보면, 자식 손목을 잡고 입학시킬 때보다 더 대견스럽다. 옛날보다는 훨씬 위험하다는 환경에서 주위와 잘 어울리면서 성장할 수 있도록 조상님께 기원한다. 선거를 통해서 부반장에 선출되었다는 소식을 듣고 조금은 안심이 된다.

젖먹이 때 가끔 집에 오면 기저귀도 갈아 주고 젖병도 물리고 보채면 재워 주고, 할아버지가 보이지 않으면 울던 손자다. 이제는 같이 자는 것을 거절하고, 부모와 자겠다고 하는데 조금은 섭섭하지만, 성장해 가는 과정이라고 자위해 본다. 언젠가 부모와도 떨어져 자겠다는 날이 오겠지.

행인들 발걸음 소리에 강아지 짖는 소리가 들린다. 금년도 추석날 아침이 산뜻하게 어김없이 밝아 온다. 이제 차례상을 차리고 손자들이 하나둘 일어나면 우리 동네에서 제일 시끌벅적한 명절을 준비해야겠다. 부복할 때는 어린 손자들도 함께 부복해서 잘 보살펴 주시는 조상님께 인사도 드리고, 앞으로 계속 잘 인도해 주십사 하고 빌어야겠다.

집안에서 하는 일마다 웃음으로 마무리할 수 있도록 해 주시고, 남에게 피해를 주는 일 없도록 하고 체면 지키는 일과 건강을 지키는 일도 도와 달라고 기원할 것이다. 손자들이 늘어난 만큼 요구하는 것도 많고, 비는 것도 많은 명절이 될 것 같다.

손자가 초등학교에 간다

할아버지 제사상에 숭늉을 올리고 부복했다. 아버지가 첩을 얻어 기거하면서 어쩌면 아버지 마음으로 나를 키웠을 할아버지다. 오죽하면 손자가 자는 방에서 임종하는 순간에 내 제사는 이 방에서만 하라 하고 유언을 남기셨을까. 손자들은 많았지만, 할아버지하고 잠자리를 같이해 본 손자는 나뿐이었다. 어머니가 꾸중하면 건너편에 사시는 할아버지 댁으로 피난을 갔다. 할아버지는 언제나 나의 방어막이 되어 주셨다.

손자가 할아버지가 되었다. 부복하고 마음 깊은 곳에서 염원했다. '할아버지! 오늘 저의 손자가 초등학교에 입학했습니다. 앞으로 우리 집안의 기둥이 되어야 할 첫 손자입니다. 그래서 이름도 가운데 기둥이 되라고 '영주'라고 했습니다. 열심히 배워서 인간다운 인간이 될 수 있도록 인도하여 주십시오.'

내가 공부할 적에 교수가 웃으면서 인생은 나이가 속력이 되어 늙어 간다고 해서 웃었는데 실감이 난다. 태어난 지 얼마 되지 않은 것 같은데 벌써 1학년이 된다고 하니 세월이 참으로 빨리 간다. 감회가 새롭고 언뜻 자라 온 과정들이 주마등이 되고 영상이 되어 뇌리를 스쳐 간다.

2007년 6월 25일은 양파를 출하하는 날이었다. 만생 양파 출하 시기는 계절적으로 무덥기도 하고 장마와 겹쳐 작업하기 좋은 날을 만나기가 어렵다. 한꺼번에 유통 처리를 할 수가 없어서 농민들은 농협에 불만이 많다. 양파 출하 순서에 대한 분쟁을 없애려고, 궁여지책으로 작업을 마무리한 순서대로 출하하는데 오늘이 내 차례다. 아들은 며느리와 아침에 병원으로 가고 나는 며칠 전부터 사정사정하여 구한 인부를 독려하면서 작업을 했다.

20㎏짜리 양파망이 1,000개가 넘는데 일일이 무게를 검사할 수가 없다. 처음에 시범으로 몇 개 실험하고 그것을 기준으로 담는다. 거의 작업을 마무리할 때 농협에서 담당 직원이 왔다. 차에 싣는 중에 몇 개를 추려 무게 검사를 했더니 조금 미달하는 것이다. 전부 재작업을 하라고 한다. 병원에도 가야 하는데 사정을 이야기하고, 전체 물량에서 부족한 만큼 줄이자고 제안했지만 막무가내다. 재작업할 수밖에 별도리가 없었다.

오후 6시 28분 손자를 건강하게 순산했다는 연락이 왔다. 인부들은 가고 실어갈 차량은 오지 않고 여간 초조한 하루가 아니었다. 우리 집에서도 사돈집에서도 첫 손자였다. 모두 기뻐했고, 이 세상에서 누구보다도 잘생겼다고 입을 모았다. 건강하게 자라 주었다. 며칠 보지 못하면 안달이 나서 아들네가 사는 집까지 찾아가서 보고 와서야 일이 손에 잡히곤 했다.

놀이터에 있는 미끄럼틀도 타고 그네도 태웠다. 서낭당 앞에서는 품에 안고 마음속으로 아프지 말고, 무럭무럭 자라게 해달라고 빌기도 했다. 숨바꼭질하면서 찾았을 때 즐거워하는 모습과 찾지 못하면 울던 모습이 새롭다. 자라면서 굴착기를 무척 좋아했다. 장난감도 그런 종류였지만 실제로 작업하는 현장에서 구경하는 것을 그렇게 좋아했다.

추운 날 현장에서 주머니에 손을 넣고 꼼짝도 하지 않고 굴착기 작업하는 것을 지켜보곤 했다. 차 안에서도 차창 밖으로 보이는 굴착기를 세고 있었다. 굴착기에 올라앉았을 때 그렇게 기뻐하던 모습을 잊을 수가 없다. 집 안이 온통 장난감으로 쌓였다. 가끔 데리고 과자라도 사주려고 마트를 갈 때는 미리 장난감은 안 된다고 교육을 하고 간다.

마트에 가면 사 달라고 하지는 않지만 어떻게 장난감 코너는 잘 아는지 가만히 그 앞에 멈추어 서 있다. 또 그렇게 개수가 늘어 간다. 하지 말라는 일은 꼭 골라서 한다. 눈은 할아버지를 보면서도 손은 벌써 해치웠다. 바닷가에서 뒤로 자빠지고는, 고모하고 갔을 때는 미끄러운 곳이라고 가지 말라고 해서 웃기도 했다. 물에 익숙하라고 여름에는 물속에서 놀게 했는데 참 좋아했다. 입술이 파랗게 떨리면서도 나오지 않으려고 해서 애를 먹었다.

아들딸 입학시키고 공부시킬 때는 자식들이 무엇을 좋아하고 잘하는지의 관심보다 아들딸은 내가 이루지 못한 꿈을 대신 이뤄 줄 것을 바라는 마음뿐이었다. 욕심대로 하지 못하는 자식들을 심하게 다룰 수밖에 없었다. 포근히 안아 주고 대화하지 못했다. 어떤 어려움이 있는지 무엇이 꼭 필요한지 몰랐다. 이제 와서는 경제적인 문제 때문에 아침지녁으로 바빠서 할 수가 없었다고 궁색한 변명을 하는 수밖에 없다.

손자가 학교에 간다. 지금까지 잘 자라준 것과 같이 건강하고, 많은 아이와 잘 어울리면서 선생님 말씀 잘 듣는 착한 학생이 되기를 바랄 뿐이다. 요즘 부모들은 유독 실력에 매진하여 공부만 잘하면 된다고 난리법석으로 인격이나 도덕은 뒷전이다. 선생님을 찾아가서 난리를 피우는 일은 우리가 크던 시절에는 상상도 못했다. 이런 세대에 아이들이 무엇을 보고 느끼면서 자랄 것인가?

사회를 아무리 탓해 본들 무엇이 다르랴. 손자가 학교에 가는 것을 계기로 집안에서 먼저 솔선수범하여 말보다 행동으로 교육해야 한다고 다짐해 본다. 부모들도 대리만족을 기대하지 말고 많은 대화를 하고 꾸중보다 격려와 칭찬 그리고 응원을 아끼지 말아야 할 것이다. 오늘도 벽에 걸린 손자의 사진을 보면서 손자에게 부끄럽지 않은 할아버지가 되겠다고 다짐을 해 본다.

하르방 냄새

젊었을 때와 달리 부부간에 잠드는 시간과 깨는 시간이 차츰 달라지기 시작한다. 나는 저녁 식사와 함께 한두 잔 반주라도 하면 9시 뉴스 전에 졸리는데, 집사람은 이때부터 눈이 번쩍 뜨면서 연속극에 열을 올린다. 나는 새벽에 깨어나서 TV를 켜고 보는데 집사람은 한밤중이다. 부부는 한방을 쓰면서 같은 베개를 해야 한다는 어르신들의 이야기를 들으면서 자랐다. 조금은 불편해도 참으면서 견뎌 보려고 했지만, 서로 사랑하고 배려한다는 생각으로 따로 침실을 마련하기로 합의했다.

한 가옥 안에 별채가 있어 남들은 방을 따로 하는데 우리는 집을 따로 해서 잔다. 처음에는 어색했으나 지금은 오히려 잠자리를 같이 한다는 게 더 불편하다. 그렇다고 따로 생활하는 것은 아니고 식사도 일상 모든 의논도 TV도 같이 보고, 대화도 늘 하면서 지낸다. 그렇다고 부부 사이가 소홀해진다고 생각되지는 않는다.

며칠 전에 조반을 차리는 동안 아내의 체취가 남아 있는 베개와 이불을 덮고 TV를 보고 있다가 같이 식사하고 방에서 커피를 마셨다. 아내가 나를 보면서 뜬금없이 하는 말이 하르방 냄새가 난다는 것이다. 그래? 어제는 벗들과 늦게까지 술 마시느라 샤워를 못 했으니 그러려니 하면서도 입으로는 이제 손자가 다섯이니 하르방 아닌가, "하르방 냄새나는 거 당연한 것 아닌가?" 하고 맞받아쳤지만, 마음속으로는 심한 충격을 받았다.

가만히 돌아보면 젊었을 때는 며칠을 씻지 않고 비록 땀 냄새 쉰 냄새가 코를 막게 해도 씻고 나면 싱싱한 냄새로 금세 바뀌곤 했다. 하지만 하르방 냄새는 쉽게 사라지지 않는다. 자신은 익숙해져서 좀체 느낄 수가 없다. 그래도 아내이니 스스럼없이 얘기해 주고 좀 더 단정하게 가꾸라는 희망 사항으로 들린다. 책망이기보다 자기 남편이 늙어 가는 것은 어쩔 수 없겠지만, 덥수룩한 모습보다는 젊어 보였으면 하는 게 아내 마음이라는 걸 알 수가 있다. 그러나 젊었을 때는 더한 냄새도 사랑으로 코가 무뎌져 불평 없이 살았는데 하는 섭섭한 마음도 들었다.

할아버지 냄새가 나지 않도록 해야 손자와 입맞춤이 된다. 냄새 나는 할아버지와 예쁘게 입 맞출 손자가 있겠는가? 내 가족은 그렇다 치고 다른 많은 이들과 가까이하려면 역시 몸에서 싱싱한 냄새는 기대하지 않아도 할아버지 냄새만은 지워야 한다. 몸과 옷과 방 그리고 청소만으로는 절대 지울 수가 없다. 지우려고 하는 정신과 노력이 없이는 절대 할 수가 없다. 나이가 들어 냄새가 조금은 배어 어쩔 수 없다 하더라도 가까이 올 수 있도록 하는 방법을 생각하고 노력을 해야겠다고 다짐을 했다.

나이가 들어갈수록 방 안에 있는 시간을 줄이고 많은 사람을 만나는 것도 한 방법이다. 운동이든, 봉사 활동이든, 취미 활동이든 나이가 들어도 할 일이 있다면 곱게 늙어 갈 수가 있다는 생각을 해 본다. 만나는 모든 사람이 불편해하지 않는 몸과 말과 차림새를 갖추는 노력이 하르방 냄새를 줄여 준다는 이론에서 별반 다를 게 없겠지만, 문제는 실행이다.

어차피 삶은 일과 놀이로 엮이게 마련이다. 하루가 24시간이라는 것은 변함이 없는데 젊었을 때는 일도 많고 돌아볼 일도 많아 시간이 부족했지만, 나이가 들수록 시간에 여유가 생긴다. 그렇다고 그걸 누구에게 나눠 줄 수도 없다. 자연히 지루하고 나태해지고 더구나 젊었을 때는 그렇게 잠도 많더니 잠도 별로 없다. 자고 깨는 게 일정하지도 않다. 젊었을 때는 열심히 일만 하면서 살았다. 노는 것도 놀아 본 사람이 하는 거라 노는 게 서툴고 어색하기만 하다.

며칠 전 신문에서 노인댄스라는 홍보 내용을 보게 되었다. 무조건 문을 두드리고 갔더니 나보다 나이 많은 분들도 수두룩한데 음악이 흐르고 여자 파트너 손을 잡고, 댄스를 배우고 있었다. "옳지! 여기다." 운동은 덤으로 얻는 것이고 파트너 손을 잡으려면 기본 차림새와 몸에 대해서도 깨끗이 하는 게 예의를 지키는 것이 될 것이다. 자연히 하르방 냄새를 줄일 수 있다고 생각했다. 등록해서 다녀보는데 생각보다 이만저만 힘든 게 아니다.

하르방 냄새는 누가 지워 주지 못한다. 샤워하고 이발하고 염색하고 구두를 신는다고 그 순간은 약간의 효력은 있을지 모르지만, 별 효과가 없다는 걸 안다. 봉사 활동을 한다. 아니면 그림, 서예, 사진 찍기 등 여러 가지 취미 활동으로 보람 있는 하루하루를 보낼 수 있다면 몸과 마음과 정신이 새로워지고, 하르방 냄새의 질을 좋은 향수 쪽으로 유도해 주리라 믿는다.

나무가 한창 싱싱하고 푸를 때는 지나던 새들도 앉아서 세상 돌아가는 이야기도 전해 주고 놀다 간다. 그러나 고목이 되면 자주 보던 새들도 그냥 쳐다보면서 지나간다. 인간도 젊을 때는 만나는 사람도 많고 술벗도 많았지만, 나이가 들면 우선 주위에 사람이 없으니 그립다. 나는 안다. 하르방 냄새를 줄이려면 사람들을 찾아 나서야 한다는 걸, 많은 사람과 어울리고 움직이고 웃는 시간을 가지려고 노력하면 젊을 때 싱싱함보다 더 구수하고 인자한 모습의 천리향이 될 수 있다는 걸.

딸 결혼식

2012년 만물이 소생하는 봄날이다. 4월 15일(음 3월 25일) 생소한 마산역전 아리랑 식장에서 딸의 결혼식을 올렸다. 식장에는 신랑 측 하객으로 북적거렸지만, 제주에서 올라온 신부 측은 초라할 수밖에 없었다. 오기 전에 집에서 왁자지껄 요란한 잔치를 먼저 하고 신랑 고향으로 올라왔다. 식장의 꾸밈이나 순서는 별 차이가 없다. 사회자의 진행에 따라 주례가 서고 신랑이 함박웃음을 지으며 입장하여 돌아서서 신부 오기를 기다린다.

드디어 "오늘의 주인공 신부 입장이 있겠습니다." 하는 소리가 들린다. 하얀 드레스에 지금까지 키워 오면서 어리다고만 느껴 왔던 딸이다. 어느 예식장에서 보아 왔던 신부들보다 매우 예뻤다. 작은 손에서 숨이라도 쉬는 듯 가늘게 떨리는 딸의 손을 잡고 피아노 연주에 맞춰 사뿐사뿐 보폭을 맞추며 입장했다.

기다리고 서 있는 신랑의 손을 잡았다. 딸의 손을 넘기면서 나의 딸을 지금 이 순간부터 자네가 잘 보살피고, 사랑해 주게 하는 마음으로 등을 가만히 토닥거렸다. 제자리로 오는데 가슴 밑이 조용히 젖어 온다. 주례가 중심이 되어 진행하는 동안 좋은 말씀은 잘 들리지 않고, 딸의 모습만 오래 담아 두려고 보고 또 본다.

유치원 다니는 오빠는 학교 주변 어묵집 국물은 공짜로 먹는 줄 알았다. 방과 후 집에 와서 여동생 손을 잡고 어묵집에 가서 나란히 국물을 마시던 생각이 난다. 2남 사이에 끼어 중간에서 시달림이나 받지 않나 하고 살피면 아들들은 딸만 아낀다고 투덜대기도 했었다. 취직 후에도 넉넉지 못한 집안 경제에 도움이 되고자 했던 착한 딸이다. 아들들보다 부모 마음을 잘 읽을 줄 아는 딸을 먼 곳에 시집보내지 않고, 부르면 한 시간 이내 달려올 수 있는 곳에 보내겠다는 것이 평소 마음이었다. 그래도 다행인 것은 사위의 직장이 제주라 조금은 위안이 된다.

신랑은 평소에 말수가 워낙 적다. 그러나 모든 것을 긍정적으로 수긍하는 듯 잔잔히 미소 짓는 모습이 보기에 좋다. 이런저런 엉뚱한 생각을 하는 사이에 '그동안 곱게 키워 준 부모님께 신랑신부 인사하라'는 주례 말씀에 따라 신랑 신부가 앞에 와서 곱게 절을 올리는데, 지금까지 꾹 눌러 온 눈물샘이 파도를 치려 한다. 여섯 살과 세 살배기 손주들이 재롱으로 방파제 역할을 해 줘서 겨우 넘길 수가 있었다.

신랑 부모님께도 절을 하는데 절을 받는 사돈 내외는 싱글벙글한다. 신부 부모와 그렇게 달라 보일 수가 없다. 행복한 순간들을 담아두기 위한 촬영을 마치고 폐백을 드리는 순서다. 식장 또 다른 방에 준비되어 있다. 옛날에는 예식 후에 신랑 댁에 초빙되고 양쪽 사돈들이 앉아서 인사를 나누고 취하도록 잔을 권했는데….

사위와 딸이 따라주는 술을 연거푸 마시고 헤어져야 할 시간이 가까이 올수록 가슴속에서는 뜨거운 그 무엇이 누르려고 하면 할수록 밀고 올라온다. 눈가에 촉촉함이 배기 시작한다. 서둘러 사돈님들께 양해를 구하고 따라나서는 신랑 신부도 못 나오게 하면서, 비행기 시간을 핑계로 도망치듯 빠져나왔다. 세상에 무엇과도 바꿀 수 없는 보물을 놓고 가는 듯 섭섭하고, 서운하고 가슴 한쪽이 온통 빈 듯한 마음에 옮기는 발자국이 허공을 헛딛는다.

제주에 도착 후 참석자들을 그냥 보낼 수 없어 저녁을 함께하는데 장남이 거든다. "우리 아버지 울 줄 알았는데 아니 울더라. 고모 시집갈 때는 많이 울었다는데…." 아니 운 것이 아니라 입술을 깨물며 무진 참았고, 손주들의 천방지축을 감독하는 듯한 연기로 넘길 수 있었다는 것을 모르는 모양이다. 왜? 아들 쪽은 웃고 딸 쪽은 울어야 하는가. 많은 생각을 하게 한다.

헤어지면서 사돈께 저는 아들 하나 얻고 사돈님은 딸 하나 얻은 것으로 생각해서 잘 보살펴 달라고 했지만, 어쩐지 손해 본 것만 같은 기분은 숨길 수가 없다. 남녀 평등 사회라지만 가계를 잇고 제사 명절 벌초 등 마지막은 아들이 관리한다는 관념에서, 벗어나지 못한 생각 때문은 아닌지 모르겠다.

내 나이 늦어 대학 간다고 수능시험장에 가기 전날, "아버지는 일찍 가서 자리에 앉아 있어야 해요, 늦게 가면 학생들이 감독관인 줄 알아요." 하면서 일찍 입실토록 한 딸이다. 아버지 모자람을 채워 주려고만 했던 딸에게 그동안 많은 칭찬과 도움을 주지 못한 게 미안하기만 하다. 행복보다 불행이 더 많은 현실 속에서나마 윤리도덕과 양보, 체면과 염치를 알며 새로운 환경 속에서 슬기롭게 대처하기를 빌어 본다.

특히 가장이 집에서 주눅 들면 사회에서 기를 펴지 못한다는 것을 명심하여 남편 뒷바라지를 잘하는 아내가 되었으면 좋겠다. 이제는 친정보다 시집에 많은 관심 두기를 바라게 된다. 사위도 어차피 사회는 경쟁 속이지만 신의를 중시하고 법도에 따르며 겸양, 지덕을 갖춰 누구나 가까이 갈 수 있는 사람이 되었으면 좋겠다.

숙명처럼 같은 환경에서 자라는 수어지교水魚之交처럼 잉꼬부부가 되어 주위에서 부러워하는 가정을 꾸며 오순도순 사는 모습을 기원해 본다. 저 높고 푸른 창공에는 벌써 서로 손수건이 되어 땀을 닦아 주고, 눈물도 닦아 주는 모습이 보인다.

하얀 수필

문풍지가 추위에 떠는 소리가 들려 눈을 뜬다. 한밤중인데도 창문 밖이 훤한 것은 하얀 눈이 내리고 있기 때문이다. 나비의 소리 없는 날갯짓마냥 함박눈이 내리고 있다. 문을 열지 않아도 눈 내리는 것이 보인다. 이불 위가 차다. 머리맡 등을 켜고 젖먹이처럼 발가락 손가락을 꼼지락거려 본다. 천장을 구석구석 살피면서도 일어나기는 싫다.

나이 들어가면서 제일 잘한 선택은 수필과 벗했다는 것일 거다. 게으른 몸을 일으켜 손에 연필을 쥔다. 하얀 눈 속에 하얗게 묻혀 버린 흔적들을 하나하나 추려낸다. 영원히 잠들어야 할 시간이 온다는 걸 알기에 그 전에 찾아 둬야 할 의무가 있는 듯 이리저리 두리번거린다. 좀 더 깨어 있는 시간을 소유하고 싶은 게 늙어 가는 사람의 소망인가 보다.

새벽에는 TV를 켜지 않는다. 쉬이 켜면 끌 수 없는 게 두렵다. 눈은 화면을 보는데 머리는 아무런 생각도 하지 않는다. 멍청히 쳐다볼 뿐 얻는 게 없다. 저녁에 리모컨 경쟁으로 연속극 보겠다고 구시렁거리는 아내를 옆방으로 몰아낸 쾌감으로 뉴스를 보았다. 새벽에 켜 봤자 저녁에 본 뉴스가 재생되어 저녁에 꼭 이겼어야 했나 하는 미안한 마음에 더욱 켜기가 싫다.

작품성을 생각하면서 글을 쓰지는 않는다. 생각나는 대로 손 가는 대로 그저 하얀 수필을 쓸 뿐이다. 전문적인 작가분들의 작품을 읽는다. 도저히 근접할 수는 없다. 고려청자를 보면서 감상하는 것 같고 미끈하고 잘 빚어진 이조자기를 보는 듯 감탄스럽고 때로는 고급스러운 감동에 빠지곤 한다. 이에 비교하면 투박스러운 된장 뚝배기 같다. 다듬어진 그릇도 아니고 고급스러운 내용이 아니라 어렵던 삶의 흔적으로 채워진 그릇 속을 서툰 수저로 넣었다가 도로 빼면서 나만의 글을 쓴다.

초등학교 입학식이 얼마 남지 않았던 시절이다. 부뚜막 앞에 밥 짓는 어머니와 나란히 앉아 첫 수업을 받았다. 양손을 쥐었다 펴면서 열까지 세는 일이다. 어머니 손가락은 열 하면 딱 맞는데 나는 여러 번 해도 열 하고 나면 한두 개가 남거나 모자랄 때도 있었다. 글을 모르는 어머니가 가르쳐 줄 수 있는 것은 오직 열까지 세는 것뿐인데 나는 마무리를 못 하고 어머니 한숨을 들으며 입학했다.

그 시절의 겨울은 지금보다 훨씬 추웠다. 털을 구경한다는 것은 외양간에 매어 놓은 누렁이 암소에게 건초 줄 때뿐이고, 집 안 어디에도 털 달린 옷은 없었다. 허름한 내의 한 벌이 고작이었다. 지금도 첫 봉급을 받으면 어르신들 내의를 선물하는 것을 종종 볼 수가 있다. 고무신에 양말 신고 눈 위에서 미끄럼 타는 일보다 신나는 놀이가 없다. 젖은 엉덩이보다 벗겨진 고무신이 앞을 달린다. 저녁에 어머니한테 욕 한번 들으면 그만이다. 호롱불 밑에서 양말 뒷굽을 깁는 어머니 모습을 보면서 잠이 든다.

지금은 먹을 수 없는 눈이 내리지만, 당시에는 먹는 눈이 내렸다. 누구도 먹지 말라고 말리지 않았다. 처마 끝에 달린 고드름을 입안에 넣고 오도독 씹으면 기운이 났다. 동네 꼬마들 떼 지어 다니며 고드름을 찾아 나서기도 하였다. 한겨울 함박눈과 고드름을 많이 먹어야 감기에도 걸리지 않았고 키도 자랐다. 산야가 눈에 덮이면 노루가 먹이를 구하려고 민가 가까이까지 내려왔다. 노루를 쫓아간 청년은 돌아오지 못했다.

옛날에 할아버지도 동창이 밝기 훨씬 전에 눈을 떴다. 눈으로 보는 것도, 귀로 듣는 것도 없다. 호롱불 켜고 담뱃대에 담뱃잎을 꾹꾹 눌러 담아 불을 댕긴다. 저녁 늦게 만들다 만 짚신을 엮는다. 할머니도 깨어 말동무했다. 장날 짚신을 팔러 가면 아버지가 만든 것은 잘 팔리는데 아들 만든 것은 통 팔리지를 않았다. 아버지에게 이유를 알려 달라고 했지만, 알려 주지를 않았다. 그러다 임종이 다 되어서야 머리맡에 아들을 앉히고 마무리를 잘해야 한다고 알려 줬다. 짚신을 완성한 후 거친 짚 조각들을 잘 다듬으라는 이야기를 했다는 할아버지와 할머니가 주고받던 말이 눈 오는 하얀 날에 생각이 난다.

마당에 소복이 쌓인 눈을 보면 발 내딛기가 어렵다. 차마 밟기가 아깝다. 눈 위를 함부로 걷지 마라 뒤따르는 사람도 그 길을 따르지니, 옳고 바른 길이 아니면 길을 내지 말라는 선인의 말씀이 생각난다. 곱게 쌓인 눈을 볼 때마다 우유와 밀가루 생각이 떠오른다. 초등학교 시절에 영양실조 걸리지 말라고 우유가 배급되었다. 먹는 방법은 알려주지 않아 책 종이를 둥그렇게 만들어 쥐고 넣어서 밑으로 털어 먹는데, 목구멍에서는 캑캑거리면서도 맛이 좋아 운동장을 신나게 뛰어다녔다.

신작로에는 자갈을 주워 주기적으로 깔아야 했다. 산림녹화 한다고 삽과 괭이로 나무 심으러 매일 동원되었다. 수고했다고 나눠 주는 것이 밀가루였다. 하얀 밀가루가 얼마나 귀중했는지 모른다. 식은 밥 한 사발만 있으면 물을 끓여 가면서 밀가루 반죽을 했다. 솥에 밥을 하려면 지금처럼 단순한 게 아니라 복잡하고 시간이 오래 걸리는데 밀가루만 있으면 금방이다. 반죽을 손으로 떼어 넣으면 조배기가 되고, 수저로 떼어 넣으면 수제비가 되고, 밀어서 칼로 썰어 넣으면 국수가 되었다. 양반집 별미가 수제비라 했다지만, 힘들게 살아가는 사람들에게 제일 친한 음식의 재료가 되었다.

아궁이 앞에 식은 밥 반 사발, 급히 만든 조배기 두 그릇이 있다. 어머니가 한 수저 넣고 쳐다보는 나의 그릇에 나머지를 몽땅 넣어 말아 준다. 어머니의 눈을 본다. 외양간 팔려 간 송아지의 어미 암소의 슬픈 눈과 잘도 닮았다. 하얀 눈은 계속 내리는데 어머니는 보이지 않고, 머리털만 하얗게 새어 가고 있다.

2부

파랑새

해녀가 되는 길, 해녀가 가는 길

동이 트려면 아직 멀었는데 주방이 환하다. 해녀인 아내가 용왕님께 드릴 지를 정성껏 싸고 있다. 깨끗한 한지에 쌀 한 줌씩 넣고 말아서 실로 묶는 것이다. 다른 사람을 길에서 만나기 전에 바다로 나가 띄워 놓고 두 손 모아 절을 올린다. 행운을(해산물 채취를 많이 하게 해달라고) 기원하는 것이다. 입어하는 첫날에 행해지는 의식이다. 옆에서 보고 있으면서도 기침 한 번 못한다. 물때가 되면 바다에 가고 아닐 때는 밭으로 가면서 불평불만 없이 살아온 해녀 아내다.

바다를 끼고 있는 해변마을, 가난한 집이다. 그럼에도 올망졸망 아이들은 부자이다. 그중에 여자로 태어난 팔자, 이것이 해녀가 되는 일순위다. 요즘 제주도뿐 아니라 거제도에도 해녀학교를 운영한다. 고령화로 줄어드는 해녀를 젊은 세대에게 전수하여 명맥을 잇고자 하는 몸부림이다. 오월에 입학하여 매주 토 · 일요일 세 시간씩 이론과 실기를 병행하면서, 팔월이면 졸업이다.

해녀는 단기간에 육성되는 것은 아니다. 어촌의 여름은 바다가 놀이터이고 운동장이다. 선풍기 없던 시절 땀띠 치료하고 더위 식힐 수 있는 유일한 피서지가 바로 바다다. 서너 살에 첨벙대던 아이는 일고여덟 살에 헤엄을 친다. 고무신을 새로 사 주면 가슴에 품고 자던 시절이다. 고무신을 바다에 던져 놓고 가져오는 놀이를 가까운 곳에서 점점 먼 곳으로 옮아가면서 수영 실력을 키웠다. 수영을 못하면 업어준다고 해놓고 조금 가다가 쏙 빠져 가버리면 나 살리라고 손발 버둥거리며 울고불고 난리를 쳤다.

난리 후 잠시 바다를 꺼리다가도 여름에 갈 곳이 바다밖에 없는 어촌이다. 결국, 바다의 짠물을 들이마신 후 스스로 헤엄치는 것을 배웠다. 바닷물을 알맞게 마시면 수영할 수 있도록 하는 약효가 되었다. 남자들은 멀리 가기, 파도타기, 빨리 가기를 주로 하는데 여자들은 자맥질하면서 논다. 돌을 던져 놓고 찾아오기다. 처음에는 얕은 곳에서 점점 깊은 곳으로 나아간다. 해마다 실력이 늘어 간다. 열 살이면 제법 해초가 붙은 돌을 들고 나와 웃는 모습을 볼 수 있다.

입어하러 간 어머니가 불턱(불 피우는 곳)*에 나올 시간을 가늠하며, 어린 동생을 춥지 않게 포대기로 싸서 둘러업고 젖 먹이러 자주 다녔다. 그러니 아이 때 이미 테왁과 수경, 물소중이를 보고 만지며 자랐다. 그리고 불턱에서 매캐한 연기 속에 거무죽죽한 살갗을 불에 쬐는 모습은 눈에 익숙해 신기하지도 않았다. 구워 주는 소라, 불을 쬐면 파랗게 변하는 미역귀가 맛있을 뿐이었다.

열댓 살이 되면 얕은 바다에서 작업할 수가 있게 된다. 깊은 곳에서 하는 일반 작업은 못 해도 기간을 정해 놓고 하는 천초 채취는 비교적 얕은 곳에서 하는 작업이라 할 수가 있다. 중학교 때 수업을 중간에 마치고 물때 맞춰 천초작업 가는 여학생들이 있었다. 당시에는 중학교 다니는 여학생이 몇 안 되던 시절이다. '여자가 배워서 문장날 것도 아닌데 배워서 뭐 할 것이냐'면서 집안일 도우다 시집이나 잘 가면 된다고 야학도 못 하게 하던 시절이었다.

딸이라고 공부시키고 싶은 마음 왜 없었을까? 보내지 못하는 부모의 마음은 편했을까만 모두 가난 때문이었다. 식구는 많은데 식량은 부족하고 나올 곳은 없는데 체면치레는 해야 했다. 누군가는 희생해야 하는 상황에서 남존여비 사상의 잔뿌리가 남아 있었던 터였다. 오빠와 남동생의 책가방을 위해서 테왁을 쥐지 않을 수 없었다. 가정의 경제를 위해서 어머니와 언니와 같이 물소중이를 입어야 했다.

억지로 누가 시켜서 했다기보다는 내가 해야 하는 숙명으로 알았다. 섭섭하긴 해도 체념할 줄 알았다. 어려운 가정을 도와야겠다는 책임감! 내가 아니면 누가 도와줄 것인가 하는 의무감이 해녀가 되는 길이었다. 이러한 생각은 출가해서 가정을 일구고 우리 딸, 아들 공부시켜 아들은 농사짓지 않도록 하고 딸은 해녀가 되게 해서는 안 된다는 생각으로 아들, 딸 구분 없이 높은 교육열로 이어졌다.

1970년대 이전에는 매친(어깨걸이 끈)이 달린 물소중이를 입고 입어하면 찬물 속에서 3,40분 정도 작업을 했다. 나와서 마른 소중이로 갈아입고 불턱에서 추운 몸 녹이고 아기 젖 먹인 후 다시 입어를 했다. 제대로 좋은 광목을 구하기도 힘들어 면포대로 물소중이를 만들고, 검은 염색물 정성껏 들여 입었다. 이후에 일본으로부터 고무 잠수복이 들어오기 시작했다. 테왁도 박에서 스티로폼으로 바뀌었다. 오리발도 신게 되었다. 도구가 현대화되면서 물속에서 작업하는 시간도 훨씬 길어졌고 수입도 늘었다.

장시간 작업을 하면서부터 약을 먹기 시작했다. 나이가 들어감에 따라 아픈 곳은 늘어나고 약 종류와 수량도 비례해 늘어만 간다. 고령의 해녀가 물질하다 사고가 나고 유명을 달리했다는 소식도 늘어간다. 왕년에는 동해, 서해, 남해뿐 아니라 일본, 러시아까지 원정물질도 자신했던 고령 해녀분들이 소리 없이 사라져 간다. 제주도가 어렵던 시절 경제의 한 축을 담당했던 해녀분들! 2016년 12월 1일 유네스코 인류무형문화유산으로 등재 확정 소식에도 눈이 멀고 귀도 먹었지만 얼마나 자랑스러운 일인지도 모른다.

한 손에 테왁 쥐고 한 손에 비창 들고 칠성판 등에 진 해녀다. 물속은 깊고 얕고 없이 저승길이다. 살기 위해서, 살리기 위해서 해녀가 되었다. 바닷일을 마치고 돌아와 밭에 갔다 와서 물에 밥 말아 먹고 자는 아내를 본다. 곱던 얼굴에는 수경(물안경) 자욱이 희미하게 자리 잡았고, 귀밑머리가 희끗희끗하다.

언제 한번 크게 웃게 한 적 있던가? 사랑한다는 말은 했던가? 해녀가 될 수밖에 없었던 아내! 수압으로 귀가 아프고 현기증으로 먹는 약 방울 수가 늘어 가는 아내다. 해녀가 가는 길을 보며 마음속으로 너무나 안타깝고, 잘해 줄 수 없었던 자신을 탓하면서 지난날들을 돌아본다. 정말 고생한 아내에게 진심으로, 고맙다 하면서 주름진 이마에 살며시 손을 대 본다.

* 불턱- 해녀들이 물질을 하기 위해 옷을 갈아입거나 쉬기 위해 만든 공간.

보리명절
-단오

언제부터인가 보리명절은 소리 없이 왔다가 소리 없이 간다. 올해도 예외가 아니다. 보리 수확에 한창 바쁘던 시절에도 일가친척이 모여 명절을 지내고 어울리면서 음식도 나누고 정도 나누면서 조상님께 절을 올리던 보리명절!

우리 마을에서는 단오를 보리명절이라고 했다. 논농사를 주로 하는 육지에서는 모내기를 끝내고 풍년을 기원하면서 지내는 명절이지만, 밭농사를 주로 하는 우리 마을은 보리 수확이 한창일 때라 보리명절이라고 일컬은 것이다.

'밀 익는 오월이면 보리 내음새' 노래하는 낭만적인 계절이지만 농민들은 땀 흘리는 현실에 맞닥뜨린다. 밀짚모자를 눌러쓰고 수건을 두르고, 새벽부터 밭에 나가 여름 뙤약볕 아래 보리 베느라고 제대로 허리 한번 펴며 쉴 시간이 없다. 먼발치에서 바라보는 이들에겐 낭만이지만 농부들에겐 뼈저린 현실이다.

특히 신혼방 오월 아침은 다른 사람들보다 일찍 밝았다. 씩씩대며 일어나 아내는 조반 준비를 하고 나는 숫돌에 낫을 갈아 날을 세웠다. 지게를 지고 찔레꽃에 이슬도 채 마르지 않은 좁은 농로 길을 아내와 둘이서 앞서거니 뒤서거니 하며 밭으로 간다. 둘이서 다정하게 신작로 길처럼 보리를 베어 묶기 좋게 가지런히 줄 맞춰 눕혀 놓는다. 그러다 중간쯤에 밭 입구 쪽에서 보이지 않도록 옆으로 비껴 베어 놓는다. 하늘만 내려다보는 아지트를 만들어 낫을 옆에 놓고 색시 손을 잡고 시시덕거리던, 젊은 날의 로맨스가 엊그제 같은데 벌써 반백이 훌쩍 지나버렸다.

보리를 마당에 쌓아 놓고 한 사람은 쥐어 주고 한 사람은 홀태로 훑아 내면서 마무리해 간다. 본격적인 장마철로 접어드는 하늘에서는 심술궂은 비가 자주 내렸다. 그래도 초가지붕 처마 밑으로 옮기면서 마무리 작업은 멈추지를 못했다. 보리 마무리 작업도 하기 전에 광에 보리쌀 항아리는 비어 가고 배는 고프고, 아무리 힘들어도 일은 계속해야만 했다.

비는 주룩주룩 내리는데 부엌에서는 어머니가 솥뚜껑을 엎어 놓고 보리를 볶는다. 뜨끈한 볶은 보리 한 줌 입에 넣고 씹는 맛! 미숫가루를 만들어 냉수에 풀어놓고 들이켜는 그 맛! 그동안 보리 수확하며 고생한 보람을 느끼는 맛이란 지금은 수도 없이 늘어난 맛과는 감히 비교가 안 되었다. 요즘 옛 맛이 그리워질 때면 아궁이 앞에 앉아 연기와 땀으로 범벅이 되었어도 볶은 보리 입에 넣는 나를 보며 빙그레 웃던 어머니가 회상 속에 떠오르곤 한다.

부엌에 부지깽이도 함께 뛴다는 보리 수확 농번기 중에도 보리(단오)명절은 어김없이 왔다. 어른들은 일손을 멈추고 명절 준비에 여념이 없는데, 아이들은 쉬게 되었다고 신이 난다. 동네 사람들이 돼지를 잡아 추렴을 하고, 조상 차례상에 올린 후에 오랜만에 고기 맛을 본다. 지금은 흔한 돼지고기이고 취향에 따라 골라 먹는 부위까지 정말 풍요로운 시대지만, 당시에는 제사, 명절, 잔치 때가 아니면 맛을 보기가 어려웠다.

지금은 고기를 먹고 탈이 나는 일은 거의 없다. 저장 기술과 위생설비가 좋아진 것이다. 당시에는 보관 기술도 위생관념도 없고, 고기만 보면 비계며 껍데기까지 남기지 않고 먹었다. 특히 보리명절에는 습하고 더운 날씨로 인해 모든 음식이 쉽게 변해 버려 저장하기도 버리기도 어렵던 시절이다. 명절 다음 날은 오랜만에 포식한 탓으로 설사가 기다렸고 동네 약방 장사시켜 주는 날이었다. 약방에 돈 주기가 아까워서 흰죽에다 솥 밑에 새까만 검댕이를 숟가락으로 긁어 놓고 저어 먹어도 설사는 잘 멎었다. 희한한 민간요법이었다.

해마다 한 집 두 집 보리명절을 접어 갔다. 아버지께서는 설 명절이 조반이면 단오가 점심이고 추석이 저녁인데 조상께 무심해서는 안 된다고 다른 집안이 거의 접을 때까지 고집을 했다. 동네가 대부분 하지 않게 되자 할 수없이 그만두었다. 가까이 살던 일가들도 조금씩 떨어져 살게 되어 바쁜데 모이기도 어려워지면서 점점 소원해져 갔다. 지금은 언제 보리명절이 지나갔는지 관심 밖이다. 1518년 중종 때 설, 추석과 함께 3대 명절로 정해지기도 했던 이 명절은 보리 농번기와 돼지고기 설사와 함께 잊혀지고 말았다.

단오의 시작은 중국 초나라의 시인이자 충신인 굴원이라는 사람이 간신들의 모함으로 멀리 귀양 가게 되고, 유배지에서 나라와 백성을 걱정하던 중 진나라에 함락되었다는 소식을 듣고 비분강개하여 음력 5월 5일 멱라강에 투신하였다. 이 소식을 전해 들은 백성들이 굴원의 우국충정을 기리기 위해 지내기 시작한 것을 우리나라에 받아들이면서 특유한 풍습이 되어, 조상께 제를 올리는 명절이 되었다.

여름이 시작되는 이 명절은 연중 가장 바쁜 농번기이다. 배고픈 시절이었지만 집안 일가친척이 모여 조상께 제를 올리고 하얀 쌀밥 구경하기 힘든 시절에 모처럼 좋은 음식을 나누었다. 어른들은 술잔을 기울이며 왁자지껄하고 아이들은 아이들대로 뛰어다니면서 혈족간의 우애를 쌓아 갔다. 오늘날은 경제적으로 나아졌고 배고픈 시대도 아닌데, 보리명절, 단오가 사라진 후 주위 모두가 삭막해진 느낌이다.

단옷날에는 쑥이나 익모초를 베어다 말린 후 집 안에 걸어놓았다. 액을 막는다는 것보다 딸이나 며느리가 산후에 목욕시키는 데 긴요한 약재로 사용했다. 이제 쑥을 베어다 말리던 어른들은 보이지 않고, 그때 쑥물로 목욕한 사람들은 할머니가 되었다.

눈코 뜰 새 없이 바쁘게 살아간다지만 여가는 만드는 게 아닌가 싶다. 육지 몇몇 지방에서는 옛날같이 창포에 머리 감고 농악소리 울리면서 그네를 뛴다. 문화적으로 볼거리를 만들어 관광객과 어울리면서 부러운 단오를 보내는데, 우리 마을에도 멀고 가까운 데 사는 사람들 오랜만에 한데 모여, 덩실덩실 춤이라도 추는 날이 되었으면 좋으련만.

묘산봉

묘산봉 정상 해발 115m 통나무 의자에 앉아 지그시 눈을 감는다. 올라온 길을 뒤돌아보며, 지나온 인생의 달콤함과 더불어 조금은 씁쓰레한 추억들도 함께 되새김질해 본다. 이곳에 처음 온 것은 초등학교 3학년쯤 가을소풍 때였다고 기억한다. 그러고 보니 어느새 60년이 다 됐다.

당시에는 어린 소나무와 보리수나무, 잡나무와 고사리 등 잡초로 덮여 있고 거의 민둥산이었다. 아이들이 뛰어놀기에 안성맞춤이었는데 지금은 훌쩍 커 버린 나무들과 가시덤불로 엉킨 곳이 많다. 소풍을 와서 솔나무 가지를 꺾어 엉덩이에 깔고 앉아 정상에서 산 밑으로 미끄럼 타는 재미로 시간 가는 줄 몰랐다. 주변에 널린 보리수 빨간 열매를 따 한 움큼 입에 넣으면 새큼달콤한 맛! 지금도 잊히지 않는다.

지금은 민들레 홀씨마냥 어디론가 흩어진 친구들, 소식을 아는 이도 있고 모르는 이도 있고 유명을 달리한 친구들도 있다. 학교 운동장 한구석에는 돌로 탑을 쌓아 돌계단을 오르면 미끄럼을 탈 수 있지만, 보통은 상급생 차지이고 밑에서 구경하다가 빈틈을 엿보고 한 번이라도 탈 수 있으면 그렇게 기분이 좋았다.

소풍을 와서 마음대로 솔가지를 타고 미끄럼 타는 일이 그래서 더욱 신이 났던 것 같다. 줄을 설 필요도 없고, 가다가 부딪혀도 즐겁기만 했는데, 이제는 미끄럼 타서 반질거리던 자취도 보리수나무도 보이지 않는다.

묘산봉 정상에는 국토의 평면 위치를 측량하기 위한 국가 중요시설인 삼각점이 박혀 있다. 옛날에나 지금이나 변함이 없지만, 왁자지껄 함께하던 꼬마들은 다 어디로 가고 오늘은 나 혼자 이 자리에 앉았다.

나는 이 자리가 그렇게 싫었다. 점심시간이면 선생님이 학생들을 둥그렇게 앉히고 도시락을 함께 먹도록 했다. 나는 머뭇거리다 나중에 뚜껑을 열었다. 하얀 쌀밥이 아니라 쌀과 보리쌀이 섞인 반지기밥이다. 그것도 제사 명절에나 쓰려고 아껴 두었던 쌀을 조금 축내서 특별히 지어 준 밥이다. 반찬은 달걀이 아니라 김치다. 미끄럼 탈 때의 그 용감하던 모습이 삽시에 기가 푹 죽어 있었다. 하기야 하얀 쌀밥은 몇 명 되지 않았고, 소풍 때마다 결석하는 친구들도 있었다. 점심을 거르는 집도 적지 않던 시절이다.

탐라현이 동, 서로 나뉘는 1,300년대 김녕현이 탄생했다. 마을에서 서쪽으로 1km 안에 높이 116m 둘레 1,658m 면적 157,609 제곱미터인 묘산봉猫山峰이 있다. 고양이가 누워 있는 모습과 닮았다고 하여 붙여졌다고 한다. 명당자리를 찾아 광산 김씨 입도 묘가 남쪽에 자리했다. 일본에서 자수성가한 독지가는 마을에 기부를 한 공적으로 넓고 호화롭게 묘지를 마련했는데, 호화 분묘라고 하여 일부가 철거된 모습으로 안장되어 있다. 아무튼 돈은 많이 벌고 볼 일이다.

며칠 있으면 봄이 완연하다는 춘분이다. 오랜만에 영양가 오른 태양 빛이 나를 밖으로 유인한다. 시간을 내어 묘산봉이 얼마나 달라졌나 다녀와야겠다는 생각은 오래전부터 했지만, 차일피일 실행을 못했다. 오늘은 모처럼 좋은 날씨 따라 길을 나섰다.

많은 사람의 편의를 위해 도로를 손질하여 포장하고, 계단을 설치한 것은 잘한 일이다. 중간 허리를 대수술하고 밧줄을 말뚝에 고정시켜 안전하게 보행할 수 있도록 설치한 것도 잘한 일이지만, 옛 모습이 많이 파괴된 것이 한편으로는 아쉽기도 했다. 조금은 어렵고 힘들지만 자연 그대로 보존하는 것도 생각해 볼 일이다.

어린 날 단숨에 경쟁하며 내달아 오르던 산! 지금은 계단을 세면서 오른다. 45계단을 올라서니 통나무 정자가 쉬었다 가라고 손짓한다. 우측으로는 둘레를 돌아가는 A 코스 800m라고 표시되고, 눈앞으로는 정상 가는 B 코스 700m라고 표시를 해 놓았다. 느긋하게 뒷짐 지고 A 코스로 접어들었다. 조금은 굴곡이 있지만 다니기 편하고, 양쪽으로 나무숲이 그늘을 만들어 각종 풀냄새와 꽃향기, 나무들이 내어주는 풍부한 산소, 푹신한 낙엽을 밟으며 걷는 길이라 신선이 다니는 길이 따로 없을 성싶다. 이제 나무들이 울울하게 우거져 마을 전경을 볼 수 없는 게 조금은 아쉽다.

A 코스가 끝나고 정상으로 가는 B 코스로 접어들었다. 실한 밧줄로 계단을 만들었고 옆에도 기둥을 세워 밧줄로 연결하여 잡고 오르기 쉽게 해놓았다. 가파른 계단 150개를 오르면서 나무들 틈으로 보

이는 바다를 훔쳐보며 이마에 땀을 닦고 숨을 골랐다. 앞에는 모처럼 완만한 길이 뉘어 있다. 130보쯤 걸었더니 드디어 정상이다. 정상에 와서 삼각점 앞에 놓인 통나무 의자에 앉아 그동안 뒤돌아보지 못한 나의 걸어온 길을 되새겨 본다.

항상 나의 등 뒤에는 성치 못한 어머니와 동생들이 업혀 있었다. 나중에는 자식들까지, 그 무거운 짐을 지고도 오를 수 있었던 것은 순한 양 같은 어진 아내가 늘 함께했기에 가능했다. 밀어 주고 당겨 함께 울어 준 덕분이라고 생각한다. 이제 어머니는 내 손으로 묘소를 곱게 하여 모셨고, 동생들도 자식들도 모두 뿔뿔이 독립하여 떠나갔다. 함께해 준 아내에게 그동안 고생했다, 사랑한다는 말을 늘 가슴속에 간직은 하면서도 꺼내지 못한 자신을 돌아보며 정말 염치가 없다는 걸 느낀다.

정상에만 오래 머물 수가 없다. 이제부터 내려가는 길이다. 완만한 길 130보쯤 걷고 나니 내리막이다. 오르막과 같이 안전을 위해서 밧줄로 장치를 했지만 만만치 않다. 오히려 오르막보다 더 조심해야 한다. 우리의 삶도 같다는 생각을 해 본다. 어떻게 성공했느냐보다는 어떻게 마무리했느냐가 평생의 점수가 된다는 것을 이번 박근혜 대통령 탄핵을 보면서 절실히 느낀 일이다. 물론 주위에서도 숱한 사례들이 있다. 정상에 있을 때, 가진 것 있을 때 벗어 주고 비워 주고 가볍게 내려갈 준비를 해야 한다. 특히 젊을 때의 실수는 회복할 기회라도 있지만, 나이 들고 나면 회복할 기회마저 없다. 나 자신이 좀 더 가볍게 걸을 수 있도록 준비를 하고 있는지 돌아본다.

모처럼 즐거운 산행을 즐기려고 왔는데 정상에서는 살아온 삶을 돌아보고 내려오면서는 어떻게 삶을 마감할 것인가를 생각하며 뜻밖에 인생철학을 터득해 부처가 다 되어 돌아간다.

올레 물통

2014 갑오년 제주도의 계절은 다른 해보다 유별나다. 특히 여름 장마와 더위는 있는 듯 없는 듯 지나 버려, 화염과 같은 더위와 햇볕이 필요한 여름 농작물은 결실이 형편없다. 제대로 수확을 하지 못한 농민들 가슴이 미어지는데 무심한 하늘은 사정을 아는지 모르는지, 처서를 앞뒤로 비만 내린다. 올해처럼 비가 많이 내릴 때면, 지금은 모르는 세대가 더 많겠지만 올레 물통을 떠올린다.

빗물은 언제 내리든 다니는 길을 잃지 않는다. 물은 고이는 곳에 언제든지 고인다. 옛 어른들은 이를 지혜롭게 활용해서 물이 어렵던 시절에 빗물을 저장하고, 유용하게 사용하기 위해 올레에 물통을 만들었다. 크기와 모양은 각각이지만 용도는 같았다. 비가 많이 올 때는 물통을 거치도록 하면서 급류가 안 되도록 하는 역할을 했다. 당시에는 초가집 울안에 땔감용으로 장작이나 농산물 생산 후에 거둬들인 건초를 쌓아놓았다.

그뿐이 아니다. 가축 사료용으로 건초가 집 안에 가득했다. 화재에 취약한 시절이라 방화수로 올레에 물통을 갖추는 것은 필수였다. 당시에는 소가 없으면 농사를 지을 수 없던 시절이라 집집마다 한두 마리씩 소를 키워야 했다. 소는 물을 엄청나게 먹는 동물이다. 가까운 곳에 물이 없으면 멀리까지 몰고 다녀야 한다.

부엌 한편에는 물 항아리가 있고 우물물을 허벅이나 물지게로 져날라 매일이다시피 채워야 했다. 일하러 간 부모님을 대신해서 방과 후에 물 항아리를 채워 놓는 일은 여간 힘든 일이 아니다. 채워진 항아리를 일터에서 돌아와서 보고는 흡족해하는 부모님 보는 것을 효도로 알던 시절이다. 이렇게 귀한 물을 함부로 쓸 수가 없었다.

밭에서 늦게까지 일을 하고 오다가 올레 물통에서 손발을 씻었다. 일을 마치고 오는 이웃들과 하루의 일과를 오순도순 이야기하면서 피로를 잊기도 했다. 올레 물통을 주변 사람들이 모두 아끼고 관리를 잘했다. 장마가 시작되기 전에 그 밑바닥을 청소했다. 청소를 끝내고 나면 섬돌 아래 맹꽁이가 청소했다고 맹꽁맹꽁하면서 하루이틀을 울어 하늘에 알린다. 처마 밑에 둥지를 틀고 있는 제비가 땅으로 낮게 날고, 할아버지가 무릎 쑤신다고 하면 여지없이 장마는 시작되었고, 올레 물통에는 물이 넘쳤다.

여름이면 올레 물통 후미진 곳에는 올챙이들이 떼 지어 놀았다. 조그만 두 손을 들키지 않게 슬쩍 물속으로 넣고 올챙이를 잡아 손바닥에 올려놓아 천진하게 웃던 일이 생각난다. 겨울에는 얼음이 덮여 얼음으로 장난도 많이 쳤다. 길 가운데로 옮겨놓고 지나는 사람이 모르고 밟아 넘어지기라도 하면 그렇게 즐거울 수가 없었다. 아잇적 개구쟁이 짓이었다.

장마철 내내 개구리는 밤낮없이 울어댔다. 시끄럽다고 돌을 던지면 잠잠했다가 금세 더 크게 울어댄다. 어머니 무덤이 떠내려간다고 울어대는 개구리의 효성이 하늘에 닿는 날 장마는 끝났다. 도시에 기찻길 옆 아기가 많이 태어나던 시절에, 농촌 올레 물통 주변에는 생일이 비슷한 아기가 많이 태어났다.

조금만 냄새가 나거나 지저분해도 참지 못하는 시대가 되었다. 물질만능 시대이고 이기심은 극에 달해 간다. 잘사는 풍요로운 시대지만 어쩐지 옛날보다 행복하다는 생각은 들지 않는다. 소가 물 먹으면서 똥오줌을 싸대고, 송아지는 통 안을 휘저어 흐려 놓는다. 그래도 아랑곳없이 손발을 씻었고, 집 담 곁에서 두엄 냄새가 났어도 얼굴 한번 찡그리는 사람이 없었다.

70년대 경운기가 마을에 오면서 소를 몰아냈고, 동네 곳곳에 상수도가 세워지면서 올레 물통은 메워져 갔다. 우물물 두레박을 올려 주고 물허벅 들어 주던 인심마저 말라가기 시작했다. 소와 말을 놓아 방목하면서 가꾸어 오던 들판도 가시덤불로 우거졌다.

동네 사람들이 아끼던 올레 물통이 메워지면서 주차 공간으로 변했다. 개구리 울던 곳에 차의 시동 소리 요란하다. 손발 씻던 자리와 담뱃대 입에 물고 쳐다보던 어르신들 모습은 보이지 않는다. 올챙이 잡고 웃던 조그만 손은 주름투성이고, 눈은 희미해졌지만, 올레 물통이 있던 자리에 서면 너무나 또렷하게 옛날이 보인다.

배수구, 하수구 시설이 현대화되어 간다. 물을 잘 다스리려는 행정의 모습이 고맙기만 하다. 차를 달리다 보면 여러 곳에 저류조를 본다. 물이 다니는 길을 잘 알고 옛날 올레 물통을 만든 어르신들과 같은 마음이 오늘에 되살아나는 느낌이다. 물을 저장하고 흐름을 완만

하게 해서 피해를 줄이는 일이 무엇보다 중요하다. 이왕 만드는 거 삭막하거나 흉한 모습이 아니라 팽나무 한 그루와 그 밑에 쉴 수 있는 정자 하나 놓였으면 좋겠다.

세월이 조금 지나면 새로 만든 저류조 밑바닥에도 펄이 쌓일 것이다. 조그만 물은 항상 남을 터, 연꽃이 피고 넓은 잎을 지붕 삼아 올챙이가 놀았으면 좋겠다.

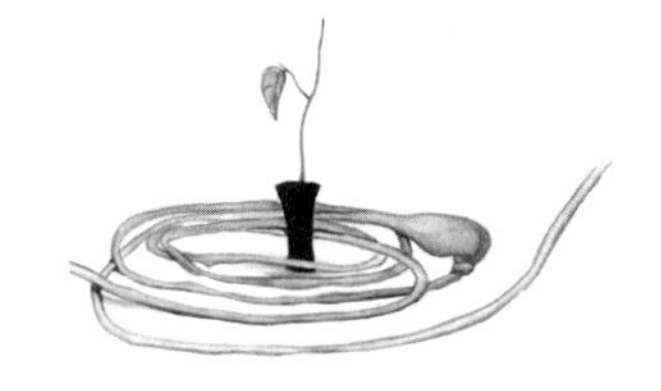

일기예보

갑오년! 청마의 해를 맞이했다. 새해를 맞이할 때마다 막연히 좋은 일이 생길 것만 같은 부푼 희망을 품게 된다. 대문 밖이 바다다. 바다로 나가 동쪽을 향해 평온한 날씨로 농사 잘되게 해 달라고 두 손을 모은다. 구름에 가려 보지 못하는 날이 더 많은데, 동쪽 하늘이 열리면서 붉은 해가 수평선을 달구며 솟아오르는 광경을 보기만 해도, 소망을 이룬 것 같고 첫날 해야 할 일을 다했다는 기분마저 든다.

올해도 내세울 것 없이 봄이 가고 여름도 무르익어 팔월이다. 농협 자재과는 농사짓는 사람들의 자재만 구매하는 곳이 아니다. 그 앞을 지날 때면 습관적으로 자연스레 들러 농사에 대한 정보도 교환하고 살아가는 이야기도 한다. 더구나 오늘같이 더운 날에는 에어컨 신세도 지고, 농협 직원이 자판기에서 뽑아 주는 커피도 얻어 마실 수 있는 농부들의 복지 센터 역할도 한다.

하우스 재배를 하는 젊은이가 태풍이 온다는데 준비를 해야 할지 말아야 할지 걱정을 한다. 지난번에는 철저히 준비했다가 예상보다 힘없이 지나는 바람에 철거하는 데 더 힘이 들었다고 푸념이다. 이 말을 들은 또 다른 젊은 농부는 난 지난번에도 준비 안 했고, 이번에도 중형이라고 하니까 별로 걱정이 되지 않는다고 태평이다.

나는 대화를 듣고 있다가 성가셔도 준비를 해서 피해를 보지 않는 게 현명한 것 아니냐면서 준비를 해두라고 참견을 했다. 어느 해나 농부들 살림은 어렵지만, 특히 올해는 마늘, 양파, 당근 할 것 없이 가격이 작년보다 낮게 형성되는 바람에 생산비도 겨우 건진 농부가 대다수이다. 그렇다고 다른 길로 바꾸어 보려니 세월이 저만치 가 버렸다. 배운 게 땅을 파는 것밖에 없으니 농사를 지어 놓고 안될 때는 하늘을 보고, 잘되면 정부를 보는 농부의 얼굴에는 점점 주름살만 늘어간다.

태풍이 지나간 농지는 비바람이 지나간 흔적을 그대로 증언한다. 농부는 저도 모르는 한숨과 촉촉한 눈으로 바라볼 뿐이다. 돌담과 농지가 쓸려가지 않은 것만도 천만다행이라고 감사까지 한다. 유전무죄 무전유죄라는 각박한 세상에 어찌 자연재해도 힘없는 사람들에게 더 많은 고통을 안겨 주는지 원망스럽다. 아무리 농부가 발버둥쳐도 농사는 하늘이 반 이상 도와줘야 한다. 그러기에 일기예보는 하늘이다.

지금도 기상청 직원들이 야유회 가는 날에 비가 온다지만, 쉽게 예보를 얻을 수 있는 매체들이 많아서 좋다. 기상정보가 더 어두웠던 시절이 있었다. 그때는 라디오뿐이었다. 나무로 포장되었고 잡음이 심했지만 50호 기준 두 대 정도 있던 시절, 일기정보를 얻으려고 들락거리던 때를 생각한다. 보리, 조, 고구마, 유채를 주로 생산해서 햇볕에 건조해야 할 때 일기정보를 얻는 것은 대단히 중요했다.

당시 후진국이었으니 일기예보가 얼마나 정확했겠는가? 괴 없는 귀한 라디오만 내팽개쳐대고 기상청 있는 쪽에다 냅다 욕을 하는 것으로 울분을 달랬다. 제비가 땅으로 낮게 날거나 노인네 관절이 일기예보보다 더 정확했던 시절이다. 수없이 많은 재해와 태풍을 무방비로 있다가 갑자기 겪으면서 한숨과 많은 눈물을 흘려야 했다.

1959년 내가 초등학교 3학년쯤이다. 9월 17일은 추석 명절인데, 전날부터 날씨가 궂었지만 설마 하면서 명절 준비를 했다. 명절 때가 아니면 쌀밥에 돼지고기 구경도 못하던 시절에 하필이면 명절날에 사라호 태풍이 몰아쳤다. 당시에는 초가지붕이고 담벼락은 허술했으며 마당에는 땔감과 잡동사니들로 가득했다.

초가지붕이 날리고 담벼락은 허물어지고 돼지 통시에 돼지가 헤엄을 쳐댔다. 아수라장이다. 당시 초등학교에서는 큰 느티나무가 뿌리째 뽑혔다. 인명과 재산 피해가 클 수밖에 없었다. 이보다 더 비참한 명절도, 폭탄이 떨어진 듯한 광경도 아마 다시는 없을 것이다.

지금은 정확해진 일기예보를 얻을 수 있고 초가지붕도 없다. 단지 더 많이 투자한 특수작물들이 걱정되지만, 예보에 따라 준비는 어느 정도 할 수가 있는 세상이 되었다. 어린 시절 한여름에는 마당에 멍석 깔고 누워 더위를 식히며, 별을 세다가 잠이 들곤 했다. 그러다 칠석날 밤에는 어머니가 어디에서 일기예보를 얻는지 오늘은 비가 올 것이라고 하면 거의 조금이라도 비가 내리는 것을 신기하게 생각을 했다. 견우와 직녀의 상봉을 위해서 보이지 않는 까막까치들이 오작교를 만들려고 모두 떠난 줄로만 알면서 자랐다.

12호 태풍 나크리가 하필이면 칠석날 많은 비와 함께 휘몰아친다.

까마귀가 날 수 없으니 오작교는 틀렸다. 일 년 내내 오늘 하루 기대하며 살아온 견우직녀가 불쌍한 밤이다. 그러나 정확해진 일기예보를 들었을 것이다. 만난다 해도 겨우 알아볼 정도로 세월이 많이 흘렀다. 멀리서 보기만 해도 되지! 떨어져 사는 게 더 편한 나이도 됐겠지 싶다.

비 오는 날이면

뚝, 뚝, 뚝, 창을 두드리는 빗방울 소리. 아직 밝기는 이른데 새벽잠을 깼다. 방 안에 싸늘한 외풍이 다 걷히지 않은 2월 하순이다. 날씨가 더 추웠다면 눈으로 변했을 법도 한데 그나마 다행이다. 마당가에 있는 감나무, 겨우내 앙상한 모습이었지만, 이번에 비를 맞고 깨어나면 뿌리 깊숙이 품어 둔 잎을 조금씩 밖으로 내어 놓을 준비를 하겠지?

그날도 점퍼를 걸쳐야 하는 2월이었고 전날부터 내리는 비는 그치지 않고, 가늘게 줄곧 이어졌다. 읍사무소에 건축 관련 민원이 있었는데 마침 차를 몰고 읍에 간다는 사람을 만났다. 잘됐다 싶어 고맙게 같이 타고 읍에 가서 피차 볼일을 마치고 집으로 향했다. 운전자와 나, 그리고 또 한 사람 같은 동네에 사는 동생도 동승하게 됐다.

비는 올 때보다 조금은 굵어 있다. 아스팔트에는 빗물이 흐르고 흥건히 고인 곳도 보였다. 반쯤 왔을 때였다. 앞에는 하얀색 사각 진 탱크를 붙박은 트럭이 달리고 있었다. 그 전방은 앞차에 가려서 가늠할 수 없는 상황이다. 이때 속력을 높이면서 앞차를 추월하려고 한다. 우리는 좀 천천히 가자고 하는데 운전 실력을 뽐내려는지, 아니면 앞이 답답해서인지 막무가내로 추월했다. 나는 육감적으로 '아, 사고다!' 하는 외침이 목구멍에서 채 나오기도 전에 차는 공중으로 튕겼고, 길

옆 1m 이상 움푹 팬 밭으로 운전석이 박혔다. 나는 쿵 하는 소리를 끝으로 의식을 잃었다.

얼마나 지났는지 모른다. 눈이 가늘게 떠졌고 무슨 소리가 조금씩 들린다. 그러나 엎어진 몸을 움직일 수가 없다. 무의식중에 돌아누워야 한다는 생각이 들었다. 계속 몸을 움직였고 한참 지나 결국, 하늘이 눈 안으로 들어왔다. 비는 그동안에 조금 가늘어져 있었다. 빗방울이 얼굴에 묻은 피를 씻어 주었을까. 퍼뜩 정신이 든다. 고개는 움직일 수 없지만 눈동자를 돌리면서 주위를 보니 동네 동생은 일어나 앉아 있다. 운전자는 신발을 한 손에 쥐고 동서남북을 구분 못하는지 이리저리 헤맨다. 지나가던 버스가 선다. '구조해 주려는가.' 했지만 승객들의 눈에는 시체로 보이는 듯 잠깐 세웠다가 남의 일인 양 그냥 떠나갔다. 누워 있는 나의 눈에는 모두 보이는데 무정하다는 생각이 들었다.

조금 후 택시가 지나다가 세운다. 마침 움직일 수 있는 운전자와 동네 동생이 나를 양쪽에서 부축하면서 피범벅이 된 나를 싣고 병원으로 후송되었다. 그래도 죽을 운은 아니었던가 보다. 정형외과의 집도로 치료를 받으면서 몸이 회복돼 갔다. 입원실 환자들과 이야기도 하고 재활치료를 하면서 동네 동생과 그날의 사고에 관해서 이야기도 할 수가 있었다. '쿵' 하는 순간 운전자는 옆문으로 튕겨나갔고, 우리 두 사람은 앞 유리를 받으면서 날아갔다. 지금도 머리 중앙에서 약간 오른쪽으로 그때의 상처 자국이 울퉁불퉁 튀어 나와 있다. 당시 문을 받으면서 나간 흔적이다. 유리인지 모르니 빼달라고 했더니 큰

지장이 없으니 괜찮다고 한다.

퇴원을 얼마 앞두고 집에서 전화가 왔다. 숨이 턱에 차서 빨리 치료받을 수 있도록 해 달라는 전화다. 사연인즉슨 그날은 할아버지 제삿날이라 모두 부엌에서 음식을 만들고 마당가에는 세 살 된 아기가 종종걸음 하며 놀다 입에 문 눈깔사탕이 목구멍에 걸려 할딱거린다는 것이다. 차로 지금 병원으로 출발했다고 한다. 응급실에 연락하고 기다려도 오지를 않아 전화를 했더니 차를 타고 달리는 도중에 칵 하더니 사탕이 나왔다는 것이다. 그때 세 살배기가 군대를 다녀왔으니 20년이 지난 일이지만, 2월에 비가 오는 날이면 지금도 아찔했던 일이 생각나곤 한다.

지금도 운전하면서 앞에 사고 당시 비슷한 차량이 보이면 무심결에 조심하곤 한다. 사고 난 곳은 전봇대도 있었고 튀어나온 암반도 중간중간에 박혀 있는데, 살아나려고 하니까 그런 곳을 모두 피해서 흙만 있는 맨땅에 떨어졌다. 조금만 잘못됐어도 돌과 부닥쳤을 것이다. 떨어진 자리가 흙이고 더군다나 비에 흠뻑 젖어 있었다는 것, 그게 천운이었다. 인명은 재천이라고 했던가? 조상 산을 잘 썼는가, 기적이었다. 전날부터 비가 내려 흙이 축축했던 것이 큰 사고를 막아준 것이다. 행운이라 생각하고 좀 더 착하게 살아야겠다고 다짐한다. 운전하는 자식들에게 비 오는 날이면 속도를 줄이고, 특히 앞차 추월하는 일 함부로 해서는 안 된다고 교육을 한다.

가끔 사고 현장을 지나다닌다. 지금은 많이 변형되어 돌 있던 자리에는 복토해서 농사짓고 있다. 볼 때마다 사고 당시 아찔했던 순간순간이 필름처럼 떠오른다. 오늘은 하루 종일 비가 그칠 것 같지 않다. 한 달 가까이 같은 병실에 있던 분들의 모습이 생각난다. 열성으로 간호하던 그 가족들의 모습도 보인다. 울안의 장미꽃을 꺾어서 다방마담 찾아다니던 멋있는 노인네는 먼저 떠난 할머니 찾아갔을 것이고, 아버지를 지극 정성으로 간호하면서 간식을 나눠주던 예쁘고 착한 딸은 이렇게 비가 오는 날이면 무엇을 할까?

파랑새

조반을 먹는 둥 마는 둥 문간에 지게를 내려놓고 가마니와 삼태기를 얹어 지고 문을 나선다. 얼마 후 약속대로 친구가 왔다. 친구는 말테우리였다. 둘이서 할 말도 별로 없는데, 웃고 떠들어대면서 말들이 뛰노는 들판으로 간다. 마을에서 4km는 족히 떨어진 곳이다. 아침 이슬이 채 마르지 않은 들판을 검정 고무신에 발이 미끄러워 뒤뚱거리면서 들판을 한 바퀴 돈다. 말 마릿수를 확인하고 이상은 없는지 살펴본 후에야 휴식이다.

들판에 벌러덩 드러누워 드높은 파란 가을 하늘에 흘러가는 구름을 본다. 들판을 뛰어다닌 숨을 고르느라 구름 모양을 감상하거나 비유하거나 하는 감정의 여유는 없다. 친구는 주인집에서 매일 한 갑씩 사주는 담배를 꺼내 문다. 나는 중학교를 갓 졸업한 후라 그때까지 담배를 입에 대 보지도 않았다. 당시에는 흡연 문제로 말썽 피우는 동창들도 없었다. 친구는 옆에 누워 담배를 물고 성냥을 그어대더니 불이 꺼질까 봐 양손으로 감싸서 불을 붙인다.

목 안으로 들이쉬더니 후 하면서 시원하게 공중에 분사한다. 입에서뿐 아니라 코에서도 연기가 나온다. 뛰어다니느라 지친 피로를 담배 연기로 날려 보내는 모습이 그렇게 좋아 보일 수가 없다. 가만히 쳐다보는 나에게 한 개비를 꺼내 불까지 붙여 건네 준다. "야, 괜찮아. 한번 피워 봐." 호기심 반 두려움 반 권하는 성의를 봐서 시키는 대로 입에 물었다. 처음 느껴 보는 냄새가 비위에 맞지 않았다. 입안의 연기를 후 하고 날렸다. 친구가 보더니 "그렇게 입에서 밖으로 내보내지 말고 목 안으로 삼켰다가 내보내." 하며 성심껏 가르친다.

파란 하늘이 노랗게 변한 것은 아무것도 아니다. "캑 캑 캑" 목 안으로 들어간 담배 연기를 내뿜기도 전에 숨이 막히고 눈물이 나면서 기침을 해댔다. 담배를 내던지고 목을 쥐고 뒹굴었다. 이런 나를 보면서 무엇이 즐거운지 친구도 목을 안고 눈물 흘리며 웃음을 참지 못해 뒹굴었다. 한참 후 진정이 되자, "담배는 그렇게 하면서 배우는 거야. 나도 처음에는 너처럼 똑같았어." 하며 등을 두드린다. 그때 나를 골탕 먹인 담배 이름 '파랑새'를 오십 년도 훨씬 지난 지금도 잊지 못한다.

겨울에 구들을 지피기 위해서는 굴묵 속에 넣을 재료를 준비해야 한다. 보리타작 후 얻는 까끄라기나 소나무밭에서 긁어 온 솔가리만으로는 금방 사그라져 오래 방을 덥힐 수가 없다. 들판에 나가면 여름내 소와 말을 방목하면서 생산된 우마분이 널려 있는데, 이것을 주워 오는 것이다. 막무가내 들판을 헤매는 것보다 동네 말테우리와 같이 가면 많이 있는 장소를 알 수가 있어 뒤를 졸졸 따라다녔다.

친구를 처음 만난 것은 열다섯 살이 지난 때였다. 그전에 어머니와 형이 정착했고, 훨씬 지나서 친구인 동생이 왔다. 나보다 두 살은 위인 것도 같은데, 정확히 모르는 것도 같아 그동안 어디에서 어떻게 살다가 왔느냐고 자세하게 묻지도 않았다. 묻는 사람이나 답하는 사람이나 불편하다는 것을 알기 때문이다. 어머니는 먼 친척이 있다는 연유로 왔지만, 동네 살면서 서로 내왕하는 것을 본 적은 없다. 4·3사건으로 남편을 먼저 보내고 혼자 중얼거리며 거리를 배회하는 것을 낙으로 살았다.

형님은 하루도 쉬는 날이 없었다. 건강해 힘으로 하는 일이면 못 하는 일이 없다. 궂은일을 도맡아 하는데, 그만큼 인기가 있었고 착하다고 해서 동네에서 추천하는 처녀와 결혼까지 했다. 동생이 와서 처음 한 일이 말테우리였다. 2,3년 관리를 잘해 주면 말을 한 마리 내주고 얻은 말로 마차를 운영하면서 살아갈 밑천을 장만하는 것이다.

마차 일거리가 없을 때는 소 장수 하는 사람들 심부름을 했다. 보통 2년생 송아지를 거래하는데, 자갈 신작로 왕복 80km를 다닌 적도 있다. 고생이야 말로 다할 수 없지만, 수입이 괜찮았다. 이런 힘든 일 중에도 로맨스는 존재했다. "친구야, 연애편지 써 주라. 송아지를 끌고 갔는데, 참한 아가씨가 물을 주는데 손목을 잡았더니 웃더라. 글자를 모르니 네가 대신해서 써 주라. 다음에 가면 살짝 주고 올게." 나는 처음 써 보는 연애편지를 나를 위해서가 아니라 친구를 위해서 썼다.

친구는 여름 철새인 파랑새처럼 내 곁에 왔다가 흙 묻은 추억 떨구면서 날아갔다. 나 또한 군에 입대했다. 가끔 생각은 났지만, 눈에서 멀어지면 마음에서도 멀어진다고 했다. 삼십 년도 훨씬 지난 어느 날 저녁 "야, 친구야! 잘 지내냐? 내가 왔다."며 파랑새가 나타났다. 반갑다기보다 당황했다. 손을 오래오래 잡았다. 나야 고향 지키면서 살지만, 얼마나 고생이 많았냐고 안부를 물었다.

“생면부지 부산항에서 조그만 배로 기름을 나르면서 살았다. 천생 연분을 만나 아들 삼 형제 내로라하는 대학 공부시키고, 집 두 채 마련해서 걱정 없이 산다.”는데 뭐라 축하할 말이 없다. 어머니를 부산으로 모셨는데, 집 안에 있지 못하고 여기 있을 때처럼 돌아다녀서 할 수 없이 형님도 모셔 오라고 해서 모시고 왔다고 했다. “다음 어머니 뵈러 올 때 다시 올게,” 하면서 전화번호를 교환하고 헤어졌다.

단체여행으로 부산에서 숙식하게 되었다. 생각이 나서 전화를 하면서 단체라 빠져나가기는 어렵고 얼굴이나 봤으면 좋겠다고 전화를 했더니, 멋진 자가용에 부부가 와서 막무가내로 가잔다. 일행들의 양해를 얻어 집으로 갔는데 웬걸, 호텔이다. 대구탕을 끓여 놓고 인삼주로 녹슨 추억 꺼낼 때마다 새록새록 지난날이 눈앞에 어른거린다.

누구보다 열심히 살아온 친구는 캑캑거리던 파랑새 담배가 아니라, 아름다운 동화 속의 파랑새처럼 기쁨과 희망으로 가득했다. 행복을 상징하는 파랑새로 영원하기를 빈다.

천둥소리

천둥소리에 눈을 떴다. 오뉴월 장마 때는 으레 그러려니 하지만, 삭풍에 나뭇잎 지고 찬바람에 빈 깡통 굴러다니는 깊은 겨울밤에 번개 · 천둥소리는 생뚱맞다. 한밤중인데 창문이 훤해 보여 문을 열어보니 하얀 눈이 소복이 쌓여 있다. 천둥소리 응원 삼아 희뿌연 회색 하늘에서는 함박눈이 춤을 추면서 떨어질 곳을 골라 가며 내린다.

구름과 구름 사이, 구름과 지면 사이에 음양으로 전기가 발생하고 방전이 일어나 번개가 공기를 뚫고 연결된다. 번개가 지나가며 뚫어진 공기가 팽창하여 기압이 충격파를 일으키면서 내는 소리가 천둥이라는 것을 모르는 이 없다. 이치를 모르던 어릴 때나 어른이 된 지금에도 번개와 천둥소리에 여전히 움츠러들곤 한다.

창문에 번쩍이는 번개를 보면, 일어나 이실직고하라는 신호로 보이고, 천둥소리는 바른말 하라는 호통으로 들린다. 내가 살아오면서 저들과 맞서 당당하게 큰 소리로 결코, 부끄럽지 않게 살아왔다고 할 수가 있을까? 필름을 돌려 보고 재생해서 거듭 본다. 모든 사람을 내 눈높이에 맞춰 높으면 비위 거스르지 않게 아부하는 일 적지 않았다. 낮으면 경시하고 얕보며 이용하려 한 일도 적지 않았다. 이를 돌아보게 하는 번개와 천둥을 멘토로 생각한다.

지난여름 지루한 장마가 끝나갈 즈음이었다. 번개와 천둥소리가 요란한 밤이었다. 처음에는 이불을 머리 위로 올려 썼지만, 계속되는 천둥소리에 자신도 모르게 벌떡 일어나 번개와 천둥소리에 흔들리는 창문을 향해 꿇어앉아 빌었다. "다음부터는 개를 잡지 않겠습니다." 순진한 사나이는 아내가 자주 머리가 아프다고 해서 주위 사람의 이야기를 듣고 개를 여러 번 잡아서 그 골을 아내에게 먹였다. 개를 어쩔 수 없이 잡으면서도 죄의식을 갖고 있었기에 용서를 빌었다. 죄의식을 느끼지 못하는 사람보다 얼마나 착한 사람인지 알기에 그 말을 들으며 많은 사람이 웃을 때도 나는 웃지 않았다.

번개와 천둥소리 요란한데 밖에 나설 수 있는 사람 얼마나 될까? 내가 아는 사람 중에 세상에서 제일 무서운 게 천둥소리라고 하는 사람이 있다. 무식하면 용감하다고 모든 일에 앞뒤가 없고 독해서 누구도 앞에서는 맞서는 사람도 없다. 뒤에서 흉을 보고 손가락질하는 것으로 위안을 삼는다. 그래도 벼락 맞아 뒈질 연놈이라는 것은 아는지 천둥소리가 났다 하면 밖에 나오지를 않는다. 실제 이 사람은 무서운 사람이 아니다. 잘못했으면서 잘못을 모르는 사람이 더 무서운 사람이다.

남편은 단란주점 아가씨와 어울려 놀다 늦게 와서 천둥소리 버금가는 콧소리, 깊은 잠이 들었다. 밖에서는 쏟아지는 굵은 빗방울 소리와 번개 번쩍이면 뒤이어 요란한 천둥소리가 이어진다. 그동안 살면서 남편이 코 고는 소리가 없으면 오히려 깊은 잠을 못 자는 훈련은 되어 있다. 그러나 천둥소리에는 잠을 설치는데 마당에 금방 벼락이라도 떨어질 듯한 대장 천둥소리가 들렸다. 깜짝 놀라 깊은 잠에 떨어진 남편 품으로 얼굴을 묻었다. 놀란 남편이 일어나 아내 따귀를 갈긴 사건은 남편이 질타를 받는 것으로 결론이 났다. 천둥은 부부애 관계도 시험한다.

천둥소리에 놀라 내 품속으로 얼굴 묻을 아내를 기다려 본다. 살포시 안고 등을 어루만져 줄 것이다. 언제가 될지는 모르지만…. 하얀 눈 내리는 밤에 천둥소리를 들으면서 내 마음이 하얗지 못해서 욕하는 소리로 들린다. 남을 칭찬할 때는 너무 작은 소리로 하면서 흉보는 소리는 주위가 전부 들리도록 한 일이 많이 보인다. 칭찬과 흉을 반대로 정리하면서 염통에 털 난 행위도 몇 개 보인다. 천둥소리에 두 손 모으고 현명한 길로 나아갈 수 있도록 소리 높여 크게 질책해 달라고 기원한다.

벼락 맞은 돌 생각이 난다. 흙 묻은 추억이 서린 돌이다. 큰 암석 가운데가 벼락을 맞아 움푹 파였고 늘 빗물이 고여 있다. 집에서 6km는 넉넉히 떨어진 거리다. 초가지붕은 2년마다 새롭게 덮는데 재료 구하는 일이 어려웠다. 우마가 밟지 않은 재료를 찾아 어머니는 새벽에 집을 나선다. 학교에서 돌아오자마자 고구마 삶은 것을 보자기에 싸서 지게에 걸치고 마중을 간다. 벼락 맞은 돌이 이정표다. 기다리다 어머니 짐을 덜어 지고 쉬엄쉬엄 집으로 왔다.

많은 사람의 정든 이정표가 사라졌다. 그래도 하늘에서 징벌할 만해서 벼락을 내린 돌을 자기 혼자 보겠다고 조경하는 데 가져갔다니 한심스러운 양반이다. 자연은 그 자리에 있을 때 진가가 있는 것이지

옮기면 떨어지는 법이다. 더군다나 상금 받은 돌이 아니고, 벌 받은 돌인데 제발 불쌍히 여겨 아껴 줬으면 좋겠다.

하느님도 벼락 맞아 뒈질 연놈 재판하면서 오판할 때가 많다는 생각을 한다. 자가용 탄 놀부 양반 벼락 맞았다는 소식은 없다. 비 오는 날 밭고랑 호미 들고 일하던 흥부가 벼락 맞았다는 소식이 들릴 때면 가슴이 아프다. 번갯불이 보이고 1초 후 천둥소리 들리면, 3km 밖에서 구름끼리 아니면 구름과 땅이 결혼식 올린다고 생각할 것이다. 아무런 죄의식이나 두려움 없이 떳떳한 삶을 살 것이라고, 요란한 천둥소리를 향해서 자신 있게 대들어 본다.

두럭산 숨비소리

구좌읍 김녕에는 두럭산이 있다. 제주에는 오대산이 있는데 영산인 한라산, 성산의 청산, 성읍리 영주산, 사계리 산방산, 김녕의 두럭산이다. 나머지는 봉, 악, 오름 등으로 한 계급 밑이다. 네 개의 산은 멀리서도 볼 수 있고 누구나 잘 아는 산들이지만, 유독 바다 밑에 산이 있으리라 믿는 사람은 없다. 한 달에 한두 번 사리 때 모습을 드러낸다. 전신을 모두 드러내는 일은 연중 몇 번 되지 않는다.

김녕리 동쪽에 덩게바당이라는 바다가 있다. 왜적의 침입을 막기 위해 쌓았던 환해장성이 있고, 바다 쪽으로 약 삼백 미터 앞에 두럭산이 있다. 지금은 해도가 정밀하여 사고가 적지만, 예전에는 큰 배도 지나다 두럭산 암반에 걸려 꼼짝 못하고 걸쳐 있는 모습을 본 적이 있다.

설문대 할망이 빨래를 할 때 한쪽 발은 한라산에 또 한쪽 발은 성산에 두고 두럭산을 빨래판으로 썼다는 이야기가 전해 온다. 영산 한라산에서 영웅이 나면 두럭산에서 용마가 나온다고 했는데, 제주도에서 대통령이 나면 비서실장은 김녕에서 날 게 아닌가 한다. 해녀들도 신성시한다. 숨비소리*도 크게 내지 않으려고 조심을 한다. 외지에서 시집온 해녀가 믿지 않고 드러난 두럭산 위에서 볼일을 봤는데,

갑자기 광풍이 일어났고 범인으로 들통나 많은 욕을 먹는 난리가 난 이후로는 서로 경계하고 더욱 조심한다.

김녕 성세기해수욕장 해안도로를 따라 동쪽으로 가노라면 신재생 에너지 단지가 넓게 자리를 차지하고 있다. 바다의 풍력을 이용하는 높은 기둥 위에서 프로펠러가 용틀임하는 모습은 길손들을 멈추게 한다. 단지에서 서북쪽 끝없이 펼쳐진 바다는 바라만 보아도 가슴이 뻥 뚫리듯 시원하다. 밀려오는 파도가 발끝까지 오는 듯 반갑기만 하다. 이곳을 사람들은 덩게바당이라고 한다.

두럭산 주변은 제법 깊고 많은 해초와 더불어 소라, 전복, 해삼, 오분자기가 많이 모여 산다. 따라서 해녀들 숨비소리도 함께 산다. 할머니, 어머니 숨비소리가 저장된 곳이다. 사리에 전신을 내보이는 날이면 신비하기만 하다.

해녀는 생면부지 육지 해안과 섬 곳곳뿐 아니라 중국, 일본, 동남아, 러시아까지 테왁 하나만 믿고 출항했다. 갖은 설움과 외로움 속에 고생을 하면서도 자신의 안위와 행복은 꿈도 꾸지 않고 배우고 싶은 욕망도 접었다. 오직 오라비 학비, 부모님 병치레, 가족들 생계를 위해 온몸으로 견딘 사연들이 두럭산 구석구석마다 수북하다.

해녀들의 숨비소리도 세월에 따라 변해 간다. 할머니 숨비소리에는 흰 물수건과 적삼, 까만 고쟁이, 박으로 된 테왁 작업 시간이 짧았다. 불턱에서 짚이나 나뭇가지로 연기를 마셔 가면서 몸을 녹이는 둥 마는 둥 다시 물속으로 가서 작업을 했다. 추우면 나와서 다시 불을 쬐던 시절이었다. 허겁지겁 집에 와서는 남편이나 시어머니한테 말기고 간 아기 젖부터 물린다. 남존여비 시절에 주린 배 움켜쥐고 불평 한마디 못하고 숙명으로 알면서 한이 서린 그 숨비소리를 두럭산에 묻었다.

어머님의 숨비소리도 크게 변하지 못했다. 처녀 적에는 육지로 물질 가서 갖은 설움 속에 오로지 가정을 위해 몸을 던졌다. 자신은 비록 배우지 못했지만, 오라비만은 공부를 시켜 줘야 하겠다는 일념으로 열심히 물질했다. 시집가기 전에는 친정을 위해서 젊음을 보내고, 시집가서는 미역을 팔아 생계 유지와 자식들 책가방을 들 수 있도록 하면서 주름살은 늘어만 갔다. 희미한 호롱불 밑에서 양말과 무릎과 엉덩이 터진 곳을 기우면서 자신의 주린 배보다 아이들 주린 배를 걱정하시던 어머님의 숨비소리도 두럭산에 묻었다.

해녀인 아내를 본다. 우리 가정의 웃음은 파도와 싸우면서 저승 문턱까지 들락거린 아내의 고통이 마련한 것이다. 고무옷이 육신을 감싸면서 작업 시간이 길어져 수익은 나아졌지만, 약 봉투도 늘어만 간다. 얼마나 고되면 내 딸은 해녀를 만들지 않겠다고 다짐을 한다. 언젠가는 숨비소리가 사라지지 않을까 하는 생각이 든다.

해녀들이 중산층이 될 때 제주 바다에 숨비소리가 살아날 수 있을 것이라는 생각을 해 본다. 자연유산으로 등록되면서 혜택을 받으려고 고무옷 맞추려는 사람들이 늘어간다. 행정지원이 제대로 수급자에게 가는지, 다른 곳으로 새고 있는지 두럭산은 안다.

양지에 있는 다른 산들은 화려한 모습으로 꽃과 나무와 새소리 바람소리 사철 다른 모습으로 치장하고 앉아 있다. "야호" 하고 외치는 수많은 사람들의 사랑을 받고 건강을 주면서 지내는 게 너무나 부럽다. 물속에서 가난한 해녀들의 숨비소리 벗 삼아 앉아 있는 두럭산도 갖가지 해초를 피워내고 해산물들을 불러 모아 해녀들에게 나눠 준다. 산불이 나고 물난리에 산사태 등 온갖 고초를 겪는 양지의 산들에게 해녀의 망사리를 통해서 위문금을 보낸다.

밤새 끙끙대면서 뒤척이던 아내, 대문 앞에서 "물에 가게." 하는 소리가 들리면 먹던 숟가락도 팽개치고 뛰쳐나간다. 가정의 안녕 앞에 모든 걸 희생한 할머니 · 어머니 모습을 그대로 닮은 해녀 아내다. 오늘도 숨비소리를 두럭산에 묻고 온 아내가 죽은 듯 잠든 모습에서 할 말을 모두 잊어버린다.

* 숨비소리- 잠수하던 해녀가 바다 위에 떠올라 참던 숨을 휘파람같이 내쉬는 가쁜 소리

3부

사십구재

음덕蔭德

이슬로 세수하고 방긋이 아침 인사하는 담장 위 노란 호박이 예쁘다. 정유년 추석이 일주일 앞으로 다가왔다. 벌초도 마쳤고 서서히 명절 준비를 해야 한다. 오일장에서 토실토실 잘 여문 햇밤과 대추를 사왔다. 명절에 찾아올 자녀들에게 나눠 주려고 싱싱한 풋과일도 사오고 올해 수확한 참깨로 짠 구수한 참기름까지 서둘러 챙겨 놓았다.

명절 준비는 연년이 하는 것이고 별다른 게 없는 듯한데 할 때마다 조바심이 나고 마음은 무엇에 쫓기는 듯 노심초사다. 잊어버린 것은 없나 하고 걱정을 스스로 만들어 간다. 요즘 젊은이들 중에는 '제사 명절은 꼭 해야 되는가? 젯상에 차려놓은 음식은 음복할까?' 의문을 품으며 쉽게 넘어 가려고 궁리하는 모습을 볼 수가 있다.

명절 때가 되면 TV에서 명절 증후군과 명절 이후 이혼하는 사례까지 방영을 한다. 남자들은 만들어 놓은 음식을 안주 삼아 술이나 마시고 여자들만 힘들게 일하는 것으로 보도하는 것을 보면 속이 상한다. 물론 그런 가정도 있겠지만, 요즘은 옛날에 비해서 남자들도 자기 몫을 하고 쉽게 음식 장만할 수 있도록 거들어 나선다. 다양한 전기제품이 나와 있을 뿐 아니라 마트에 가면 식재료도 쉽게 구입할 수 있나. 소상을 보시번서 즐서운 마음으로 정성을 다해도 모자길 펀에 속상해 하고 불평불만을 한다면 아니 함만 못하지 않은가?

건드리지 않은 종이 소리를 내자 이상하다 하여 임금이 신하에게 이유를 묻자 “종을 만들려고 산에서 재료를 구해 왔는데 그 산에 사태가 발생한 것 같습니다.” 하고 답을 했다. 임금은 “사람도 마찬가지로 조상이 편하지 못하면 자손에 영향이 미치리라.” 하고 생각을 하게 된 것이 음덕의 유래담이다.

우리 조상들은 4대 선조까지 영향이 닿아 뗄 수 없이 동기감응同氣感應한다 믿고 제사 명절을 하면서 성심을 다했다. 물론 과거에는 계층에 따라 다르기도 했지만 평준화된 다음에는 모두 고조부모까지 제사를 모셨다. 시대의 흐름에 따라 지금은 삼대조까지만 하는 집안들이 늘어나고 합제를 하는 추세다.

예전에는 모두 자시(밤 11시~새벽 1시 사이)에 제사 차례를 마쳤다. 지금은 돌아간 날 밤 아홉 시를 전후해서 제사를 마치는 집도 늘어간다. 농경을 중심으로 하던 시대에는 일가친척들이 인근에 기거를 해서 별 문제가 없었다. 지금의 산업시대에서는 여러 가지 사정으로 뿔뿔이 그리고 널리 떨어져 살아가기 때문에 자연스레 합리를 추구하게 된 것이다.

어떻게 모셨든 무슨 상관인가? 종교에 따라 다르게 모셔도 좋고, 합제도 좋고, 시간을 정해서 해도 좋다고 생각을 한다. 가문가례家門家禮라 가문의 전통에 따라 성심으로 모시면 그만이라 생각한다. 자신의 생일은 잊지 않고 찾으면서 조상 제사 · 명절엔 무관심하는 사람들을 보면 한심하다는 생각이 들곤 한다.

멀게는 6·25 전쟁 당시 유골에서, 가깝게는 세월호 사건에서뿐 아니라 수많은 사건사고에서 얻은 작은 유골 하나를 가지고도 조상 혹은 가족을 찾아내는 뉴스를 본다. 머리에서 발끝까지 조상하고 연결되어 있다는 것을 알 수 있다. 육체적인 유전자만 연결되어 있는 것이 아니고 조상의 과업까지도 자손에게 연결이 되어 있다. 혈연이란 그런 것이다.

잠시나마 철학관을 운영한 적이 있다. 제일 많이 받는 질문으로 남보다 좋은 사주팔자를 가지고 태어났는데 왜 나는 남에게 뒤처지는가 하는 것이었다. 답은 늘 정해져 있었다. 장관, 국회의원, 심지어는 대통령과도 같은 사주팔자도 많다. 우리 운명을 100으로 했을 때 태어난 사주팔자가 아무리 좋아도 운명의 30% 이상을 갖지 못한다. 개인의 노력이 40%, 조상 음덕이 30%이다. 구성에 따라 천차만별 달라지는 것이 팔자다. 타고난 사주와 음덕은 어쩔 수가 없으니 노력으로 운명을 개척하는 수밖에 없다고 답한 것은 지금도 변함이 없다.

제사, 명절 때 차례는 가문가례이고 조금씩 다르기도 하지만 초헌관 · 아헌관 · 종헌관이 차례로 잔을 올리고 다른 잔에 다른 술로 첨작添酌하고 수저를 꽂아 절을 한 후 합문한다. 아홉 수저 드는 시간 약 오 분 정도 조용히 기다리는 시간에 우리는 제관뿐 아니라 모두 부복토록 하고 있다. 각자 기원도 하고, 키워 주고 돌봐주시던 생각도 한다. 어린 손자들은 아무 생각 없이 부복 흉내 내다가 잠이 들기도 한다.

나는 언제부터인가, 똑같은 내용으로 기원하고 있다. '별로 차린 것은 없지만 흔쾌히 받으시고 즐겁게 흠향해 주십시오. 집안이 무탈한 것은 조상님들의 음덕이라 여깁니다. 웃음소리가 담장을 넘어가도록 해 주시고 자손들 걸어가는 길 인도해 주시고 항상 건강할 수 있도록 도와주십시오. 한창 바쁜 자녀들과 귀여운 손주들 사회에서 학교에서 즐겁게 생활하도록 해 주시고 금년 농사 잘되어야 더욱 풍성한 상차림을 할 수가 있습니다.' 짧은 오 분 안에 마음속으로 축원을 올린다.

금년 추석에는 제일 먼저 우리 딸이 아이를 갖게 해달라고 기원을 해야겠다. 자꾸 실패하는 딸이 안쓰럽다. 이제 딸이 회임했다는 말만 들으면 원이 없겠는데, 어쩌면 조상님들이 힘을 모아 이번에 나의 염원을 들어줄 것만 같다.

꿈

나에게는 작은 꿈이 하나 있다. 그동안 살아오면서 보고 듣고 겪었던 일들을 되돌아보며 소가 되새김질하듯 음미하면서 한 편 한 편의 글로 엮고 싶다는 것이다. 내 인생이 뭐 그리 대단해서가 아니라 지나온 삶을 차근차근 되돌아보고 싶기 때문이다. 물론 잘못된 일들을 반성하는 내용도 많겠고, 해명하고 싶은 일과 숨기고 싶은 일도 있겠지만, 나의 삶을 솔직하고 꾸밈없이 기록한 인생 이야기를 한 권의 책으로 만들고 싶다. 세상의 어느 누가 그렇지 않은 사람이 없겠지만, 되돌아보면 나의 인생 여정도 파란만장한 것이었다.

나이 예순에는 귀가 순해지며, 일흔에는 마음이 하고자 하는 것을 따라서 해도 법도를 넘지 않는다고 하였다. 이제 내 나이 고희古稀가 눈앞이다. 아무리 생각해도 지금 글쓰기 공부를 한다는 것이 가능할 수 있을까 해서 많이 고민했지만, 더 이상 망설이다가는 죽을 때까지 후회할 것 같아 수필 공부 모임에 나가기로 했다.

예전에도 과감하게 무언가를 결정하여 성공을 거둔 적이 한두 번이 아니다. 그중의 하나가 뒤늦게 대학에 들어가기로 마음먹은 일이었다. 지금 생각하면 그런 용기가 어디에서 나왔는지 알 수 없는 일이다. 딸을 대학 졸업시키고 난 뒤에, 정말 뒤늦게 지천명인 갓 고등학교를 졸업한 학생들과 같이 앉아 수능시험을 치렀다. 물론 검정고시와 같은 방법도 있었지만 떳떳하게 시험을 보고 당당하게 대학에 입학해야겠다는 일념으로 공부를 했다. 당시로는 최고령자 응시자라고 하여 방송에 나가 인터뷰도 했다. 마침내 야간대학이지만 대학에 입학해서 장학생도 되었다. 아무리 생각해도 그런 힘든 일을 어떻게 참으면서 이겨낼 수 있었는지 내 자신이 대견하기만 하다.

문학에 대한 관심은 어린 시절부터 있었고 나름대로 열심히 독서도 해 온 것 같다. 글 쓰는 방법도 모른 채 어쩌다 여기저기 응모를 하기도 했다. 내가 쓴 글이 입선되어 남들 앞에서 읽히는 영광이 초등학교 시절부터 여러 번 있었고 그럴 때 나는 하늘을 날 듯이 기분이 좋았다. 그렇다고 해서 문학에 특별한 재능이나 소질이 있다는 생각은 해 보지 않았다. 다만 문학에 대한 향수는 첫사랑의 그리움과 같이 마음속에 아련히 남아 있었다.

이제 칠순이 가까운 나이에 뒤늦게 어쩌다 글을 쓰는 친구의 권유로 문학회에 가입하게 되었고, 그동안 잊었던 그리움을 새롭게 일깨우듯 다시 펜을 들었다. 서툰 글을 쓰면서 조금씩 욕심이 생겼다. 좀 더 열심히 배워서 다른 문인들처럼 좋은 글을 쓰고 싶은 욕망이 하루가 다르게 꿈틀대기 시작한다. 나만의 인생을 가득 담은 책을 갖고 싶다는 꿈과 욕심은 자꾸 부풀어 간다. 요즘은 문학 모임에 나가 글 쓰는 사람들과 어울리는 것이 가장 큰 즐거움이고, 내 생애의 너무나 큰 행운이라는 생각까지 든다.

어떠한 문학 장르에서든 상관없이 글을 쓴다는 것은, 달팽이가 느린 걸음을 걸어가면서 눈에 보이지 않는 흔적을 남기는 것과 같은 것이 아닌가 한다. 선한 감성을 가진 사람들이 고운 흔적을 남기는 것과 같이, 나쁜 마음을 가진 사람은 추한 흔적을 남기는 것이라고 생각한다. 글에도 사람의 마음은 그대로 남는 것이어서 사람의 체온까지 담겨 있다고 한다. 나의 글에 감정과 인생의 흔적은 어떻게 남을 것인가. 지팡이 짚고 다니다가 봉분 하나의 흔적으로 남는 우리네 인생과 같이, 한글도 깨우치지 못했지만 한평생 허덕이다 가신 조상들이 아름다운 삶의 흔적을 남긴 것과 같이, 나의 글이 이 세상에 작은 흔적으로 남는다면 얼마나 행복할까.

호랑이는 죽어서 가죽을 남기고 사람은 죽어서 이름을 남긴다고 하는 말 속에는 훌륭한 사람이 되라는 마음도 담겨 있지만, 부끄러운 삶을 살아서는 안 된다는 염원이 더 크게 담겨 있다. 남은 삶에서 훌륭한 사람이 되려는 욕심은 없다. 오직 잘못된 삶이 되지 않도록 경계하며 성실하게 살아갈 뿐이다. 꽃의 향기를 노래하고 슬픈 일을 보면 눈물도 흘릴 줄 아는 사람이었다는 흔적을 남기고 싶다.

오늘도 글 쓰는 사람들을 존경의 마음으로 바라본다. 훌륭한 작품으로 명성을 날리는 사람들도 많지만, 헛된 명성보다는 삶의 현실을 소박하게 표현하면서 문학 활동을 하는 사람들이 더욱 훌륭하게 보인다. 그들은 이 세상의 아픔을 진솔하고 착한 마음으로 바라보고 표현하고자 하는 사람들이다. 이런 분들을 알고 같이 어울린다는 것만으로도 행복하고 나도 앞으로 좋은 글을 써야겠다는 꿈을 키우게 된다.

설령 이루지 못한다 해도 전혀 후회하지 않을 아름다운 꿈이다. 손가락 매듭에서 힘이 없어지고 청춘이 빠져나간 얼굴에 검버섯이 피고, 백발에 비듬이 쌓이기 전에 가슴속에 간직한 이야기들을 하나하나 꺼내 놓고 싶다. 나만이 알고 있는 인생의 온갖 희로애락의 사연들을 하나씩 풀어 놓고 싶다는 생각을 가져 본다.

눈물보다는 기쁨을 이야기하고, 절망보다는 희망에 대해 쓰고 싶다. 눈 덮인 들판을 걸으며 웅덩이에 빠졌던 이야기를 쓰면서 다시는 웅덩이에 빠지지 않는 지혜를 전하고 싶다. 마음을 정화시킬 수 있는 평화와 희망을 전하기 위해 내가 걸어온 길과 나만의 흔적을 남기리라. 때때로 꺼내기 싫은 혼자만의 아픔의 찌꺼기도 다 드러내어 깨끗이 씻어내고 싶다.

아름답고 곱게 늙어 가기 위해서 온갖 생각으로 무거워진 머리와 가슴속을 더욱 비워 내어야겠다. 아무리 좋은 거울이라도 그 속을 다 비추지는 못한다. 속을 다 볼 수 있고 다 비출 수 있는 투명한 거울 같은 아름답고 고운 글을 쓰고 싶다.

감씨 하나 심어 놓고 언제 싹이 나오나 매일 확인하는 여덟 살 된 손자를 본다. 한 편의 글을 통해 인생의 흔적을 남기고 싶다는 내 마음과 닮았다. 인천상륙작전 때 맥아더장군의 나이가 70세였다. 그 나이가 되기 전에 나는 수필 쓰기에 연착륙을 할 수 있을까. 꿈을 꾸듯 수필 공부를 위한 온갖 상상이 풍선같이 날아오르기 시작할 즈음, 갑자기 "밥 먹으소."라는 마누라의 투박한 소리가 들려온다.

(「수필과 비평」 신인상 수상작)

나는 80140057

주룩주룩 종일 비가 내리다 갠 땅바닥은 발등 위까지 질퍽거렸다. 온종일 배낭을 메고 뛰어다닌 몸이다. 점호 마치고 침상에 누워 다리를 뻗으면 천근만근 덮이는 눈꺼풀! 오늘은 무사히 넘기려나 싶었는데 어김없이 한밤중 호루라기 소리다. 팬티 바람에 연병장 집합이다.

6개월 그동안 마음 놓고 제대로 깊은 잠 한번 자 본 적 없는 긴장의 연속이었다. 부사관 학교 졸업을 앞두고 군기가 해이해질까 봐 계속되는 비상의 연속이다. 하얀 광목 팬티만 입고 낮은 포복을 하면서도 흙 묻히지 않으려고 요령껏 캄캄한 막사 주위를 돈다. 일어설 때는 흙 한 줌 손에 쥐고 있다. 플래시가 자기 앞에 비칠 때를 대비하는 것이다. 하루아침에 숙달할 수 없는 수준이다.

1970년 5월 26일 제주시 산지항 해군 수송선 밑바닥에는 팔백 명이 넘는 젊은이들이 군에 입대한다고 소집되어 배를 탔다. 술 한잔 거나하게 걸치고 배웅하는 가족을 뒤로한 채 착잡한 심정으로 왁자지껄하다가 잠이 들었다. 밤중에 추워서 일어나 보니 반은 밀폐된 철선의 공간이라 젊은 열기가 천장에 이슬이 되었다가 굴속에 물이 떨어지듯 뚝뚝 떨어져 옷을 적시고 있었다. 춥고 멀미하고, 제주 병력은 출발부터 훈련이다.

뛰고, 기고, 눈물과 피와 땀으로 논산 6주 간 기본훈련과 후반기 4주 간 주특기 훈련을 긴장과 함성으로 이겨냈다. 모두 머리를 빡빡 깎아 조금 떨어진 곳에서는 친구들도 서로 알아볼 수가 없었다. 다른 부대에 속한 친구를 요행히 만나면 반가워서 악수하고 껴안고 뛰던 모습이 생생하다.

달 밝은 밤에 보초를 서면 내가 가장이 되어 돌봐야 하는 우리 집안 걱정, 특히 두고 온 어린 동생들과 성치 않은 어머니가 걱정이 되었다. 입영 전날 동네 친구들과 한잔하면서 '어머님의 손을 놓고 돌아설 때엔 부엉새도 울었다오 나도 울었소.' 고모령 노래를 눈물로 불렀던 생각이 많이 났다.

어머님이 요긴하게 쓰라고 주신 3,000원. 배출대에서 최종적으로 수천 병력이 배속되는데도 팔리지 않는 일곱 명 가운데 끼었다. 돈을 쓸 좋은 기회였지만 돈이 아까웠다. 그리고 혼자 떨어져 좋은 곳으로 배속되기보다는 친구들과 같이 배속되기를 희망했다. 결국, '인제 가면 언제 오나, 원통해서 못 살겠네' 노래하는 강원도 최전방 인제면 죽곡리에 있는 부대에 배속되었다.

먼지를 뒤집어쓰면서 부대에 도착한 시간은 호롱불에 겨우 얼굴을 알아볼 정도인 밤이었다. 같은 소대에는 제주 병력 두 명이 같이 갔다. 침상에 걸터앉은 하사 계급장을 단 선임관이 노려보고 있다. 부동자세로 경례하고 신고를 마쳤는데 너희 중에 제주에서 온 사람이 누구냐고 묻는다. 먼저 "접니다." 하고 같이 간 친구가 손을 든다. "어디야?" 하자 큰 소리로 "추자에서 왔습니다." 하고 대답을 했다. 그러자 추자도도 제주냐 하면서 발로 민다.

살짝 겁이 나면서 "구좌면 김녕에서 왔습니다." 하고 기어드는 소리로 대답을 했다. 그러자 대뜸 손을 잡으면서 나를 아느냐고 하면서 얼굴을 디미는데 희미한 등불 더구나 자주 보던 얼굴도 아닌데 알 리가 없다. 그러나 "이게 웬 떡입니까? 알 것 같습니다." 한마디에 나는 상병보다 편하게 지내게 되었고 잠자리는 늘 분대장 곁이었다.

키 크고 잘생긴 얼굴 늠름한 모습이 정말 장부다웠다. 젊은 시절 배가 고파 물 건너 제주에 와서 정착한 곳이 우리 마을이었다. 양 떼를 몰면서 여러 해를 보내다 고향으로 갔고 입대를 했다고 하는데 나는 기억할 수가 없었다. 단지 양 떼 주인을 알고 당시에 사귀었다는 사람들은 알 수 있지만 정작 당사자는 잘 알지 못한다. 양 떼 관리하느라 대면할 기회가 없었고 동네도 좀 떨어져 있었기 때문이었다는 생각이 들었다. 천운으로 졸병 생활을 편하게 해 준 서성관이라는 이름 석 자는 잊을 수가 없다.

추석날 아침이다. 철조망을 앞에 두고도 명절이라고 소대장이 각 분초에 한 사람씩만 남기고 소초에서 명절을 지내자고 소집을 했다. 제일 졸병인 내가 남게 되었다. 지난밤에 특공대를 선발해서 소대장 모르게 민가에서 동동주 한 말을 사다 놓았다. 분대원들끼리 마시자고 숨겨 놨는데 혼자 남게 된 나는 처음에는 살짝 한 사발 먹어도 모르겠지 하고 마셨다. '고향이 그리워도 못 가는 신세' 유행가를 불렀다. 그 노래가 그렇게 좋은 술안주인 줄 몰랐다. 누가 엉덩이를 찼고 눈을 떴는데 일어설 수가 없었다. 분대원 모두 마실 동동주를 혼자

마시고 쏟아놓고 코피까지 흘렸던 기억이 난다.

나를 친동생같이 보살펴 주던 분대장이 제대를 했다. 호시탐탐 기회를 노리던 선임들이 괴롭힐 구실을 만들기 시작한다. 호강이 끝났다고 생각할 때 부사관학교 차출 기회가 왔고 가지 말라는 소대장에게는 불합격하겠다고 해 놓고는 차라리 고생을 여기에서 하자고 결심을 하고 졸업을 했다.

국방부에 80140057 나의 젊은 시절 피와 땀으로 얻은 번호를 보관한 지 반백 년! 제대하고 나서 친구들과 술자리만 하면 조금은 뻥치면서 군대 이야기로 안주를 삼았다. 오래 우려먹었다. 지금도 군대 이야기가 유효기간이 없는 술안주다. 육체적으로 정신적으로 건강하지 않으면 얻을 수 없는 국방부 번호다.

우리 아들 둘도 국방부 번호 보관한 것을 무엇보다 자랑스럽게 생각을 한다. 가족들 전화번호를 단축번호로 지정해 놓고는 누가 물으면 얼른 대답할 수 없지만, 국방부에 보관시켜 놓은 번호는 잊히지 않는다.

남자로 분단된 조국에 태어나서 국방부에 개인번호 하나 없이 국방을 이야기하는 남자들을 본다. 조국을 사랑한다는 지도자 입을 쳐다본다. 자신은 육체적 · 정신적으로 하자가 있어 부득불 못 갔으면 자식이라도 충성할 수 있도록 키워야 한다. 피해 가는 기술을 전수했는지 자식까지 국방의무를 다하지 않는다.

1970년대에는 한글도 모르는 장정들도 국방의 의무를 다했다. 휴가를 얻고도 집에 혼자 찾아갈 수 없는 젊은이도 국방부에 군번을 보관했다. 사나이로 태나서 할 일도 많다만 조국을 지키는 영광과 부모 형제 단잠을 잘 수 있도록 하겠다는 젊은이들을 생각한다. 늘 응원하고, 국방부 나의 번호 80140057을 눈감는 날까지 기억할 것이다.

성세기 해변

성세기 해변은 제주시에서 동쪽으로 24㎞ 떨어진 곳에 있다. 해안도로를 끼고 1급수 청정 바닷가, 손에 잡으면 사르르 내리는 은빛 모래 백사장이다. 비치파라솔이 펼쳐지고 하얀 모래 위에 뜨거운 태양열이 부서지는 계절이면 비키니 차림의 많은 인파가 파도처럼 일렁거린다. 이 평화스러운 풍광 속에는 기억조차 희미해지려는 진한 역사가 있다.

지금은 배와 테우가 드나들던 포구 양쪽을 다리로 연결해서 차량과 사람들이 편하게 통행을 한다. 다리 밑으로 작은 배 두 척 초라하게 드나들지만, 지난날에는 큰 풍선 서너 척과 여러 척의 테우가 늘 매여 있고 머리에 수건을 동여맨 젊은이와 담뱃대를 입에 문 어르신들까지 흥청거리던 활기찬 포구였다. 숭어 새끼 폴짝 뛰는 구석진 곳에서 늘 차가운 용천수가 솟아 흐른다. 한쪽에 암반이 꽤 넓고 편편한 곳이 있다. 그물막과 그물집이 자리했던 곳이다.

성세기 해변을 농갱이 와당으로 불렀다. 가까이에 작은 섬 하나 없는 드넓은 바다 밑에는 돌부리 하나 없는 모랫바닥으로 되어 있다. 이러한 조건으로 예부터 우리 조상들이 재래식 후릿그물로 멸치를 잡던 어장이다. 한라문화제에서 재연하여 전국에까지 크게 알려졌던 멸치 후리는 소리의 근원지다. 멸치를 협업사업으로 잡아서 가계에 보탬도 하고 팔리지 못하면 거름 대용으로도 사용했다.

협업사업이라고 해서 아무나 참여할 수 있는 게 아니라 상당한 권위 내지는 권위자 추천이라도 얻어야 했다. 설사 참가하는 기회를 얻는다 해도 고된 자리에 배치되어 밤새도록 배 위에서 방앗돌 굴리듯 뱅뱅 돌아가면서 그물을 감아올린다. 멀미와 노동에 지쳐 쓰러지고 토악질까지 감수했다. 다음에 나오지 말라고 할까 봐 지친 표정도 제대로 못 짓고 아침에는 고참 어르신들의 잔심부름까지 해야 한다.

사연들이 그물 구멍마다 새겨진 후릿그물. 아이들 키와 비슷한 돌기둥 네 개를 세우고 위에 그물을 쌓고 비가림 했던 산 같은 눌이 서너 개나 있었다. 그 옆에 필요한 잡동사니들을 보관하는 허름하고 조그만 창고를 지어 놓고 바람에 날아갈세라 노심초사하던 어르신들의 모습이 어른거린다.

해 질 무렵이면 밭에서 일하다가도 물때 맞춰 손 놓고 모여든다. 망선에 후릿그물 차례대로 차곡차곡 싣고 출항 준비다. 공원, 제장, 도임 간부들이 먼저 작고 빠른 당선을 타고 앞질러 가서 고기 떼를 살핀다. 명령에 따라 망선에서 그물을 내리기 시작하는데 온 힘을 다해 노를 저으며 바다의 짠물이 코로 입으로 눈이 따가워도 닦을 새가 없다. 고기를 가둬 놓고 그물 밖에서 동원된 배와 테우들을 중간마다 나열해서 한불(그물 중간)로 고기가 못 나가도록 살짝 들어 걸치고 동터 올 때까지 지킨다.

아침이면 동네 꼬마들이 고기 실은 테우 옆에서 발가벗고 수영이다. 주위에 흔한 승비기나무의 가느다란 줄기에 고기를 주워 꿰찬다. 밑에 죽은 고기만 줍는 게 아니라 감시가 소홀한 틈을 타서 테우에 올라 고기를 바다로 던지고는 줍기도 하는데 여간 스릴이 아니다. 전문적으로 멸치를 잡는 배가 바다를 누비고 집어등이 훤하게 비치기 시작했다. 그물막이 바람에 날리는 날 호령하던 간부 어르신도 후릿그물 던지던 젊은이도 거의 산으로 갔다. 고기 줍던 꼬마들이 청년이 되었을 때 백사장은 한풍으로 날리는 모래가 신작로를 넘어갔다.

당시에는 마을이 동서로 나뉘어 있었다. 동쪽 마을 사무장을 맡고 있었다. 친구들이 간혹 시간이 나면 모여서 마을 이야기를 했다. 그러던 어느 날 마을의 개혁을 하려면 조직이 필요하다는 데 동감을 했다. 마을의 민주화를 위해서 젊은이의 이야기를 들으려 하지 않는 유지 분들의 독선을 막아 나서자는 데서 출발했다. 선후배 중 개혁성을 띤 사람을 선정하고 설득하여 지역을 위해서 봉사를 하겠다는 20명을 규합 1974년 상록회가 발족이 되었다. 이런 연유로 지금도 매월 20일을 모임 하는 날로 정하게 되었다.

옛날부터 천하의 대촌이라는 마을이 점점 퇴보되는 것을 막고, 지역을 개발하여 '잘사는 마을 살기 좋은 마을을 만들어보자.'를 목표로 정했다. 당시만 해도 오직 농경사회로 농사에서 생계를 유지할 때라 선진농업 정보를 수집하는 데 최선을 다하고, 함덕 해수욕장이 성황을 이루고 있을 때라 넘치는 해수욕객 또는 조용한 곳을 선호하는 해수욕객을 유치키 위해 멸치 후리던 백사장을 정비해서 해수욕장을 만들어 보자는 데 뜻을 모았다.

해수욕장의 뜻을 세우는 데는 이탈리아 관광객이 마침 썰물로 드러난 모랫길을 걸으며 낙조를 보면서 이제까지 많은 외국을 관광했지만 이렇게 멋진 광경은 어느 곳에서도 보지를 못했다는 이야기가 희망을 품게 했다. 의욕은 넘치지만, 당시에는 중장비 사용은 꿈도 꾸지 못했고, 삽과 괭이와 가마니 손수레를 밀고 당기면서 백사장을 정비했다. 돌을 치우고 잡초 등을 제거하면서 오직 해수욕장을 만들겠다는 일념으로 피와 땀을 흘리고 손발이 멍들어도 한 사람 불평 없이 자진 참여를 하면서 백사장은 마련이 되어 갔다.

갑자기 회장님이 관에 소환되는 일이 벌어졌다. 당시 마을에서는 일본교포가 많아 그 연유로 밀항하여 힘들게 번 돈을 고향에 보내고 그 돈으로 경제에 도움을 받고 있었다. 회장님도 일본에 밀항해 생활하시다가 강제 송환된 과거를 갖고 있었다. 이유인즉 사업계획 작성할 때 새로운 농업기술 정보를 수집하자는 내용을 제목이 농업 관련이므로 줄여서 그냥 아무 생각 없이 정보수집이라고 한 것이 당시 시퍼런 정보사회에서 더구나 강제송환자가 회장이 되어 해수욕장을 개발하면서 일하는 모습이 정보기관의 촉수에 곱게 보이지 않았다.

회장님이 욕을 보시고 총무와 괘도 작성자까지 엄청난 곤욕을 치르면서도 상록회는 굴복하지 않고 개발을 했다. 다음 해부터 해수욕객들은 찾아들기 시작했다. 한번 다녀간 해수욕객들의 1급수 청정수와 은모래 선전으로 해마다 해수욕장의 모습은 변모했다. 상록회는 피와 땀으로 일군 해수욕장을 마을에 돌려주기로 어려운 결정을 했다. 그래야 행정 지원 등을 받아 해수욕장다운 해수욕장이 될 것이라는 데 동의를 하고 마을에서 맡아서 개발하는 것으로 결정을 하게 된 것이다. 마을에서도 고맙게 받아들이고 같은 조건이면 우선해서 계절 음식점 등을 할 수 있도록 하겠다고 약속을 했다.

언젠가 개장할 때마다 주민과 관광객이 모여 멸치 후리는 모습과 해녀 노래를 재연하는 모습을 보일 수도 있을 거라는 희망을 품어 본다. 해변 입구에는 까만색 조그만 공덕비가 숨은 듯 서 있다. 76년 당시 동김녕리에서 건립했다. 최초 20명 외에 자진 가입을 희망 어려움을 같이한 동지들의 이름도 함께 적혀 있다. 누가 알아 주는 이 없이도 이름 적혀 있는 것만으로도 고마울 뿐이다. 진정으로 고향 발전을 생각했던 사람들! 영원히 성세기 해변과 함께할 이름들이다.

이제 세월이 덧없이 흘러 노인이 된 회원 중엔 발전된 모습을 보지 못하고 유명을 달리한 분들도 많다. 관에 잡혀가서 곤욕을 치른 '고 윤성 회장님, 한철우, 강기용 회원' 생각이 난다. 두 손 모아 명복을 빕니다.

성세기 해변을 낳으신 상록회원 여러분! 건강하게 사시면서 해수욕장이 발전되는 모습을 오래오래 지켜봅시다.

어머님의 창부타령

1998년 8월 17일(음력 6월 26일) 오후 5시 55분이다. 한여름의 더위는 저녁으로 가는 줄도 모르고 태양은 더욱 발악하며 이글거렸다. 사람들뿐 아니라 새들도 그늘을 찾아든다. 오직 선풍기에 의지한 조그만 방 하나만 슬픔이 더위를 제압하고 있다.

어머님! 제가 왔습니다. 목메어 울면서 뼈만 앙상한 손목을 잡고 하염없이 눈물을 흘렸다. 거듭거듭 어머니를 불러 보지만, 눈을 뜨지 못했다. 숨결도 없이 가슴만 희미하게 팔딱거렸다. 귓가에 대고 어머니를 부르다 가만히 잡은 손을 놓아야 했다. 그렇게 어머님과 마지막으로 이별하던 장면을 세월이 가도 잊을 수가 없다.

많은 세월 병마와 생활고에 시달리고 자나 깨나 자식 걱정에 편한 날이 없었다. 주름살이 늘어나는 얼굴에 흔한 동동구리무 한번 흠뻑 발라 보지 못했다. 너무나 곱고 편한 모습으로 가셨다. 장례 기간 동안 병풍 뒤에 시신을 모시고 얼음으로 주위를 둘러 더위를 차단했다. 임종을 처음부터 지키지 못한 게 너무나 한이 맺혔다. 비록 짧은 장례 기간이지만 조객들이 권하는 술은 다 받아 마시면서도 취하지도 않았고, 눈 한번 붙이지 아니해도 졸리지도 않았다.

당시 내 나이가 오십을 바라보는데도 지금 생각하면 철이 덜 들었었다. 병마에 시달리다 한 고비 넘겼다고 할 때 안심할 때가 아니라는 것을 몰랐다. 어머님이 병마에 시달리다 오랜만에 기력을 찾으셨다. 동네 친목이 작년부터 여행을 계획했다가 우리 사정 때문에 연기를 했는데, 이제는 갈 수 있겠다 싶어 준비했다. 동생에게 부탁하면서 일행들과 합류했다.

대문을 나서기 전에 어머님께 다녀오겠다고 인사하는데 어머님이 그러셨다. "그래! 가야겠냐?" 나는 어머님이 그렇게 힘없이 말하는 마음을 몰랐다. "어머니, 3일 간입니다." 이제 기운도 차리셨고, 동생이 잘 보살필 것이니 아무 걱정 하지 말라고 하면서 대문을 나섰다. 시중드느라 고생한 집사람을 조금이라도 달래 주고 싶었고, 우리 때문에 여행이 연기된 것에 대한 미안함을 해소하고 싶었다.

집 떠나 2일째 유람선을 즐기려는데 급보가 왔다. 어머님이 갑자기 위독하다는 것이다. 일행을 뒤로하고 청주공항으로 달렸지만, 제주로 가는 비행기는 없었다. 여관의 하룻밤이 그렇게 더디 가는 줄 예전에는 몰랐다. 다음 날에야 비행기를 타고 어떻게 집으로 왔는지 정신이 없다. 가족들이 모여 있고 울먹이는 소리가 한여름의 방 안을 싸늘하게 채우고 있었다.

어머님은 젊은 나이 때부터 천식을 앓으셨다. 한번 기침을 하면 좀체 그치지를 못했다. 그래서 제일 겁나는 게 감기였다. 기침 감기가 겹치면 너무나 못 견뎌 하셨고, 끼니도 힘들어하셨다. 물론 아버지는 있지만 내가 한참 철들어서야 진짜 아버지라는 것을 알았다. 그도 그럴 것이 우리 집에서 세 집 건너 첩을 얻어 사셨고, 제사 명절 때 말고는 같이 식사한 적이 없다. 나보다 두 살 차이 동생이 있는 걸 보면 어울려 산 역사가 길다는 걸 알 수 있다.

속상한 어머니는 내가 걸음마할 때 시집에 두고 떠났지만, 두고 온 자식이 눈에 밟히고 첩의 손에 맡기지 않으려고 다시 돌아와 고생길을 택하셨다. 첩의 손에 머리채를 주면서도 견뎌내신 어머님이다. 당시에는 중학교 시키는 것도 쉬운 일이 아니었다. 교무실에 불려가지 않게 허리가 휘어지도록 자갈밭을 일구었다. 나는 어머니가 손톱 자르는 걸 본 적이 없다. 아버지는 유지라고 하는데 첩에게 잡혀 사는지, 조강지처가 아파도 자식이 배가 고파도 도와주지 않았고 어머니 혼자 키웠다.

여행 떠나기 며칠 전에 기력을 회복하니까 노래를 하고 싶다고 했다. 나는 말렸다. 노래 내용을 알기 때문이다. 한이 서린 가락에 살아온 넋두리 듣기가 싫었다. 당시 나의 마음은 어머니가 더 아파하지 말고 평안히 돌아가 주셨으면 하는, 지금 생각하면 너무나 죄스러운 마음뿐이었다. 그래서 장병에는 효자가 없다는 이야기가 피부로 와 닿았다.

어머니는 소리를 좋아하셨고 누가 들어도 가슴을 저미게 했다. 나는 그 노래가 어머님이 가슴속 아픔을 밖으로 뱉어내는 통곡인 것을 몰랐다. 소리가 너무 구슬프게 들려 어린 마음에 별로 흥취도 없고, 슬프다는 것을 느낄 뿐 가사는 알려고도 하지 않았다. 밭에 김을 매면서도 노래를 했다. 어머님이 소리를 할 때만 얼굴에 생기가 도는 이유를 몰랐다.

나이가 들어갈수록 어머님의 생각이 지워지지를 않는다. 손자들의 재롱을 보면서도 어머님이 보신다면 얼마나 즐거워하실까? 맛있는 음식상에 가족들이 화기애애한 자리에서도 문득 생각이 난다. 지금도 나를 보면서 노래 한곡 조 하겠다고 애절하게 쳐다보던 어머님의 눈빛을 잊을 수가 없다.

제주 문화원 평생교육의 민요반을 찾았다. 남자라고는 혼자였다. 주눅이 들어야 당연하겠지만 어머님의 소리를 진심으로 이해하려고 찾아서인지 전혀 그렇지 않았다. 반원들도 환영해 주었다. 고성옥 명창님의 소리를 들으면서 어머니를 보는 듯했고 가사를 보면서 어머님의 가슴속을 이해할 수가 있었다.

추강 월색 달 밝은 밤에 벗 없는 이내 몸이
어두침침 빈방 안에 외로이 홀로 누워
밤 적적 야심토록 침불안석에 잠 못 자고
몸부림에 시달리다 꼬끼오 닭은 울었구나
오늘도 뜬눈으로 새벽맞이를 하였구나.

세 집 건너 첩을 얻어 사는 남편을 욕하지도 않았고 원망하는 소리도 들은 적이 없다. 병동에 입원했을 때 가뭄에 콩 나듯 한 번이라도 남편이 오면 키도 크고 잘생겼다고 다른 환자들에게 자랑했다. 모든 게 내 팔자라고 생각하면서 오직 밤하늘에 둥근 달을 보면서 적적함을 노래하시다가 돌아가셨다. 입으로는 소리를 하지만 뼈 마디마디 한이 서리고 가슴속에 흐르는 눈물을 보이지 않으려고, 애쓰는 소리였다는 것을 많은 세월이 지나서야 알 수 있었다.

어머님의 마지막 노래를 하도록 도와주지 못하고 꼭 하고 싶었던 사연들을 들어 주지 못한 불효는 씻을 길이 없다. 세월이 갈수록 너무나 후회된다. 오늘도 어머님이 매일 쳐다보시던 창문을 바라본다. 달 밝고 귀뚜라미 소리라도 들리는 밤이면 어머님이 창문가에서 부르던 창부타령이 들리는 듯하다.

나는 지금까지 민요를 부른 적이 없지만, 명창 선생님께 노래를 배워서 어머님의 마음을 조금이라도 이해하고, 무덤가에 잡초를 뽑을 때 속으로라도 읊조리면서 불효를 조금이라도 덜어 볼까 한다.

사십구재

아침에는 쌀쌀하고 낮에는 따뜻하고, 겨울과 봄의 인수인계가 한창이다. 오늘은 장모님이 돌아가신 지 49일째 되는 날이다. 차남 며느리와 인연으로 절에 열심히 다니셨다. 생전에 내가 죽으면 사십구재를 해 달라고 하신 말씀대로 장례를 치른 후 절에 영정을 모셨다. 일주일에 한 번씩 가족들이 찾아와서 불공을 드리고, 스님의 염불 소리 따라 정성으로 재를 지냈다. 6주 동안 같은 방법으로 지내고, 7주째 되는 날이 오늘이다.

오늘은 가족뿐 아니라 신도와 지인들까지 참례를 한다. 10시부터 시작한다고 했는데 준비를 도울 겸 일곱 시에 절에 도착했다. 멀리 사는 처남댁과 처제가 먼저 와 있었다. 그동안 6주를 보내면서 열심히들 했는데 정말 착실하다.

88세 연로한 나이에도 정정했다. 이웃에 농사를 짓는데 일손이 모자라 도움을 청하면 기꺼이 나서신다. 자식 모두가 이구동성으로 뭣 때문에 사서 고생하냐고 노상 실랑이를 했다. 나는 장모님을 이해한다. 그리고 힘없는 늙은이더러 도와 달라는 사람들을 마음속으로 고마워했다.

밭고랑에 앉아서 어울린다는 게 나이 많은 장모님의 낙이었다. 다른 사람들은 모두 일터로 나간 텅 빈 동네, 집에 혼자 남아 있는 것보다 훨씬 즐겁다는 것을 알기 때문이다. 장모님은 소외되지 않으려고 힘들어하면서도 누가 일하러 같이 가자는 사람을 고맙게 여겼다. 불의의 사고로 남편을 보내고 아들딸은 많지만, 모두 제 갈 길로 떠나 산다. 집에 혼자 덜렁 남아 어정대는 것보다 많은 사람 틈에서 사람 냄새를 맡는다는 게, 얼마나 즐거운 일인지 자식들은 모른다.

절에 가서 부처님의 온화한 모습을 대하면 평소 신도가 아니라도 평안함을 느낀다. 관광을 다니면서도 부처님을 대하면 많은 사람이 절을 하고 예를 갖추는 모습들을 본다. 오늘은 사십구재라는 의식과 다른 절에서까지 참석한 많은 스님과 같이해 분위기가 더욱 엄숙하기만 하다.

스님들도 계급사회인 듯 장삼색이 다르다. 황색 장삼을 걸친 스님이 독경하고 참석한 스님들이 뒤를 잇는다. 부처님께 삼배하고 왼쪽에도 삼배를 드린 후 영정이 모셔진 쪽에 삼배했다.

영정을 중심으로 전례 없이 엄숙한 모습으로 장식되었다. 마지막 재판의 선고 판결을 위한 자리이다. 우리 중생들은 지방법원 고등법원 대법원 삼심제를 택하지만, 부처님의 판결은 일주일 간격으로 7회를 한다. 장모님 왕생극락을 소원하는 가족과 친지들 신도와 지인들이 부처님께 자비를 빌면서 두 손을 모으고 꿇어 앉았다. 부처님 혼자서 결정을 하는 게 아닌가 보다. 한 인간이 평생 살아온 업을 어떻게 전부 살필 수 있겠는가?

부처님도 빈수석이다. 좌우에 재판 책임자들을 대동했다. 충분한 심의를 거쳐 억울한 재판이 되지 않도록 배려한 모습이다. 영정 왼쪽에 1대 태광대왕, 2대 초강대왕, 3대 송제대왕, 4대 오관대왕, 5대 염라대왕, 오른쪽에는 6대 변성대왕, 7대 태산대왕, 8대 평등대왕, 9대 도시대왕, 10대 오도 전륜대왕이 자리를 했다. 각자 맡은 일에 따라 업을 정리하는 것일 테다.

스님들과 참석한 모든 사람이 대왕님께 염불에 따라 두 손 모아 빈다. 생전에 장모님 모시는 데 부족함을 대신하여 두 손을 모으고 빌었다. 부처님! 대왕님! 우리 장모님 왕생극락하게 해 주십시오! 장모님은 부처님 말씀을 지키려 했으나, 지키지 못한 게 많은 것은 남은 자들의 몫입니다. 가족들 먹이고 입히고 남부럽지 않게 해 주려고 하는 데서 일어난 일입니다. 부디 살펴 주시고 자비를 베풀어 주십시오.

모두 엎드린 가운데 주지 스님이 목탁소리와 함께 생전에 효도를 다하라는 부처님 말씀을 전할 때 여기저기에서 훌쩍이는 소리가 들린다. 나는 쿵쿵 마른 기침소리로 생전에 효도가 부족했음을 용서해 달라고 대신했다. 혼자 사시던 장모님이 돌아가실 때 고통에 몸부림치면서, 어느 자식에겐가 전화하려고 한 흔적만 남기고 가신 장모님! 죄송합니다. 많은 자식 중에 가르쳐 주지 못한 큰딸에게 전화하면서 '도와줄 일 없냐? 비 오는데 마무리는 다했냐?'고 묻던 장모님 생각이 난다. 딸네 밭에 와서 인부들과 같이 일할 때는 다른 인부들이 게으르지 못하도록 힘들어도 앞서서 하시던 모습! 이제 두 번 다시 볼 수 없다는 생각에 코끝이 찡하다.

나는 불교 신자는 아니지만, 부처님을 대하면서 절을 하고 가르침에 감동하고 스님들을 존경한다. 단지 생활화하지 못할 뿐이다. 오늘 장모님의 사십구재에서 부처님께 자비를 소원했으니 나 또한 부처님의 말씀 중에 7가지는 지키도록 노력을 해야겠다. 첫째, 정다운 모습으로 남을 대하고 둘째, 사랑의 말, 칭찬과 격려, 위로의 부드러운 말 셋째, 따뜻한 마음으로 포용하는 일 넷째, 호의적인 눈으로 보고 다섯째, 남의 일 몸으로 때우며 여섯째, 자리를 양보하고 일곱째, 묻지 않고 상대를 헤아려 도와주는 일. 어찌 보면 쉬운 일인 것 같은데 마음을 비우는 일부터 해야 실행이 가능할 것만 같다.

아제아제 바라아제 바라승아제 모지 사바하 사바하 사바하 49재가 마무리되어 간다. 스님과 영정을 선두로 스님의 염불을 따라 하면서, 부처님 주변을 돌고 탑을 돌아 소각하는 곳으로 행한다. 장례할 때 사용했던 상복과 두건, 치마 등을 태운다. 까만 연기가 하늘로 오른다. 장모님 혼령도 따라 오른다.

전화

전화가 가설되었다. 1970년대의 일이다. 물론 도시에서는 훨씬 전에 상용되고 있었지만, 시골에 전화를 가설한다는 것은 꿈같은 일이다. 교환기기 한 대로 100대도 안 되는 보잘것없는 초라한 모습이지만, 어렵던 시절에는 상가나 바쁜 직종에 일하는 경우나 조금 여유가 있지 않으면 감히 어림도 없던 시절이다. 나는 그 시절, 마을 우체국에서 우편 일을 담당하면서 7원짜리 우표를 팔고 재일교포들이 소포로 보내주는 옷가지와 많은 편지 뭉치를 관리하며 과중한 업무에 시달리던 교환양들을 도와주던 일이 생각난다.

손으로 핸들을 돌리면 기기에 핀이 파르르 떨리면서 번호판이 열리고 앞에 있는 수신 코드를 꽂으면 몇 번을 연결해 달라는 요구에 따라 재빨리 움직여야 하니 교환양의 손은 늘 바빴다. 한꺼번에 여러 개가 열려서 차례로 처리하다 보면 나중에는 빨리 받으라는 욕과 함께 몇 번을 대라고 성화가 쏟아지기 일쑤였다. 우체국으로 쫓아오기도 하고 심지어 우체국장을 만나 불평을 털어놓기도 했다.

마을 안에 100대도 안 되는 전화를 방 안에 들여놓고 다른 사람이 함부로 할 수 없도록 자물쇠 장치를 해 놓기도 했다. 전화를 설치한 집도 편치만은 않았다. 밤늦은 시간에 전화가 울려 받으면 '서울에

온 옆집 누군데요, 우리 어머님 좀 바꿔 주셔요.' 한다. 이쯤 되고 보면 실로 난감하다. 그래도 인정이 넘치고 어른 말이라면 거역을 모르던 시절이라 잠자는 손자 놈 깨워서 심부름시키면 눈 비비며 튀어나온 입으로 연락을 한다. 급한 일인 양 허겁지겁 달려와서는 큰 소리로 급하게 '여보세요' 하면 온 집안이 전부 깨어나기도 한다. 이런 때는 전화기를 내던지고픈 심정이었다. 그래도 전화기 놓고 산다는 게 어딘가. 그 시절엔 그야말로 호사였다.

세월이 많이 흘렀다. 전화기 있다고 으스대던 때가 엊그제 같은데 벌써 오십 년이 눈앞이다. 마을에 전화기 설치 후 군대에 갔는데 정훈장교가 농담으로 많은 병졸 앞에서 어떤 여자와 사는 게 좋겠냐고 문제를 냈다. 나는 제일 먼저 손을 들고 교환양 같은 여자를 택하겠다고 했다. 상대에게 화내는 일도 없고 상냥한 목소리, 몇 번 연결해 달라고 하면 잔소리 않고 연결해 주는 여자, 상대에게 욕을 들으면서도 죄송하다고 순종할 줄 아는 여자, 내가 직접 지켜본 교환양을 알기에 자랑스럽게 얘기했다.

장교는 초등학교 여자 선생님 같은 여자가 좋다는 것이다. 이유인즉 안 되면 될 때까지 시키는 근성이 답이었지만, 나는 내 생각을 바꿀 마음은 없었다. 손으로 돌리는 검은색 전화기에서 교환양의 야들한 목소리는 추억이 되었다. 지금은 번호만 누르면 원하는 곳에 직접 연결되는 형형색색의 전화기가 집집마다 놓여 있다. 거의 모든 집에 보급되어 이웃집에 연락하는 불편이 사라진 것만 해도 세상 편해진 것을 알고도 남는다. 시간과 정보가 동시에 이루어지기는 했지만, 편지 쓰던 그 시절이 아련히 그리워지기도 한다.

요즘 우리 집 탁자 위 전화기는 게을러터져서 별로 하는 일이 없다. 하루 한두 번 신호가 울리는 날이면 엄청나게 바쁜 날이다. 이제는 손안에 모든 정보를 쥐고 산다. 게임도, 노래도, 날씨도, 영화와 사진뿐 아니라 계산기도, 수학 공식도 힘들게 머리에 저장하지 않아도 되는 세상이다. 서로 얼굴을 보면서 얘기를 하고, 모르는 주소도 쉽게 찾아간다. 앞으로 어디까지 발전할지 이제는 궁금하지도 않다.

통신기술의 발달로 한가해진 몸뚱이는 먹을 것에 손이 가고 비대해지는 육체는 병원이 벗이 되었다. 머리는 기억할 거리가 적어지다 보니 이젠 아예 기억을 하려고도 않는다. 집사람과 아이들 전화번호도 단축번호로 사용하다 보니 누가 물으면 선뜻 알려 줄 수조차 없다. 집 전화기 없는 가정도 늘어나는 추세다. 별로 소용이 없기 때문이다. 그러나 우리 집 탁자 위 볼품없는 전화기는 버릴 수가 없다. 게으르고 별로 하는 일도 없지만, 보기만 해도 생각나는 사람들의 정겨운 목소리들이 저장돼 있는 것만 같아서.

장모님은 구십이 다 된 연세에도 이웃 마을에 홀로 사셨다. 자식들은 가깝게 또는 멀게 따로 살면서 가끔 찾아서 돌보는 것이라 말은 했지만, 역시 외로웠을 것이다. 그래도 딸네 집 전화번호는 누를 수가 있어 가끔 잊을 만하면 전화가 오는데, 딸은 퉁명스럽게 전화를 받으면서 남의 당근밭에 일하러 갔다고, 목소리를 높인다.

어두침침한 눈으로 글자도 모르는 늙은이가 딸의 목소리라도 들으려고, 어렵게 익힌 숫자를 기억하면서 딸을 찾았던 외로움을 자식들은 몰랐다. 갑자기 돌아가신 후에야 생전에 다정하게 대하지 못한 후회가 전화기를 볼 때마다 생각이 난다. 아내가 손수건으로 전화기에 내려앉은 먼지를 닦고 있다. 무슨 생각을 하고 있을지 그 마음을 알 것만 같다.

지게

대문 앞에서 큰길로 이어지는 골목길을 올레길이라고 했다. 요즘 상품화된 올레길과는 차이를 보인다. 따라서 대문을 올레 문이라고 했다. 바람을 막아 주고 따뜻한 햇볕이 한참 놀고 가는 오붓한 올레에는 늘 초등학생 대여섯이 올챙이마냥 모여서 구슬치기, 딱지치기, 낚시로 고무신 걸려오기 놀이가 끊이질 않았다. 처음에는 큰 나무로 만들었을 올레 문이 세월에 늙어 조그만 널빤지들로 덕지덕지 떨어져 나간 구석구석이 못질로 때워졌다.

올레 문을 열고 들어서면 멍석이 곱게 가지런히 말려 줄에 매달려 층층이 쌓였고, 옆에는 지게가 그 집안 경제 인력 수만큼 걸려 있다. 우마로 농경하던 시절, 젊은 남자가 있는 집에는 거의 소를 키웠다. 쇠막에는 암소가 송아지와 건초를 맛있게 당기고 천장 위에는 쟁기가 걸려 있다. 이게 문간 모습이다.

지금은 주거 형태가 많이 바뀌었지만, 당시에는 대문 딸린 바깥채를 열고 들어서면 흙 마당이 있고, 안채가 있었다. 안채에는 방, 마루, 고팡(광)이 있고 바깥채에는 대문간, 그리고 조그만 방 하나와 정지(부엌)가 있다. 마당 한쪽에 곳간이라도 있으면 제법 규모가 있는 집이다. 흙 마당은 비가 오면 늘 질척거렸다. 마당가 눌(땔감용, 마른 가축 사료, 굴묵용 등을 쌓아 놓은 난가리) 숫자와 규모가 그 집안의 경제를 가늠케 한다.

촐눌이 크면 가축이 많다는 것이고, 땔감 눌(고사리, 솔잎, 장작 등)이 많을수록 식구가 많다는 얘기다. 통시(변소)에 깔아 줄 보릿짚 눌도 있다. 마당 외진 곳에는 통시(돼지를 키우면서 화장실 역할을 하는 곳)가 있다. 갓 장가든 동생이 막대를 들고 육지에서 시집온 색시가 대소변을 마칠 때까지 필사적으로 돼지를 막고 있다. 밑에 있는 돼지와 서로 쳐다보면서 대소변 처리하는 게 결코 쉬운 일이 아니다. 대여섯 살 때부터 꾸준히 훈련되어야 한다. 돼지를 키워야만 대소변도 처리하거니와 밭에 두엄 그리고 자식 잔치에 요긴하게 써야 했다.

동네 친한 동생에게서 전화가 왔다. 지게를 만들려고 산에 나무하러 왔는데, 마땅한 재료 구하기가 어렵다는 것이다. 경운기와 자동차도 있지만 농사지어진 밭을 오가거나 바다에서는 지게가 안성맞춤이다. 역시 지게를 지고 자란 세대라 지게의 편리함을 잊지 못한다. 젊었을 때야 모든 걸 어깨 위에 메는 게 편하지만, 늙으면 역시 옛날 지게 생각이 난다.

대강 모양을 갖춘 재료를 구해서 지게 둘을 만들기로 했다. 나는 꼭 필요해서라기보다 집에 하나쯤 두고 싶었다. 만드는 과정은 더 어려웠다. 모양은 알지만, 실물을 보아야 하는데, 지금은 흔하지 않은 지게를 겨우 구해서 앞에 놓고 살펴 가면서 제작을 했다. 다듬고 뚫고 매고 꿰고 하루 이틀에 완성되는 게 아니었다. 지금은 도구가 좋아도 이렇게 어려운데 옛날에는 몇 개의 연장만으로 완성했을 것을 생각하니 쉽지 않았을 것을 실감하게 된다. 완성품을 보면서 뿌듯해 오래오래 보존해야겠다고 마음먹는다.

지게는 1970년대 중반 경운기 등장으로 운반 도구로서 힘을 잃어갔지만, 그 후에도 오랫동안 서민들의 긴요한 운반 도구였다. 지게는 곡물 나무 비료 등 사람의 힘으로 나를 수 있는 것들을 운반하는 없어서는 안 되는 연장이었다. 만들어진 시기는 알 수 없지만, 고려장하던 시절 할아버지를 지게에 지고 가서 산에 버리고 오는 아버지를 향해서, 손자가 지게를 잘 보관해 둬야 나중에 아버지를 지고 갈 수 있지 않느냐 했다는 이야기가 있는 것을 보면, 오래전에 만들어졌다는 생각이 든다.

이제는 나무로 만든 지게가 아니라 알루미늄으로 제작되어 가볍게 생활전선에서 사용된다고 한다. 지게 하나로 가족생계를 꾸려 가는 도시의 지게꾼도 이제는 눈에 띄지 않는다. 인천에서 92세 된 아버지를 지게에 태워 지고서, 아버지 평생 소원이었던 금강산 관광을 시켜드린 42세 난 효자의 이야기를 들었다. 온몸에 피멍이 들었어도 아버지가 마음껏 구경해서 기뻤다는 이야기다. 결국, 지게가 있었기에 가능했다고 본다. 한 부모는 열 아들을 키울 수 있지만, 열 아들은 한 부모를 모시지 못한다는 요즘 세대에 감동을 준다.

우리 인생이 곧 지게와 짐이라는 생각이 든다. 부모의 은덕으로 세상에 태어날 때부터 성장해서 자립할 때까지 짐이 되었다. 성장 후에는 지게가 되어 크게는 나라를 짊어져야 하고, 내 주변 가족을 포함, 사회를 위해서 세금을 내는 일 등 짐이 아닌 게 없다. 나 자신 누구에게 무거운 짐이 되지 않으려면 어떻게 해야 할까?

조용히 돌아보고 준비할 나이가 된 것 같다.

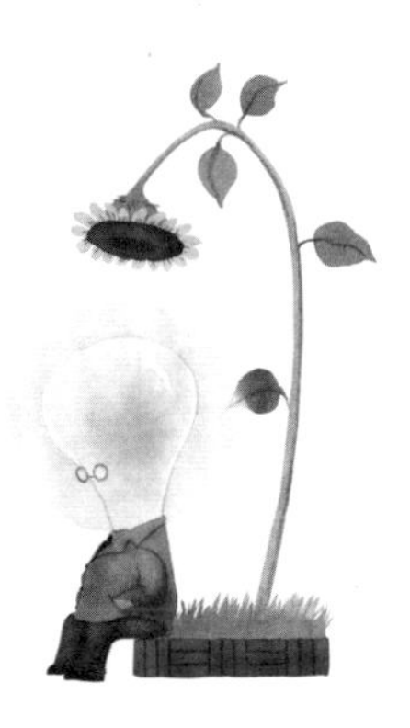

입춘立春

입춘 날, 방 안에서도 손이 차다. 삼한사온 시절이 언제 있었던가 까마득하다. 한번 동장군이 오면 보통 일주일씩 머물다 간다. 24절기 중 첫 번째가 입춘이다. 2월 4일이면 어김없이 오는데, 때로는 하루쯤 늦을 때도 있다.

예나 지금이나 입춘 동장군 피하기는 어려웠나 보다. 입춘에 김칫독이 얼어 깨지고 오줌독 깨진다는 것은 옛이야기지만 수도계량기가 파손되는 뉴스는 흔하다. 올해 입춘 동장군도 만만치 않다. 초속 8m 이상 몰아치는 한풍과 함박눈이 내리는 입춘 날에 때를 엿보러 나왔던 새싹은 오돌오돌 떨면서 땅속으로 돌아갈 수 없음을 한탄하고 묶인 배춧잎도 늘어지는 게 안쓰럽다.

입춘을 새철 드는 날이라고 한다. 봄이 오는 소리는 한풍에 묻혀 어디에서도 들을 수 없지만, 이제 시작은 되었다는 것을 희미하게나마 느끼는 것 같다. 새철 드는 날은 여자들의 복 받은 날이다. 예로부터 금기시해 집 안에서 대문 밖으로 나서지를 못하는 것으로 돼 있다. 여자를 만나면 재수가 없다 하고, 집안에 여자가 들어오면 밭에 잡초가 무성해진다 하여 금해 온다. 더구나 이날 돈을 쓰면 일 년 내내 돈이 나간다고 하니 쓰려고 하지도 않는다. 그렇지 않아도 추운 날인데 잘되었다 싶어 전기장판이나 보일러 켜서 누워 종일 TV에 열중이다. 여성 상위 시대를 내세우면서 차별하는 것 아니냐고 성토할 만도 한데 별말 없이 지나는 게 이상하다.

엊저녁에 아내의 요구대로 대문을 잠갔다. 동네 할머니가 깜빡해서 올 수가 있다는 것이다. 예부터 내려오는 풍속이 무섭기는 하다. 종일 동네가 조용하고 춥기도 했지만, 눈 쌓인 대문 앞에는 여자 발자국 소리가 들리지 않는다. 점심시간이 늦어지는데 남편 봉양할 생각 없이 TV를 보는 아내가 밉다. 이월의 절기인 경칩에는 개구리가 깨어나는 것을 남자들이 보면 이혼하게 된다는 속설이라도 있어 혹시나 하고 아내들이 남편을 방 안에서 관리하는 날이었으면 하는 생각을 해 본다.

대한 지나 5일 후 입춘 3일 전 사이를 신구간이라고 한다. 풍속을 믿는 이 기간에 이사를 대대적으로 한다. 때맞춰 전기용품이나 가구점 등 상가에서는 할인 행사를 하면서 이사하는 사람들 발길을 잡아끈다. 제주도를 관장하는 일만 팔천여 신이 일 년의 기록들을 보고하려고 하늘나라로 떠난 사이 신들의 방해 없을 때 편안한 마음으로 이사를 한다는 생각을 하는 것이다. 신구간이 끝나면 하늘나라에 갔던 신들이 내려와 업무를 시작하는 때가 입춘이다.

또 다른 일설에는 제주도 행정을 관장하는 탐관오리들이 발령 받아 육지로 떠나고 새로운 관리가 오는 기간을 신구간이라고 했다. 집안에 귀한 세간이 이사하면서 노출되면 관리들이 탈취하거나 세금 불리는 것을 두려워해서 이 기간에 많은 사람들이 이사했다고 하는

데 신들의 눈보다 사람들 행실이 더 무섭다는 생각을 해 본다.

조상들은 입춘 날을 성스럽게 생각했다. 보리밭에 가서 보리를 뽑아 보고 뿌리 상태를 보면서 풍년을 가늠하기도 했고, 바람이 심하면 농사철에 바람이 심해진다고 걱정을 하기도 했다. 제주목 관아에서도 도민의 행복을 기원하고 농작물의 풍요를 산신과 해신에게 빌면서 여흥으로 입춘굿을 했다. 일제강점기에 중단되었으나 1996년 탐라국 입춘굿 놀이로 바뀌어 계승하고 있다. 많은 도민의 관심과 관광객들이 참여로 큰 잔칫날이 되었으면 하는 바람이다.

입춘 날에는 대문과 집 안에 입춘방을 붙였다. 지나다 대문에 입춘대길立春大吉 건양다경建陽多慶이라는 축문이 붙어 있는 것을 보면 그 집안이 엄숙해 보이고 학식을 갖춘 어르신이 계실 것 같은 느낌이 들기도 한다. 작년에는 나도 서툰 붓글씨지만, 써서 붙였는데 올해는 추위에 겁이 나서 이불 속에서 나오지를 못해 마음으로만 써서 붙였다. 늦게 일어나서 입춘 날에는 비질을 대문 쪽으로 하면 재물이 나간다기에 대문 쪽에서 마당 안쪽으로 쌓인 눈을 쓸면서 겨우 길을 내고는 접었다.

3월~5월 사이를 봄이라 하고 삼월 중순 지나 춘분을 기준으로 한다. 옛사람들도 입춘 지나 달포쯤 되어야 봄이 완연하다는 걸 모를 리 없었을 것이다. 입춘入春이라 하지 않고 입춘立春이라고 한 것은 소한小寒 대한大寒을 거치면서 밤이 낮보다 길고 계속된 추위에서 벗어날 날이 머지않았음을 알리고, 봄을 맞을 준비와 계획을 세우라는 것을 알리려 했던 것 같다.

입춘을 맞아 나는 어떤 계획을 세워야 할까 생각을 해 본다. 칠십 다 되어 수필 등단을 했다. 남들보다 매끄러운 글을 쓰겠다는 생각을 해 본 적은 없다. 살아온 길이 울퉁불퉁한데 웃는 사연보다 슬프고 꺼내기 싫은 사연을 되새김하면서 정화해 나가는 일이 생각보다 너무 어렵다. 매끈하고 순산된 글이 없다. 난산을 거듭하면서 장애아 같은 글을 쓰지만, 무엇과도 바꿀 수 없는 장애아를 사랑할 것이다. 자꾸 쉬려는 머리를 다독이고 격려하면서 못난 글이지만, 계속 쓰도록 입춘 날에 마음을 다잡는다.

4부

환갑 선물

환갑 선물

올해 아내가 환갑이다. 아내는 이웃 마을에서 시집을 왔다. 꽃띠 23세, 추워 가는 어느 날 우리 마을에 먼저 시집온 친구네 집에 놀러 온 처녀였다. 당시에는 농번기와 농한기가 뚜렷해서 농사일을 마무리하고는 친구를 찾아 수다를 떨거나, 동네 젊은이들이 모여서 심심풀이로 화투놀이를 즐겼다.

친구 남편은 동네 형뻘로 평상시 형, 동생 하면서 지내는 사이였다. 총각인 나에게 화투놀이를 하려고 하는데 한 사람이 모자란다고 오라는 연락이 왔다. 실은 놀러 온 처녀를 소개하려고 작전을 꾸민 것이다.

그렇게 만나 흰 눈이 내리는 신작로 자갈길을 걸어서 이웃 마을까지 바래다 주며 사랑을 키웠다. 아내는 중매를 원했다. 연애결혼을 한다는 게 조금은 서툰 시대였다. 아버지에게 이웃 마을 처녀를 좋아하는데 중매를 보내 달라고 요구를 했더니, 마침 아버지가 평소 알고 지내는 이웃 마을 유지분이 선뜻 나서 줬다. 장인은 남자끼리 잘 통했는지 좋다고 하면서 나를 불러서 면접했고 합격 점수를 줬지만, 장모는 장인과 다투면서 결사반대다.

사위라고 해서 뚜렷이 내세울 직장도 재산도 없고, 가정적으로도 장남에다 아래로 많은 형제들 더구나 어머니도 건강치 못한 집안에 딸을 시집보낸다는 것을 못마땅해하셨다. 그러나 장인이 나를 후하게 봐 주시고 우리 두 사람의 만남을 묵인해 주셨다.

벌써 40년이 다 되어 간다. 그동안 2남 1녀를 낳아 키웠고 교육은 물론 모두 출가를 시켰다. 강아지같이 귀여운 손주들이 다섯이다. 장모님이 걱정했던 대로 많은 고생을 했다. 시집와서 바다에 생명을 담보로 테왁*에 몸을 맡긴 해녀 일을 지금까지 한다. 몸이 피곤하고 무릎관절에는 파스를 붙이고 아파하면서도 대문 앞에서 다른 해녀가 "물에 가게." 하는 소리만 들리면 신들린 듯 뛰쳐나가는 아내다.

바다에 가지 않는 날에는 밭에 가서 농사일하면서 어려운 가정에 기둥이 되었고 가방끈이 짧은 남편까지 사각모를 쓸 수 있도록 도와줬다. 가계부도 지갑도 아이들도 살펴 보지 못한 세월이 빨리도 갔다. 부모 형제의 인덕도 없고 넉넉지 못해 주변에 베푼 게 적으니 벗들도 많지 않지만, 아내 복은 타고났는지 여우 같은 아양은 없어도 순진하고 착한 아내를 만나서 이만큼 이뤘으니 더한 욕심은 없다.

우리 동네에는 나이 많은 할머니는 많은 데 비해 할아버지들은 적다. 이 통계는 우리 동네 이야기만은 아닐 것이다. 내가 먼저 가고 나면 아내는 어떻게 될까? 더 늙고 아파서 아이들에게 짐이 될 때, 물론 기대만큼 자식들이 잘 보살피겠지만, 그래도 걱정이 된다. 형제간에 잡음이 없도록 하면서 늙은 아내가 조금은 자존심을 갖게 하는 방법이 무엇일까 생각하다가 아직은 농사일을 할 수 있을 때, 밭 하나 장만해서 아내 명의로 등기를 해 두자고 결심을 했다. 나한테 시집와서 오늘날까지 고생만 했는데 이번 환갑 선물로 장만하자고 생각했다.

마침 부담되지 않는 토지가 나와서 선뜻 구매를 했다. 아내 명의로 된 등기권리증을 받아 들고 정말 잘했다 싶다. 아내에게 환갑 선물이라고 내밀었다. 아내가 받아 들더니, 남들은 늙으면 있는 밭도 줄이는데, 밭을 장만해서 일만 하라고 하는 것이냐고 화를 낸다.

혼자되었을 때 손에 뭔가 있어야 한다. 점점 각박해 가는 세태에 준비를 해 두는 것이다. 자식들에게 부담을 주지 않도록 하고 관심을 갖도록 하기 위해서 준비를 했다고 이해를 시켰다.

어차피 인생은 연습도 재연도 할 수가 없다. 살아온 길을 돌아보면서 후회 없도록 노력하는 길밖에 별도리 있겠는가! 이제 곱게 늙어가는 방법만 생각해야겠다. 그동안 버럭버럭 큰소리만 쳐 온 날들, 손수건으로 아내 얼굴 한번 닦아 주지도 못했다. 환갑 선물에 덤으로 좋은 남편 좋은 아버지 그리고 오래오래 기억할 수 있는 할아버지가 되도록 노력해야겠다고 다짐을 하고 모든 사람에게도 모범이 되는 모습을 장만해야겠다.

* 테왁- 제주에서 해녀들이 해산물을 채취할 때 사용하는 부력浮力 도구.

보길도 여행

삼월 마지막 토요일, 완도행 여객선에 몸을 실었다. 칠십 대 노객 한 사람과 팔딱거리는 싱싱한 생선은 아니지만, 아직은 화장이 필요한 지성적인 여성 여섯 분이 많은 승객 틈에서 좋은 자리를 찾고 있다.

일행 중 여객선 직원과 면식이 있는 분의 덕택으로 일반 승객들이 감히 누리지 못하는 오붓한 자리를 얻을 수 있었다. 출발 세 시간 만에 완도까지 편안히 갈 수 있었다. 배 안에서는 준비해 간 김밥과 간식과 바다에서 어렵게 잡아 온 귀한 낙지와 군소를 맛있게 요리해서 가지고 온 총무님의 갸륵한 정성을 먹느라고 시간 가는 줄도 몰랐다.

완도 화흥 포구에서 노화 동천항까지 배를 타고 40분이나 걸렸다. 바다는 잔잔했으나 팽목항 노란 리본에 피눈물이 얼룩진 지 3년 만에 세월호가 인양되는 것을 보며 어찌 무심하랴! 하늘에서는 가랑비가 내렸다. 배에서 내리면 대기하고 있는 버스를 바로 타야 하는 줄을 몰랐다. 버스가 떠난 뒤에야 부랴부랴 중형택시를 콜해서 7인이 모처럼 어깨를 안고 보길도로 연결된 다리를 건너 일차 목적지인 세연정에 도착했다.

구좌 문학회! 같은 지역에 살면서 같은 취미를 가진 사람들! 시를 쓰고, 수필을 쓰고, 말이나 행동보다 머리와 가슴속을 글로 꺼내 놓는 사람들이다. 《동녘에 이는 바람》이라는 책자를 매년 출간한 지도 어언 11호를 내놓은 만만찮은 연륜을 쌓아 왔지만 물 건너 문학 여행은 처음이다.

마음으로야 매번 떠나고 싶지만, 여건이 허락하지를 못했다. 이번에는 큰마음 먹고 지난 3월 13일 정기회의에서 미루기만 했던 계획을 단행키로 하고 장소는 내가 반쯤 우겨서 보길도로 정했다.

어릴 적에 물질 가는 이웃 처녀 해녀들이 보길도에 왕래하는 모습을 생각하면서 문득 한번 가 보고 싶었다. 하기야 제주 해녀 발자취 없는 섬이 어디 있으랴만, 그중 고산 윤선도와 관련된 풍광을 그림으로만 접했는데 실제 보고 싶었다.

처음 들어선 세연정은 인간이 아니라 신선이 노닐던 장소 같다. 세상의 때를 씻는다는 이곳은 산에서 내리는 개울을 보와 둑으로 조성한 연못과 기괴하고 우람한 나무들, 웅크린 황소 같은 바위들, 두 못 사이에 정자 지어 놓아 연회와 유희 장소로 사용했다니 신선이 부러워했을 것이다.

넓은 지역에 비해 인구가 3,000명이 살고 있다고 한다. 길을 걸어가면서 여행객은 만날 수 있지만 정작 보길도 사는 사람들은 만날 수가 없었다. 잘 정리된 길가에는 동백나무 빨간 꽃이 만개해 우리를 반긴다. 수북이 떨어진 꽃잎을 배경으로 꽃보다 예쁜 미소들을 카메라에 담았다.

가랑비 그친 동천석실 오르는 돌다리에 앉아 개울물 소리 들으며 가방 무게도 줄이고 다리도 쉴 겸, 지척에 널린 달래와 여린 쑥을 뽑았다. 졸졸졸 흐르는 개울물에 헹궈 놓고 낙지 안주에 잔을 부딪치며 일배를 했다. 일행 중 "꽃이 여섯인데 끼어서 먹는 게 얼마나 호사냐." 하며 치켜세우는데 말로는 "꽃도 꽃 나름이지." 하면서도 싫지는 않았다.

섬의 산세가 피어나는 연꽃을 닮았다고 부용동이라고 이름 지었다고 한다. 고산 윤선도는 그중 높은 격자봉 밑에 낙서재를 지어 거처하다 85세에 삶을 마감했다. 1637년 인조가 청 태종에 무릎 꿇는 삼전도 굴욕에 상심하여 세상 등지고 살겠다고 제주도(탐라)로 가다가 태풍으로 피항하여 들렀던 곳이 보길도이다. "풍광에 매료되어 하늘이 나를 기다린 곳이니 이곳에 머무는 것이 족하다." 하여 25동을 짓고 전원생활을 하면서 신선이 되었다.

끊임없는 물의 부단과 변하지 않는 돌, 불변의 소나무와 불욕의 대나무, 비추어 알면서도 입을 열지 않는 달을 벗 삼아 지내며, 어부들의 춘하추동 생활을 각 10수씩 40수로 어부사시사를 남긴 것은 문학사에 남는 큰 발자취이지만 희대의 문사를 제주에 못 오게 했으니 제주 사람으로서는 당시 태풍이 너무나 원망스럽다.

숙소는 보길도 동남쪽 해수욕장이 있는 예송리 펜션이다. 큰 방 하나에는 여성 여섯이 함께 묵으면서 작은 방 하나 따로 해서 남자라고 나에게 배당한다. 밤참으로 총무가 가지고 간 낙지를 라면과 같이 삶아 안주로 거를세라 일배를 했다. 언제 준비를 했는지 황칠나무 잎으로 차를 끓여 마시면서, 어렵더라도 이런 기회를 다음에도 마련하자고 목청을 함께했다.

다음 날 아침은 일찍 일어나서 서둘러 준비를 끝내고 방을 나오면서 옆방을 노크했다. 방을 비우고 밖으로 나가니 필요하면 사용하라고 했더니 벌써 거의 마쳤다고 한다. 집에 있는 가족 생각과 생소한 몸을 서로 부대끼는 환경에서 일찍 일어날 수밖에 없었으리라 생각이 든다. 숙소 바로 앞길 건너 상록수림 샛길로 혼자 예송리 몽돌해수욕장을 찾았다. 길이가 1.4km, 모두 크고 작은 몽돌이다.

바닷물이 오고 갈 때마다 들리는 해조음과 산 너어 솟는 태양! 넓은 바다에는 전복 양식장이 마치 큰 논밭 같다. 관리하는 많은 배가 늘어서서 윤선도의 어부사시사 중 봄의 소리를 듣는 듯하다.

진시황이 만리장성을 쌓아 오늘날 중국인들을 먹여 살리듯 보길도는 영원히 윤선도가 먹여 살릴 거라는 생각을 해 본다. 윤선도의 시어들은 태초부터 보길도 곳곳에 묻혀 있었고, 이를 찾아내어 염주마냥 엮어 작품이 되었다는 생각을 해 본다. 환경 여건이 글 쓰는 사람의 머리와 가슴에서 정제되어 나오는 것이 작품이라면 앞으로도 많은 색다른 환경과 풍광을 찾아다녀야 하리라.

소속감이 있고 비평해 주는 회원이 있을 때 한 작품이라도 더 써야겠다고 다짐을 해 본다. 보길도 길을 걸으며 풍광과 역사에 취하면서 걸었던 추억을 오래 간직하고 싶다. 마음씨 고운 사람들만 글을 쓸 수 있다고 늘 생각한다. 이런 분들과 여행을 같이 할 수 있었다는 게 너무나 행복하고 보람 있었던 일로 오래 기억하고 싶다.

장모님의 빈자리

태양의 열기가 다 식지도 않은 9월 초순이다. 마늘밭 비닐멀칭 위에는 2인 1조가 되어 마늘을 심으며 땀을 쏟는다. 수십 년 간 해마다 마늘 농사를 하면서 병충해와 영농비 인건비에 남는 게 없다고 투덜대면서도 멀칭 하는 트랙터를 쫓아가며 삽으로 비닐 위에 바람에 견디라고 흙을 중간마다 떠 놓는다. 해가 갈수록 힘들어 내년에는 반으로 줄여야겠다고, 마음속으로 맹세하고 수십 번 다짐하면서도 올해도 줄이지를 못했다.

5개 조 열 명의 아주머니들이 심어 가는데 뒤치다꺼리도 만만치 않다. 종구도 뿌려줘야 하고 물심부름도 해야 한다. 허리를 펴다 말고 문득 집사람 곁을 본다. 다른 사람과 짝이 되어 일하지만 몇 년 전만 해도 늘 장모님의 자리였다.

딸 곁에 앉아 일이 끝날 때까지 하루 종일 이야기를 했다. 즐거웠던 이야기보다는 자신을 섭섭하게 했던 일들에 대해, 딸에게 전하면 때로는 딸이 어머니가 잘못했다고 윽박지르기도 했다. 섭섭하게도 했지만 이야기하고 나서 속이 후련하다는 장모님 모습이 스쳐 간다. 농사일이 생길 적마다 먼저 전화해서 어떻게 하고 있냐고 챙겨 주시고, 인부들이 남기고 간 자리 마무리도 장모님과 함께 했다.

장인이 돌아가시고 자식들 모두 출가한 집에 홀로 계신 장모님을 좀 더 정성껏 돌봐야 하는데 못한 것만 같아 장모님 생각하면 늘 죄스러울 뿐이다. 2014년 1월 25일 음력으로 선달 25일로 설 명절이 불과 5일밖에 남지 않은 날이다. 농협에서는 연말이면 전 조합원에게 쌀 한 포대씩 배달하는데, 장모님 혼자 사시는 집에 직원이 당도했을 때는 이미 돌아가신 후였다.

연세는 89세였지만 혈압약 복용 외에는 건강하게 지내셨기에 어느 자식들도 별 걱정을 안 했는데 청천벽력이었다. 음식 관계였던가 화장실에서 나왔고, 어느 자식에게 연락하려 했는지 전화 수화기가 나뒹굴고 있었을 뿐이었다. 남의 부모같이 병이나 사고로 병원에 입원해서 자식들 간호도 받아 보고 말이라도 건네 보고 했다면 원이라도 없을 텐데, 하면서 슬피 우는 자식들을 뒤로하고 떠나신 장모님을 장인 곁에 안장을 해드렸다.

내 나이 27세, 집사람 24세 되던 해에 결혼했다. 당시에는 늙은 총각 소리를 듣던 시절이다. 이웃 마을에서 시집온 친구 집에 놀러 온 처녀였다. 화투놀이로 시작해서 꼴등이 혼자 상점에 가서 라면을 사오고 끓이는 내기였다. 옆 사람과 약속을 하고 일부러 꼴등을 시킨 후 돌아오는 어두운 골목길 중간에서 손을 잡았다.

당시에도 연애결혼이 있었지만 천박하단 인식이 있을 때라 중매를 보내 줄 것을 요구하는 바람에 이웃 마을에 마침 아버지와 잘 아는 분이 있어 다리를 놓아 주셨다. 어느 날 호출이 있어 갔더니 장인과 함께한 자리였다. 어떻게 튼튼하게 다리를 잘 놓았는지 아니면 내 인상이 괜찮았는지, 장인이 선견지명이 있으셨는지 몇 마디 묻지도 않고 면접을 통과할 수 있었다.

문제는 장모님이다. 절대 안 된다는 것이다. 장인은 미래를 내다보신 것 같은데 장모는 현실이다. 그리고 너무나 정확한 지적이었다. 장남으로 뚜렷한 직장이 있는 것도 아닌데 어떻게 딸을 보내느냐고 하는데, 조금은 섭섭하기도 하고 당연하기도 했다.

하지만 장모님이 반대해도 자신이 있었다. 둘이는 손잡은 지 꽤 되었다. 버스 시간 끊긴 지 오랜 눈 덮인 신작로 4km를 손을 마주 잡고 체온을 나누면서 많이 걸었다. 바래다 준 정성과 서로 약속한 사이였기에 크게 실망하지 않고 기다리면 성사된다는 믿음이 있었다. 그 후 우리 뜻대로 되었고 장모님도 적극적으로 신뢰를 해 주셨다.

장모님이 80세를 넘기면서 다른 자식들은 남의 밭에 일 다니는 걸 말렸다. 물론 건강을 걱정해서 효심에서 하는 말이지만 노인네 마음을 모르는 것이다. 평생 손에서 일을 놓아 보지 않은 것이다. 다른 사람들이 일하러 간 텅 빈 동네 안을 혼자 대문 앞을 서성이는 심정을 나는 안다. 돈이 문제가 아니다. 일을 하지 않으면 불안하고 밭에서 많은 사람들과 어울려서 말도 하고 귀로 듣는 즐거움, 더군다나 시간에 맞춰 식사 제공에 일당까지 이보다 더 큰 기쁨이 없는데 말리는 자식들이 고울 리 없다.

나는 장모님이 다른 사람들과 어울리도록 늘 유념하면서 응원을 아끼지 않았다. 그게 장모님이 살아가는 낙이었고, 이제 늙어서 같이 일 나가자는 사람이 없을까 봐 노심초사하던 모습이 눈에 밟혀서다.

처음 살림할 때는 예나 지금이나 비슷하지만 나중보다는 힘든 시기다. 위로 오빠는 장남이니까 공부를 시키고 큰딸은 한글을 겨우 깨치고는 생활 전선에 몸을 던져 어려운 가정에 보탬이 되는 일을 하도록 하는 게 예사였던 시절이었다. 마찬가지로 밑으로 아들딸들은 공부를 시켰지만 못 시킨 큰딸이 마음에 늘 안쓰러워 말은 하지 않지만 도움을 주려는 마음은 쉽게 읽을 수가 있었던 장모님!

우리 집에서 일을 하고는 일당을 주려는 집사람과 안 받겠다는 장모님 간의 다툼을 보면서 일부라도 꼭 받지 않으면 다시는 부르지 않겠다고 으름장을 놓아야 했던 날들! 집안의 대소사에는 어느 자식보다 먼저 의논하고 믿어 주셨던 장모님이다. 인자하고 고우셨던 그 모습을 잊을 수가 없다.

항상 마음속으로 주문을 할 것이다. '정말 고생 많았습니다. 남은 자식들 오순도순 잘 살아갑니다. 아버님 곁에서 아무 걱정 마시고 영면하십시오. 인부들이 남기고 간 자리 혼자 일하는 집사람 곁에는 언제나 장모님이 같이 있다는 걸 잊지 않을 겁니다.'

나 그리고 너

한식날 두 형제가 어머님의 묘소를 단장했다. 봉분과 주변 잔디에 잡풀이 많아 미뤄 오다 좋은 날을 잡아 실행했다. 다른 형제들도 있지만, 사정들이 있어 참여를 못했다. 잔디는 동생이 어렵게 구매했다. 나는 급경사를 지게를 지고 오르내리며 묘소까지 힘겹게 옮겼고, 동생은 잔디를 심었다. 곤궁과 시련을 운명으로 알고 병약한 몸으로 4남 1녀를 키워 주신 어머님이다. 이 세상에 존재하는 모든 종교보다 우위에 있는 영원한 교주이시다.

평상시에 예수님, 부처님 하다가도 발이 걸려 넘어질 때는 어머니를 부른다고 한다. 모든 이들이 돌아가신 어머니를 생각하면 잘해 드린 것보다 효도를 다해 드리지 못했다고 가슴 아파한다. 나 또한 다를 바 없다.

1970년도 이전에는 첩을 두고 사는 가정이 많았다. 특히 마을에서 내로라하는 사람들이 대부분이었다. 내가 겨우 발걸음 할 때 첩을 얻은 남편이 한스러워 나를 시집에 맡기고 떠났다. 당시 육지에 있는 오빠의 도움을 받으면서도 어머님은 시도 때도 없이 자식 생각뿐이었다고 한다. 눈에 밟히는 자식 생각에 더구나 첩에게 자식을 맡길 수 없다고 돌아오셨다.

아버지는 잊을 만하면 술에 취한 채 밤에만 집에 들르셨고, 다음 날 아침이면 서너 집 건너에 사는 첩이 달려와서 난리를 쳤다. 머리채를 잡고 온 동네가 시끄럽고 구경꾼과 말리는 사람, 난리통 속에서 어린 날을 보냈다. 이러한 가정환경에서 나는 동생들을 형이 아니라 보호자라는 심정으로 돌볼 수밖에 없었다. 열일곱 살 때부터 가계부를 써야 했다. 자연히 따뜻한 형제애보다 엄하게 통제해야 했던 지난날을 생각하면 마음이 무겁다.

인터넷을 검색하다 별로 놀랍지도 않은 기사를 보았다. 김녕리 고00 할머니 이야기다. 평화로운 한 가정을 어렵게 바꿔놓은 바로 아버지의 첩이다. 어린 나이에 현 남편과 만나 족두리를 쓰고 결혼했다는 내용으로 인터뷰했다. 전 남편과 자식까지 두고 있으면서 이를 속이고 있다. 조강지처가 돌아간 지 얼마나 됐다고, 마을 사람들이 모두 아는 사실을 이렇게 거짓으로 왜곡 포장을 할 수 있다는 게 정말 괘씸한 생각이 들었다.

'오죽했으면 거짓말을 했겠는가. 평생 얼마나 조강지처가 꿈이었으면, 첩으로 살아온 삶이 얼마나 한이 되었으면 거짓 인터뷰를 했을까?' 동정심이 들기도 했다. 모른 척해 줄 생각이다. 땅속에서 어머님은 어떻게 생각하실까? 마지막 병마에 시달리면서도 아버지를 용서하는 모습을 보았다. 첩이라고 손가락질을 받으면서 살아온 사람, 조강지처가 되어 보는 게 꿈이었을 사람이다. 그러나 평생 그 꿈을 이룰 수 없는 인생이 불쌍해서 이해하고, 용서했으리라 믿는다.

이런저런 생각을 하는 중에 잔디 작업을 마치고 형제는 두 손 모아 절을 했다. 두 형제만의 조촐한 행사를 마치고 나서 동생이 전한다. 이번에 딸이 서울에 있는 개인 사업가와 결혼을 하는데 워낙 바쁜 업무 때문에, 시간이 없어 형네 집에 인사를 못 갈 것 같다는 것이다. 조금은 섭섭했지만, 이해하는 수밖에 별도리는 없다. 어렵게 자랐지만, 공직에서 인정받으면서 성실하게 가정을 꾸렸고 1남 1녀를 내로라하는 대학교에 진학시킨 동생이다.

딸이 졸업 후 어려운 시험을 통과해서 좋은 직장과 좋은 배필을 만나 결혼한다는데 기쁘지 않을 일가 친족이 어디 있겠는가? 청첩장에 적힌 대로 하나 있는 누이와 전 가족을 동원해서 어렵게 호텔 피로연에 참석했다. 피로연을 먼저 하고 결혼식은 서울에서 나중에 한다는 것이다. 온 가족이 앉은 자리에 처음으로 사위를 소개했고 우리는 축하를 했다. 그러고는 끝이었다. 서울 결혼식장에 나와 누이는 초대받지 못했다.

생일잔치에 초대받지 못한 아이는 접시마다 차려 있을 음식 이름을 써 놓고 앉아 있는 시를 연상했다. 배고파서가 아니다. 뭔가 텅 빈 느낌이다. 형제는 뱃속에서 나올 때부터 경쟁 대상이라고 한다. 아버지 생전에 당신의 의지대로 자식들 앞에서 많지 않은 재산이지만 나눠 줬고, 등기이전까지 해줬다. 이게 불화와 갈등의 씨앗이 되어 간격이 벌어진 것이다. 조금은 섭섭한 감정이 있어도 큰일을 당해서 서로 이해하고 화합한다는데, 좋은 기회를 잃은 것만 같아 마음이 아프다.

어머님의 제삿날이다. 누이가 옥상에서 하소연한다. "앞으로 샛 오빠와는 관계를 끊겠다고!" 나 또한 누이의 심정과 무엇이 다르겠는가? 제사, 명절, 행사, 벌초를 뚜렷한 상황이 아닌데도 같이 할 수 없다면 형제라 해도 '나 그리고 너'가 될 수밖에 없다. 너무나 소중한 인연을 함께 하지 못한 채 어머님의 상 앞에 부복하고 마음속으로 간절하게 기원해 본다.

'나 그리고 너가 아니라 어린 날 마당에서 함께 뛰놀던 우리로 돌아갈 수 있도록 인도하여 주십시오.'

할아버지의 겨울

겨울은 없는 사람들이 더 많은 고통을 느껴야 하는 계절이다. 여름에는 얇은 옷에 그늘 찾아 지내면 되지만, 추워지면 옷에서부터 가난을 느낀다. 물려받은 옷은 몸에 맞는 게 아니라 몸을 옷에 맞춰야 한다. 양말은 면이라고 하는데, 운동장에서 몇 번 뛰고 나면 발가락들이 답답하다고 하나둘 고개를 내민다.

집에 오면 어머니가 시퍼런 눈으로 기다리고 있다. 갈아입을 옷도 변변치 않은데 질퍽하게 젖은 옷을 입고 들어서는 자식이 고울 리 없다. 아침에 집을 나설 때 설교는 충분히 들었는데 대문을 나서면 잊어버렸다. 까만 타이어 고무신은 눈 위에서는 전혀 맥을 못 춰서 조금 가다 미끄러지기 일쑤였다. 조심한다고 되는 일이 아니었다. 동상에 걸려도 조금 붓고 가려울 뿐, 뛰어놀다 보면 감각이 무뎌지는 건지, 하나도 아프지 않았다.

어머니에게 구박을 받을 때면 할아버지가 사시는 옆집으로 피난을 간다. 할머니는 내가 가면 아무 말 안 해도 귀신같이 잘 안다. 두 손을 화롯가로 잡아끌면서 언 손을 녹여 준다. 할아버지의 겨울은 늘 따뜻했다. 화롯불이 있었고 재 속에는 가끔 고구마가 숨어 있곤 했다. 손은 한시도 쉬지 않았다. 할머니도 바빴다. 시중도 들어야 하고 뒷정리도

하고, 성질 급한 할아버지가 독촉하기 전에 눈치로 움직여야 한다.

할아버지 겨울은 봄, 여름, 가을보다 더 바쁘게 움직였다. 방에서는 맹탱이(멱서리, 짚으로 짠 여러 크기에 따라 다양한 용도로 쓰이는 구덕이고, 항아리)가 순산을 기다린다. 마루에서는 멍석이 하루하루 길이를 더해 가고, 정지(부엌) 구석에서는 짚신 제조공장이 쉴 틈 없이 돌아간다. 육지에서는 논에서 벼농사를 하니까 짚이 흔하지만 제주는 귀했다.

대신 밭벼(산도)를 재배했다. 지금도 찰벼로 명맥을 이어 가지만 지역에 따라서는 재배하기가 쉽지 않다. 가을에 거둬들이면서 쌀보다 짚을 소중히 다룬다. 짚공예라고 요즘은 작품으로 여기지만, 당시에는 집안에서 소중히 다루었다. 농사를 거둬들이면서 조 이삭을 잘라 맹탱이를 채우고 지게로 져 날랐다.

맹탱이 큰 것을 맥이라고 하는데 항아리에 저장할 때까지 그 앞 단계 과정을 책임졌다. 아주 작은 맹탱이는 목에 끈으로 걸고 씨앗 뿌릴 때 사용했다. 좁씨를 뿌리면서 말들은 밟아 가고 할아버지의 발 볼리는 소리가 귓가에 아직도 들리는 듯하다.

수확한 농산물을 건조할 때는 멍석이 필수다. 지금은 가볍고 갈무리하기 쉬운 나일론 제품이 흔하고, 더구나 기계를 이용해서 건조한다. 멍석이 필요할 때는 윷놀이할 때뿐이다. 당시에는 대문을 들어서면 한쪽에 멍석들을 보기 좋게 말아서 차곡차곡 양쪽 줄에 의지해서 뉘어 놓는데, 이 또한 부의 계급이고 할아버지가 있는 집과 없는 집의 차이를 보여 주는 것이다.

할아버지는 하얀 고무신은 나들이할 때 말고는 신지 않고 짚신을 신으셨다. 정지 구석에는 짚신 엮을 때 도구들이 있었다. 얼마나 많은 손이 오갔는지 도구마다 수택으로 반짝거렸다. 할머니가 신고 다닐 수 있도록 크기를 조절하면서 정말 예쁘게 만드셨다. 밭에서 일할 때나 심지어 바다에서 일할 때도 편하다고 고집을 하셨다. 양말 신은 것을 본 적이 없는 것 같다. 늘 버선이었다.

수염은 광대뼈에서 시작했고 머리는 상투를 틀었다. 당시의 겨울은 지금보다 훨씬 추웠다. 전기도 없고 기름도 없었다. 동네 석유가 나오면 집마다 한 달에 2*l* 씩 배급받아 썼다. 조그만 등잔불이다. 밤에는 희미한 등잔불 벗 삼아 방에서 맹탱이를 짜고 낮에는 마루에서 멍석을 짰다. 나는 눈 속에서 뛰어놀다 한창 작업하는 할아버지 멍석 위에서 뒹구는 일이 그렇게 즐거울 수 없었다. 석유 기름도 없던 당시에는 벗들이 많았다. 학교 교실마다 학생들이 그득그득했다. 요즘 학생들이 부족하다는데 석유 기름과 관계가 있는 건 아닌지 모를 일이다.

당시 하얀 눈은 빈부 격차 없이 골고루 왔는데, 요즈음은 백을 쓰는가 오름 쪽 아니면 골짜기 쪽으로 많이 가고 해안 쪽은 적게 오는 것 같다. 해안가 마을 마당까지 내려온 노루를 송아지인 줄 알던 시절이다. 지금 생각하면 추억이고 즐겁지만, 눈 치우는 일은 여간 힘든 게 아니었다. 누비저고리와 바지를 입고 눈을 치워 가며 산디(산도)짚을 마당 구석에서 가져가는 모습이 아른거린다. 할아버지의 겨울은 멍석을 낳고, 맹탱이를 낳고, 짚신이 잉태되는 계절이었다.

나무 한 조각이 떨어져 나간 허름한 대문도 그 안에 살던 멍석도 맹탱이도 이젠 보이지 않는다. 지금도 망인들은 짚신을 신고 가는데, 정지 구석에서 만든 짚신은 아니다. 볏짚 산디짚은 흔한데, 노끈 꼬는 사람은 없다. 눈 내리는 겨울에 눈을 감으면, 지금도 멍석 위에서 뒹구는 손자를 보면서 웃던 할아버지가 곁에 있는 듯하다.

결혼식과 주례사

결혼식장의 꽃은 물론 신랑 신부다. 이 꽃에 잠깐이지만 주례가 물을 준다. 이러한 모습은 옛날이나 지금이나 변함이 없더니, 요즘 조금씩 변해 간다. 내가 대여섯 살 꼬마였을 때, 작은고모가 시집을 갔다. 눈이 살포시 내리는 날 말을 타고 온 신랑을 쫓아 고모는 가마를 타고 동네 아이들은 왁자지껄 뒤를 따랐다. 신랑 댁 마당에는 병풍이 쳐졌고, 조그만 책상 위에는 초라한 화분 하나, 보릿짚이 깔린 마당에는 어른과 동네 아이들로 가득했다.

책상 앞에는 신랑 신부가 서 있다. 병풍을 뒤로 두루마기를 입고 수염을 기른 영감이 무어라 한참 말씀을 했다. 아이들은 빨리 끝내기를 기다리고 영감은 지금 생각하면 검은 머리 파뿌리 되도록 오래오래 행복하게 살라는 간단한 내용을 숨을 들이마시면서, 에~또 하고 내쉬면서 에~또 하면서 쌀밥 한 술 오랜만에 먹으려는 사람들을 지루하게 했다.

내가 장가갈 때도 동네 유지 어르신에게 찾아가서 사정을 말씀드리고, 주례를 해주십사 하고 어렵게 모셨다. 주례뿐 아니라 집사까지 부탁하러 다녀야 했다. 답례로 Y셔츠 정도였고 집에서 주례와 집사를 위해서 상을 따로 마련했다. 그 당시 도시에서는 시설이 갖춰진 예식장에서 때를 가리지 않고 했지만, 촌에서는 마당이나 회관을 빌려서 되도록 농한기에 했다. 지금은 도시나 농촌이나 바쁜 일과가 구분이 안되지만 당시 농촌은 농사가 일정해서 농번기와 농한기가 뚜렷이 구분될 때였다.

결혼식을 마치고 신랑 댁 마루에서 신랑 신부 양가 어르신들에게 술과 잔을 번갈아 따라 드렸다. 사돈 간에 큰 잔 작은 잔 주고받으면서 경쟁이나 하듯 마셔댔다. 덕담과 폐백이 이뤄지고 신부를 따라온 쪽에서는 사돈 어르신들에게 신부를 아껴 달라고, 비틀거리며 당부하고 또 하면서 대문을 나선다. 마중 나온 신부 손을 잡고 잘살아야 한다고 당부하는 눈물이 결혼식의 마지막 장면이었다.

마당 결혼식이 종지부를 찍고 예식장 시대가 왔다. 유지 어르신도 바쁘고 은사님도 바쁘고 직장 상사도 바쁘고 주례 구하기가 쉽지 않다. 귀찮거나 미안해서 예식장에 소속되어 있는 전문 주례를 소개 받아 결혼식을 하기도 한다. 집사는 친구 중에서 정하는 게 보통이다. 옛날에는 주례, 집사를 많이 가렸다. 살아온 과거와 현재를 보면서 사회적으로 모범인가를 살펴 부탁했다. 결혼식 전날 하객들이 돌아가고 늦은 시각에 가족들만 모여 앉아 가문 잔치를 했다. 내일 행사에 준비가 부족한 것은 없는지 논의도 하고 확인도 했다. 신랑 집인 경우는 신부 댁에 드릴 납폐를 써서 혼수 마련함과 함께 정성 들여 준비를 했다.

신랑이 신부 댁 대문 앞에 서서 기다리고 신랑 쪽 대표가 함을 신부 쪽에 전한다. 병풍 뒤에 신부 쪽 어르신들이 납폐 내용을 보고 통과되어야 신부 쪽 청객이 신랑을 안내했다. 지금은 물질만능시대라 모든 것이 생략되고 납폐 내용을 돈 봉투로 대신한다.

예식장 소속 주례를 하는 경우에는, 생면부지의 주례 앞에 서서 식이 끝나면 한마디도 머리에 남지 않을, 녹음해 놓은 내용을 재생시켜 듣는 듯한 주례사를 다소곳이 들어야 한다. 하객 중에는 잡담을 하거나 졸기도 한다. 단지 "신랑은 어떠한 일이 있더라도 신부를 사랑하고, 신부는 신랑을 사랑하겠습니까?" "둘 다 큰 소리로 대답했습니다." 그러고는 손도장 찍고 "오늘 결혼식을 마칩니다." 하면 끝이다. 물론 사돈과 그에 따른 식구들 간에 인사도 형식적이고, 눈물도 감동도 없다. 식이 끝나자마자 식당이나 예식장 뷔페식으로 간단히 식사하고, 신랑 신부는 여행 준비해야 하고 하객들은 바쁘게 제각기 돌아간다.

결혼 문화는 계속 진화해 간다. 요즘은 주례를 따로 모시지 않고 양가 부모님이 주례를 직접 하기도 한다. 직접 키워 낸 부모님이 아이들을 더 잘 알고 어떻게 사는 게 사람답게 사는 것인지 경험을 토대로 새롭게 출발하는 아이들에게 전달하는 것이야말로 뜻있는 주례사가 아닐까 생각해 본다. 나는 이런 뜻있는 결혼식 훨씬 전에 2남 1녀 모두 출가를 시켰다. 내가 요즘에 시킨다면 아이들에게 무어라고 할까? 생각하면서 나름대로 주례사를 해 본다.

만장하신 축하객 여러분! 감사합니다. 앞에 자식들을 보니 선남선녀인 듯 아름답고, 이 세상에서 제일 멋있습니다. 모든 면에서 미진한 부분이 많은 부모 마음 거스르지 않고, 많은 어려움을 이해하면서 성장해 왔습니다. 오늘 부모와 많은 축하객 앞에 예쁘고 늠름하게 서 있는 자식들이 더없이 자랑스럽습니다. 새롭게 출발하는 아이들에게 지금까지도 잘해 왔지만 뜻깊은 자리에서 각오를 새롭게 하는 의미에서 부모로서 몇 마디 하려고 합니다.

첫째, 서로가 택한 인연인 바, 서로 물과 물고기라는 생각과 땀과 눈물을 닦아 주는 손수건 같은 만남이 되고, 세상에는 행복보다 불행이 더 많이 설치고 다니지만, 진정과 정성으로 아끼고 사랑한다면 얼마든지 극복할 수 있다.

둘째, 우리는 이야기하기 위해 산다. 사랑한다는 이야기는 기본이고 정보를 주고받으며 모든 계획은 솔직하고 거짓 없이 의논해야 한다. 둘이 마음이 하나로 합쳐질 때 진정한 행복을 얻을 수가 있다.

마지막으로, 체면과 염치를 알고 상대를 존중하고 양보할 줄 알며 진실과 성실뿐 아니라 협조할 줄 알아야 한다. 끝으로 부모는 자식에게 그릇의 재료를 줄 수 있을 뿐이다. 낳고 키운 것이 재료에 불과하다. 재료를 가지고 예쁘고 단단한 그릇을 만들고 그 안에 행복을 담아내는 일은 신랑, 신부만이 할 수가 있다. 훗날 많은 노력으로 아름다운 그릇을 만들어 부모, 형제뿐 아니라 주위 모든 사람에게 보이고 칭찬 받을 수 있기를 바란다. 소극적인 사람은 팔자대로 살고 적극적인 사람은 운명을 개척할 수 있다는 신념을 갖도록 하라!

사돈님과 새로운 인연을 맺은 것을 기념하고, 훌륭한 가문과 사돈을 맺게 해 준 너희들 고맙다. 우리 천사들이 가는 길! 여러분들이 지켜봐 주시고, 인도해 주실 것을 간곡히 부탁드립니다. 감사합니다.

전기밥솥 앞에서

아내가 다른 일 때문에 부득이 집을 비울 때면 내가 손수 밥을 짓는다. 어렸을 때부터 많이 해 본 경험으로 어렵다거나 남자라는 체면 따위를 내세울 것은 없다. 어린 시절, 초등학교 4학년 때 밥하는 것을 배웠다. 부모들이 밭에서나 물에서 마무리가 늦어 제시간에 돌아오지 못할 때가 있었다. 배는 고프고 어머니는 오지 않고 마냥 기다릴 수만은 없다. 자연히 나대로 밥을 할 수밖에. 잘 안 돼도 스스로 배울 수밖에 없었다. 당시에는 쌀밥이 아니라 보리밥이라 우선 보리쌀을 씻고 삶아서 보리까끄라기를 아궁이에 밀어 넣으면 연기를 내면서 천천히 뜸이 들여지곤 했다.

어렸을 때 그렇게 먹고 싶고 부러웠던 게 흰쌀밥이다. 특히 논이 없는 제주도 사람들은 쌀을 보리쌀이나 좁쌀과 달리 곤쌀이라고 해서 귀히 여겨 제사 명절 때에나 먹을 수가 있었다. 소풍 때에도 밑에는 보리밥 위에만 약간의 쌀밥 혹은 약간 혼합해서 도시락을 준비했는데, 이것을 반지기 밥이라고 했다. 70년대까지 제주도 처녀는 시집갈 때까지 쌀 서 말을 먹지 못한다고 했다. 이제는 어려운 사람들이 쌀밥을 먹고 능력 있는 사람들은 흰쌀밥을 먹지 않고 되레 반지기 밥을 먹는 시절이 되었다.

오늘도 바다에 간 집사람이 늦어 밥을 짓는다. 밥솥에 쌀을 씻어 넣고 손등으로 물을 가늠하면서 고민을 한다. 요즘은 쌀마다 물의 가늠이 조금씩 차이가 나기 때문이다. 전기를 켜고 쌀 방울이 튀는 소리를 들으면서 옛 생각에 잠겨 본다. 무쇠솥 아궁이에 검질 불로 밥을 짓던 시절 잘 마른 고사리 풀이나 솔잎이 아닌, 눅눅한 조짚 보릿짚 생각만 해도 눈을 비비고 눈물 콧물이 흐르는 듯하다. 물 항아리가 있고 그릇 얹은 엉성한 찬장이 있고, 밑에는 설거지하는 그릇이 있는 부엌. 천장은 온통 연기에 그을린 시커먼 그을음투성이, 그래도 떨어지지 않고 잘 견디고 있었다.

태풍 때마다 한쪽 귀가 날아가는 초가집이지만, 그런 집도 귀해서 방 한 칸에 사과 상자 하나 놓고 위에는 석유풍로 밑에는 그릇 몇 개 놓을 공간만 있으면, 신혼부부들이 사정하면서 빌리기 일쑤였다. 장가간 아들에게 방 한 칸 있는 조그만 집을 내주고 우리 집 작은방에 이웃집 나이 많은 할머니가 작은아들을 데리고 와서 살았다. 먹을 것이 너무나 귀하던 시절이다. 고구마밭에서 주인이 먼저 수확한 후에 말라 버린 줄기에 붙은 작은 고구마 이삭을 주워 와서 삶은 것이 우리가 수확한 큰 고구마보다 훨씬 맛이 있었다. 얻어먹고 오면 어머니가 욕을 왜 하는지 모르던 시절도 있었다.

구멍 난 양말과 검정 고무신, 이웃집 형이 물려준 교복과 교과서, 가난하면서도 집집마다 아이들 울음소리, 골목마다 아이들로 넘쳐났다. 형이나 언니의 등은 동생들의 어린이집이었다. 초등학교 교실마다 학생들로 북적였다. 초등학교도 다닐 수 없는 아이들도 많았다. 특히 가난도 했지만, 남존여비 사상이 여자아이들은 오빠나 남동생을 위해서 어렸을 때는 집안일을 돕고, 조금 나이가 들기 시작하면 거친 바다에서 해녀 일을 하면서 어려운 가정경제에 한몫을 담당해야만 했다.

동네 팽나무 밑에는 어르신들이 있어 함부로 행동할 수 없었다. 만약 예의에 어긋나면 부모에게 잘 교육하라고 훈계를 하고, 그런 날이면 부모는 밥상머리에서 무섭게 숟가락을 두드리면서 교육을 하는 날이다. 이제 쌀밥 먹고 좋은 집 좋은 옷, 차를 몰고 다니면서 좋은 세상을 만났는데 왜 옛날보다 못한 것만 같을까? 라면이 처음으로 시판됐을 때 국수처럼 삶아서 물에 헹구어 먹던 시절이 왜 그리운 것일까?

경제적으로 풍부해지면 다 좋은 줄만 알았는데, 도시는 가득가득하고 농촌에 아이들 울음소리 사라진 지 오래되었다. 초등학교에 넘쳐나던 아이들인데 이제 몇이 남지 않았다. 울타리에는 잡초가 우거지는데 그래도 이순신 장군이 경계를 든든히 지켜주고 언젠가 가 · 갸 · 거 · 겨 배우러 올 아이들 기다리는 세종대왕은 훈민정음 펴들고 앉아 계신 게 그나마 위안이 된다.

복지사회나 경제성장보다 오직 나만을 생각하는 이기주의가 몇 배 빠르게 성장하는 것만 같다. 잃어 가는 인정이 그리워진다. 가난했던 옛날이 사람답게, 행복하게 살았던 건지, 풍부해진 오늘이 사람답게 그리고 행복하게 사는 건지. '퓨우' 마라톤을 완주하고 난 선수가 뿜어내는 고난 뒤 희열의 가쁜 숨마냥, 물숨 다하고 나오는 집사람의 숨비소리마냥, 전기밥솥이 뜨거운 김을 뿜는다. 제 할 일을 다했노라 신호를 보내는 모양이다.

밥 짓느라 전기 꽂고 30분 동안, 전기밥솥 앞에서 허드레 옛날 생각에 젖어 본다.

삼돌이

누가 보아도 임신이라는 것을 알게 될 즈음에야 며느리는 시부모에게 임신 사실을 전한다. 그러나 별로 기쁜 표정은 아니다. 그도 그럴 것이 이미 여섯 살과 세 살 된 아들 둘이 있어 딸 하나 얻기를 소망하면서 임신했는데 또 아들이라는 것이다. 낳기도 전에 남녀 구별이 되는 세상이다.

세상이 변해도 많이 변했다. 십수 년 전만 해도 아들 선호 속에 아들을 얻으려고, 효험이 있다는 나무에도 빌고 부처님께도 빌고, 심지어 절 입구 돌부처 코도 닳고 닳았다. 정화수 떠 놓고 정성으로 아들을 기원하는 모습이 흔했다. 원치 않은 딸만 낳아 한숨짓는 모습뿐 아니라 딸만 낳는 게 여자의 탓으로만 돌리고 첩까지 두면서, 아들을 얻으려고 안간힘 쓰는 모습을 보아 온 것이 별로 오래지 않았다.

아들을 낳아야 하는 의무감, 아들을 얻었을 때의 성취감과 떳떳함, 남편과 시집에 할 일을 다했다는 표정과 주위 대접이 상승하던 시절도 있었다. 오죽하면 딸만 낳아 고개 숙이고 얌전하던 여자가 아들 낳고부터는 갑자기 호랑이로 변한다는 말까지 했을까. 이는 조선시대 훨씬 이전부터 뿌리박힌 사상이고, 가계를 잇는다고 해서 누구도 선호할 수밖에 없었다는 것을 모르는 이는 없다.

요즘 세상에도 이를 중요시한다. 하지만 남녀평등 시대를 넘어 여성 상위를 외치는 시대에 아들만 셋을 두게 되는 심정을 헤아려 본다. 집안에 딸이 있고 없고 하는 차이는 너무나 크다는 것을, 경험을 통해서 잘 안다. 나 또한 아들 둘 사이에 딸 하나를 두었는데 아들이 태어났을 때 든든함도 좋았지만, 딸이 있어 더 많이 웃을 수 있었다. 시집을 갔어도 특히, 어미와는 속내를 터놓고 이야기하는 모습을 쉽게 본다. 역시 생전에는 아들보다 딸이 낫다는 이야기를 주위에서 쉽게 들을 수 있다.

딸 많은 집안이 더 화기애애하고 부모들 또한 웃음을 더 많이 띠고 사는 것 같아 부러울 때도 있다. 하지만 그래도 말썽 많은 아들이라도 있으니 웃음도 많은 것이지, 아들 없다면 웃음소리가 클 수 있을까 생각해 본다.

배는 불러오고 산달이 되니 언제쯤 해산하는 게 좋은지 의논을 한다. 이 역시 좋은 세상을 만난 것이다. 우리가 어렸을 때는 아기 낳다 돌아간 산모들 어렵지 않게 소문으로 들을 수가 있었다. 요즘은 배꼽으로 아기를 낳는 시대가 되어 산모가 낳는 게 아니라 의사가 꺼낸다. 이런 세상에 사주팔자가 무슨 효용이 크겠는가마는, 그런 중에도 좋은 날을 받아 낳으려는 관념이 남아 있다. 이왕이면 태어날 날을 선택하는 것은 나쁜 일이 아니므로 성의를 다해 요리저리 살펴 흑룡의 해 오월에 걸맞은 날로 6월 27일(음 5월 8일)로 결정하고 낳도록 했다.

드디어 6월 27일이다. 여느 때와 마찬가지로 새벽에 눈을 떴다. 새벽 4시 나도 모르게 오늘 며느리가 순산하기를 모든 신들께 빌었다. 특히 돌아가신 조상님과 어머님도 찾았다. 며느리는 먼저 낳은 경험이 있는 병원에서 오전 11시 11분에 세 번째 아들을 낳았다. 내가 찾아갔을 때는 며느리가 산후 마취가 풀리는지, 고통의 힘든 모습을 보이고 있었다. 애처롭다는 마음뿐 어찌 고통을 나눌 수는 없어 쳐다만 보면서 마음속으로 큰일을 해냈다는 칭찬을 할 수밖에 없었다.

한참 지나 간호원이 갓 태어난 아기를 보자기에 싸들고 엄마 품에 안겨 준다. 첫 대면이다. 10개월 동안 혼자 모습을 그려 왔고 이야기하면서, 불편한 몸으로 고생한 며느리 얼굴에 만감이 교차하는 듯하다. 그것도 잠시 무엇으로도 표현할 수 없는 흐뭇하고 편안한 미소를 아기에게 보낸다. 일주일 후 다시 찾았더니 며느리는 조금은 편안해졌고, 아기 울음소리 또한 커졌다. 며느리가 아기 이름을 지어 달라고 한다. 그래, 평소에 좋아하던 글자가 있느냐고 물으니 둘째가 덕현이니 수자를 넣어 수현으로 했으면 좋겠다고 한다. 집에 와서 수 자 중에서 수秀 자를 선택해서 그렇게 부르라고 했다.

탄생, 이 얼마나 고귀하고 넘볼 수 없는 영역인가? 허공에 수많은 영혼 중에서 찰나에 점지하여 잉태하는 일이다. 오직 신의 도움 없이는 할 수 없는 일이기에 선택된 기쁨을 고마움으로 살아야 한다. 낙인 사회이다. 이름만 듣고도 성품을 알고 인간 됨됨이를 알게 되는 사회에서 '수현'이라는 이름만 듣고도 효孝뿐 아니라 주위를 즐겁게 하는 좋은 일로 오래오래 기억할 수 있는 이름으로 살아갈 것이라 굳게 믿는다.

딸 없이 세 번째 아들. 이상한 세상을 만나 축하해 주는 사람들보다 요즘 세상에 어떻게 키우냐고 걱정한다. 하지만 나는 수현이와 만남을 내 생에 축복이라 여기고, 여느 손주와 똑같이 환영한다. 며느리 또한 남편까지 남자 넷을 돌봐야 하는 버거운 생활이지만, 어느 누구도 즐거움만 갖고 살지는 않는다. 어려움이 있을 때 즐거울 때가 오는 신호로 삼아 희망을 그리면서 살다 보면 기필코 행복은 오게 되어 있다.

남자 넷, 이보다 든든함이 또 있는가. 네 구석 든든한 기둥 위에 편안한 지붕이 될 날이 꼭 오리라.

완도에 가다

해마다 찾아오는 장마지만 올해는 유난히 일찍 왔다. 여름에 수확하는 마늘, 양파 농사를 힘들게 했다. 비 오는 날씨 속에서도 어렵게 수확을 마치고 여유를 찾은 일행들이 모였다. 일행이라고 해야 숨비소리 벗으로 삼는 해녀 일과 농사일을 병행하는 할머니들이다.

남존여비 시대에 제주도 여자로 태어나서 쌀밥 구경 힘들고, 가정과 오빠와 남동생 시중들다 시집가서 아이들 뒷바라지에 몸과 마음을 전부 쏟다 보니 언제부터인지 나도 모르게 할머니가 되어 버린 그런 일행들이다.

해녀들의 숨비소리에는 어떤 표현도 함부로 끼어들 수가 없다. 저승 문턱까지 갔다 온 발끝에서 머리끝을 돌아 나오는 소리이기 때문이다. 소라, 성게, 천초 등을 채취하여 그 수익금 중에서 어버이날 놀러 가자는 계획을 세웠다. 1~2만 원씩 매월 모아 목돈을 마련했다. 일찍 온 장마 때문에 실행하지 못하고 있다가 여유가 생기니까 슬그머니 놀러 갈 마음이 생긴 것이다.

농사일하면서 쌓인 피로, 생각대로 되지 않는 일상생활, 덧없이 늙어 간다는 강박관념 등 이러한 스트레스가 하루만이라도 떠나서 돌아보고 즐기면서 잊어 보자는 생각들이다. 사전에 충분한 계획도 없이 강행하기로 한 곳이 완도다.

결정 이틀 만에 출발했다. 7월 15일 아침 해는 5시 22분에 솟았다. 봉고차를 탄 일행 13명(남 5명, 여 8명)은 7시에 출발해서 제주 사람은 20% 할인된 금액 19,500원을 내고 08시 20분 한일카페리 1호에 몸을 실었다. 잔잔한 여름 바다 쾌속선의 시원한 바람 정말 오랜만에 배를 타 보는 감회가 새로웠다. 군대 휴가 다닐 때 느리고 긴 여객선 항해, 멀미하는 신음 뒤이어 토악질하던 생각이 났다. 할머니들도 처녀 시절 육지로 물질 다니던 때 이야기를 한다. 물거품을 뒤에 달고 달린 지 세 시간, 드디어 완도항에 내렸다.

그럴듯한 간판을 믿고 식당에 들어섰다. 점심을 청했는데 고향 장터보다 나은 게 없다. 수협공판장 주변에 마련해 준 숙소에 남녀별로 방 두 개에 짐을 풀고 쉬었다. 더위에 지쳐서인지 생기들이 없다. 저녁에는 완도의 특산물인 전복을 안주로 가지고 간 한라산 소주를 주고받으면서 맛있게 식사를 했다.

다음 날 제주대를 나왔다는 25인승 렌터카 기사의 안내를 받으며 관광을 시작했다. 원래 230개의 섬이 매립 등으로 연계되어 지금은 201개 섬 중 57개의 유인도로 이루어졌다고 한다. 신지대교를 건너 유명한 명사십리 해수욕장에 도착했다. 폭 150m 길이 4*km* 소문대로 넓은 백사장과 비치파라솔, 계절 음식점이 즐비했다. 지형적으로 수목이 잘 자랄 수 있는 조건에서 다른 해수욕장과는 색다른 풍광을 볼 수가 있다. 유통 중심이던 76년도에 인구가 14만 명이던 완도가 지금은 인구 5만으로 줄었다고 한다.

완도 수산고등학교를 지나면서 이 학교 출신 대다수가 부산 해양대로 진출하고 유명한 골프선수 최경주의 출신학교라는 자랑도 빼놓지 않았다. 완도는 지역 특성상 태풍 피해가 적어서 해양 양식의 최적지가 되었다. 특히 전복은 완도, 보길도가 중심이 되어 전국에 팔려 나간다는 것이다. 이야기를 듣는 동안 장도 청해진 유적지에 도착했다.

새롭게 놓인 나무다리를 건너니 약 126,000㎡ 면적의 장보고 대사가 828년 청해진을 설치한 우리나라 최초 무역 전진기지에 도착했다. 군사요충지였던 장도의 잘 복원된 모습과 우물터를 쉽지 않은 걸음으로 돌아볼 수가 있었다. 걸어서 되돌아 10분 내외 거리. 청해진 옛터에 장보고 기념관이 우리를 불러들인다. 7,80년대 후반 완도에서 태어나 30세에 당나라 소장이 되고, 신라로 돌아와 828년 흥덕왕 때 1만 군사를 얻어 청해진을 설치한다. 해적을 소탕하고 중국과 일본을 연결하는 중계무역뿐 아니라 이슬람 세계와도 무역한 해상의 무역왕이 된다. 역사와 장보고 무역선 등 자료들을 재조명 2008년 2월 29일 개관하고, 중국으로부터 가져왔다는 유자나무가 식재되어 있다.

조그만 섬에서 태어나 글로벌 해상 무역왕이 된 장보고 대사. 매년 5월이면 장보고 축제가 열리는 완도 도민들의 자긍심이 충분히 이해가 간다. 완도에 가면 누구나 가 본다는 수목원이다. 세계 최고, 최대 상록활엽수 자생지이다. 크게 인공을 가미하지 않은 자연 모습, 특히 넓은 호수 위 부교를 걸으면서 그늘 속 시원함을 만끽할 수 있어 좋았다. 1,050*ha*의 광활한 면적에 3,449종의 동식물, 온실, 관찰원, 수생식물원 등 전부 돌아보고는 싶었지만, 뜨거운 태양과 굵은 땀방울이 아쉬운 발걸음을 돌리게 했다.

학교를 제주에서 다녔다는 연고로 좀 더 친절하려고 애쓰는 기사분이 참 고마웠다. 다도해 전경과 제주도가 보인다는 일출 공원 완도타워 가까이까지 올라갔지만, 운무가 진하게 가려 발걸음을 돌려야 했던 게 몹시 아쉬웠다. 오후 3시 출항에 맞춰 일찍 점심을 하기로 하고 완도 여객터미널 가까이 있는 수산시장에서 활어를 구매하고 관련 식당에서 포식한 후 후회 없이 완도를 뒤로했다.

해단식, 역시 뭐니 뭐니 해도 고향의 맛은 그 무엇과도 비교할 수가 없다. 풍광은 고향보다 나은 곳이 많지만, 푸근히 나를 감싸 주고 느낌으로 맛볼 수 있는 곳은 역시 고향이 최고다. 불고기를 시켜 놓고 한라산 소주에 여행하면서 있었던 일들을 주위에 다른 사람들이 있건 없건 크게 웃으면서 결산을 했다. "다음 기회 희망자는 신청하라."라고 했는데 한 사람도 빠짐없이 신청하는 모습을 보면서 말할 수 없이 흐뭇했다.

그동안 좀 더 살갑게 대하지 못하고 배려하는 데 궁색했던 사이도 있다. 서로 솔직하지 못한 사연도 있지만, 여행을 통해서 인간관계를 좀 더 가까이할 수 있었다는 것이 새로운 풍광을 보고 맛있는 음식을 먹은 것보다 더 큰 소득이었다.

5부

아내의 관광 여행

오복五福의 뿌리

이제 치과에 갈 준비를 해야 한다. 아내 곁에서 마늘 심는 것을 거들다 손을 털고 일어섰다. 몇 번 시계를 보다가 종종거리는 나를 보면서 아내는 "겁이 나죠?" 하면서 걱정 반 조롱 반 한다. "나도 해 봤는데 처음 마취할 때만 아프고 다음부터는 하나도 아프지 않아!" 위로하는 말을 뒤로하고 치과로 갔다.

자동차로 20분 거리다. 처음 하는 치과치료가 아닌데도 약간 겁이 난다. 수술 시간은 예약되어 있어 시간에 맞춰 도착했는데 대기실이 만원이다. 어린이에서부터 노인까지 다양한 연령층이다. 찾을 때마다 북적이고 기다리는 시간도 만만치 않은 곳이 치과다. 더구나 용하다는 소문이 나기라도 하면 사람들로 붐빈다. 그중에는 노인을 부축하면서 오는 자녀들과 며느리들을 본다. 맛있는 음식 대접보다는 먹을 수 있도록 하기 위해서 치과를 찾는 그들이 참 착해 보인다.

어금니 신경을 치료하고 보철이나 하려고 들렀던 치과다. 그전에 단골로 다니던 치과보다 가깝고 더구나 주차하기가 용이해 찾았다. X-레이를 보던 의사가 어금니를 제거하고 임플란트를 해야 한다고 한다. 하나둘 잃어 가는 이가 아쉬워서 웬만하면 보철이라도 해서 쓸 수 없나고 해 봤지만 도저히 살릴 수가 없다는 것이다. 의사의 말이 곧 판결문이다.

보통 성인인 경우 28개~32개 이를 가지고 있는데 턱없이 부족하다는 것이다. 그동안 조금 모자라는 것은 알고 있었지만 젊은 날 치과가 없는 마을에서 돌팔이 의사에게 치료를 받으면서 고생한 생각을 하며 치과를 멀리하려는 생각에 찾지 않았던 것이 후회된다. 어금니 몇 개 없다고 별로 불편하지도 않아 방치를 해 왔다. 방치한 잇몸에 치조골이 없어져 인공뼈를 심어 놓고 접착시킨 후에야 임플란트도 가능하다는 설명이다.

치조골은 자연치가 있을 때는 유지되지만 자연치가 없어지면 존재가치를 잃어 흡수되어 버린다. 그만큼 비용도 늘어나고 치료기간도 길어진다는 것이다. 견적을 요구했더니 위아래 균형도 맞춰야 하고 하나는 힘이 약하니 두 개씩 네 개가 필요하다는 것이다. 거금이다.

며칠을 두고 생각을 했다. '이 나이에 무얼 더 먹겠다고 거금을 투자하면서 해야 하나, 남은 이로 씹을 만큼만 먹으면 되지.' 하면서도 더 나이가 들면 하고 싶어도 못할지도 몰라 하고 생각의 실마리가 흐른다. 결국 큰마음 먹고 하기로 하고 전화를 했다. 0월 0일 12시까지 나오라고 한다. 약속된 일자가 가까워 오니 망설여진다. 또 전화를 했다. 아버지 제사가 있어 음복으로 술도 해야 하는데 다음으로 미루자고 했더니 "바쁜 일정에 겨우 날을 잡았는데 할 수 없죠." 하면서 끊는 간호원 목소리가 차갑다.

건치도 가계 내력이 있나 보다. 생시에 어머니가 늘 치통으로 고생을 하셨다. 당시에는 촌에 치과도 없고 마땅한 진통제도 없던 시절이다. 오죽 참을 수 없었으면 약성이 차고 몹시 떫은맛이며 약간 독성까지 있는 백반의 하얀 덩이를 물고 있었을까. 시절이 좀 지나서 틀니를 해 드렸는데 빼고, 끼우고 씻어 놓고는 찾지 못해서 우왕좌왕하는 모습을 보기도 했다.

당시에는 이빨이 빠지면 어쩔 도리가 없었다. 이빨 없는 노인네들이 많았고 이빨이 빠져 얼굴 양쪽 모습이 다르고 잇몸만 있고 턱이 나온 합죽이 모습이 신기하지도 않았다. 노인이 되면 자연히 저렇게 되는가 보다 했다.

나도 다른 아이들과 같이 젖니가 빠지면 초가지붕 위로 던지면서 '묵은 이는 가고 새 이랑 돋아라' 하고 주문했는데 새로 돋는 이들이 신통치가 못했다. 동네 돌팔이 의사에게 마취도 제대로 하지 않고 발끝이 찌르르하는 이 가는 소리를 들으면서 좋지 않은 재료로 브릿지를 했다. 짧으면 삼 년 길면 오 년 정도 지나면 재공사를 해야 한다. 이십 대 후반에 마을 보건소에 치과가 생겼고 제대로 치료할 수 있었던 것은 참으로 다행한 일이었다.

유교를 숭상하던 조상님들은 수壽, 부富, 강녕康寧, 유호덕攸好德, 고종명考終命을 인간이 누릴 수 있는 오복으로 생각하고 그렇게 되기를 소망하면서 살아왔다. 그러나 양반이 아닌 사람들은 유호덕보다 귀貴하게 되기를 더 소망했다. 고통 없이 가족이 모두 지켜보는 가운데 편한 모습으로 생을 마감하는 고종명보다는 많은 자손을 원했다. 요즘에는 처복, 남편 복을 이보다 상위에 놓는 추세이다.

선상한 치아가 오복 중의 하나라 하지만 실은 낙실에 불과하다. 하지만 세속에서 전해지는 데는 그만한 가치가 있다고 본다. 살기 위해서는 먹어야 하고 먹기 위해서는 씹어야 한다. 오복도 그 후에 챙기는 것이니 오복의 뿌리는 건강한 치아라는 생각을 해 본다.

보건소에서 주기적으로 초등학교를 순회하면서 어린이 구강을 관리하는 것은 자라나서 치과에서 아까운 시간 소비하지 않고 그만큼 국가에 충성할 수 있는 시간을 얻기 위한 바람직한 일이다. 임플란트가 좋다는 것을 모르지 않는다. 임플란트를 하고는 싶지만 비용이 너무 많아 할 수 없이 브릿지를 하는데 유지기간이 짧아 다음 리모델링하는 데는 더 많은 고통이 따르는 점도 고려할 필요가 있다.

백세 시대다. 노인들이 건강해야 나라가 건강하다. 건강의 뿌리인 치아를 국민건강 보험에서 생애 두 개까지 임플란트 혜택을 받을 수 있게 한 것도 감지덕지지만, 앞으로는 위에 둘 아래 둘은 있어야 씹는 기초가 아닌가 생각되어 욕심을 내어 본다.

앞으로 삼 개월 후에 치과에 가서 검사를 해야 한다. 이가 나쁘면 식도암 등에 걸릴 확률이 높다는데 게을리할 수도 없다. 나의 건강이 혼자만의 건강이 아니라 집안 모두의 건강이기 때문이다. 치아를 잘 관리해서 치과에 다니지 않는 사람이 부럽다.

아내의 관광 여행

유월도 삼 일밖에 남지 않았다. 동살이 트려면 아직도 멀었는데 아내 방에는 형광등 불빛이 밝다. 오늘은 동네 부녀회원들과 함께 2박 3일 동안 아내가 관광 여행을 떠나는 날이다. 며칠 전부터 미장원에서 장시간 머리를 손질하면서 기다려온 날이다. 본인은 아니라고 하지만 소풍 가는 손주마냥 마음이 들떠 있는 것이 엿보인다. 몇 년 전부터 아내는 안채를, 나는 별채를 사용하고 있다. 저녁을 먹으면 아내는 안채에서 TV 연속극 보려고 앉아 있고, 나는 별채로 건너가 뉴스에 채널을 맞춘다. 생이별이다.

새벽 5시 반에 출발을 한다는데 무심하다고 할까 봐 4시에 일어나 안채로 갔더니 벌써 준비를 마치고 동네의 기척을 기다리고 있었다. 나는 뭔가 성의를 보인답시고 장마철이니 작은 우산이라도 가지고 갔다가 비가 와도 쓰고 볕이 나도 쓰는 게 어떠냐고 권했다. 단박에 차를 타고 다닐 텐데 귀찮게 뭣 하러 가지고 가느냐고 핀잔이다. 그래도 자그마치 성의 표시는 했다는 생각에 빙그레 웃고는 접었다.

대문을 나서는 화장을 예쁘게 한 아내를 보면서 그동안 내가 사다 준 화장품은 나를 위해서는 한 번도 치장하지 않고 남을 위해서 특히 다른 남자들 눈요기로 바르고 그리고 다니는 것 아니냐고 농담을 했는데, 오늘 쳐다보면서 역시 나를 위해서 화장한다는 것을 새삼 느꼈다. 아내가 예뻐야 나도 덩달아 점수가 올라간다는 것을 깨닫는다. 앞으로 아내를 위한 투자가 나를 위한 투자라는 것을 명심해야 할 것 같다.

마늘, 양파 수확뿐 아니라 천초 채취까지 하느라 너무나 고생한 아내가 동네 부녀회로 관광을 간다는데 여간 기쁜 일이 아니다. 그동안 쌓인 피로와 스트레스를 날려 보내고 온천에서 만날 저리는 무릎 좀 편하게 뻗어서 쉬었다 왔으면 좋겠다. 매일 남편 식사 준비며 설거지, 빨래에서 해방된 기분으로 모처럼 즐기다 왔으면 한다. 볼 것이 많아 눈이 즐겁고 차려 주는 진수성찬과 잠자리 편한데 몸이 더 불고 오지 않을까 조금은 걱정이 된다.

십 년도 훨씬 전 지금보다 젊고 예뻤을 때 결혼 후 처음으로 동창들과 관광 여행을 떠난 적이 있었다. 당시에는 물가에 내어놓은 어린애같이 걱정도 되고 어린 시절 학교 다닐 때 마음에라도 있던 동창이 술이라도 취해서 손목이라도 한번 잡으면 어떡하지 하는 마음에 편치 않았다. 가지 말라고 하면 속 좁은 게 탄로 날까 봐 쿨하게 웃으면서 보내 놓고 노심초사했던 기억이 난다.

할머니가 다 되었고 동네 부녀회라고 해야 할머니가 대다수인 일행들이 간다고 해서인지 아내 걱정은 전혀 없고 혼자 밥 먹을 일이 마음에 걸린다. 그래도 호박잎 국을 끓여 놓고 가면서 남는 것은 냉장고에 뒀다가 먹으라고 챙겨 줬지만, 실은 밑반찬이 시답잖다.

가끔씩 비어 있는 아내의 방을 기웃거리다 나도 모르게 웃는다. 있을 때는 전혀 관심도 없었는데 왜 주억거리게 되는지 나도 모르겠다. 밥 차려 주고 빨래해 주고 청소하는 아내를 보면서 당연히 할 일 한다고 별 느낌도 없었는데 역시 아내의 빈자리가 크다는 것을 느낀다. 젊었을 때는 밖에서 친구들과 어울리면서 먹고 마시고 할 수도 있으련만 나이가 들어 보니 아내가 귀중하다는 게 실감이 난다.

떠난 후 전화 한 번 없어도 무사히 재미있게 보낸다는 신호인 것 같아 별로 기다려지지는 않지만 조금 섭섭함은 숨길 수 없는 사실이다. 내가 먼저 하면 일행에게까지 속 보일까 봐 선불리 먼저 할 수도 없다. 망설이다 이튿날 새벽에 먼저 전화를 했다. 혼자 불편하지는 않으냐고 묻기는커녕 "지금 일어나서 일행과 온천을 가야 하니까 끊으라."는 것이다. "잠자리는 괜찮았냐?"고 했더니 당신과 함께 있는 것보다는 못하다는 말을 해 준다면 얼마나 예쁘고 아까울까? 별로 어려움이 없다는 말을 들으면서 먼저 끊었다. 에라! 나도 사우나나 하러 가야겠다 하고 차에 올라 시동을 걸었다.

여행 2일째 저녁은 혼자 적적하던 참에 모처럼 오랜 가뭄에 단비 만나듯 기쁜 연락이 왔다. 친구가 저녁을 같이 하잔다. 그렇지 않아도 혼자 어떻게 저녁을 넘기나 했는데 반갑기 그지없다. 오랜만에 좋은 식당에서 목에 기름기로 묵은 찌꺼기들을 내려보낼 수가 있었다. 술 한잔한 김에 주위에 있는 주점에 가서 목청껏 오랜만에 노래도 부르면서 흡족한 저녁을 보냈다. 옆에 아내보다 젊은 도우미가 있어 분위기도 좋았다. 젊은 때 같았으면 아내도 없고 좋은 기회에 아무도 모르는 에피소드 하나 장만할 수도 있겠지만, 단지 손목 한 번 잡은 것뿐 별 탈 없이 귀가를 했다.

오늘은 여행을 마치고 귀가하는 날이다. 해산하면서 저녁을 해결하고 올 것이 뻔하고 늦게까지 기다려 봐야 밥상 차려 주리라는 기대는 아예 접는 게 낫겠다 싶다. 차라리 '여행하느라 피곤하지?' 하고 쉬라고 하는 게 아내 얼굴 주름살 펴 주는 거라는 생각을 해 본다. 아내를 진정 사랑해서인지 아니면 눈치를 살피며 평안함을 얻으려는 것인지는 모르지만, 마음이 예전보다는 넉넉해진 것 같다.

나이 들어 혼자 생활한다는 게 얼마나 적적하고 불편한지 느끼게 해 준 아내의 관광 여행이다. 그래도 온다는 희망이 있고 기다리는 보람도 있다. 천수를 다하지 못하고 건강에 이상이 생기거나 각종 사고로 유명을 달리할 때는 온다는 희망도 없고 볼 수 있는 기회도 없을 것 아닌가.

아내의 여행을 기회로 젊었으면 다시 시작할 수도 있겠지만, 나이 들어 혼자된다는 게 이렇게 고통스러운 일이란 걸 새삼 느끼게 되었다. 비록 무뚝뚝한 아내지만 속상하는 일 없도록 아끼고 사랑하면서 살아갈 것이다.

하나, 둘, 셋…

하나, 둘, 셋, 넷, 다섯, 여섯! 댄스 삼매경에 빠져든다. 강사의 가르침에 따라 반복 또 반복하면서 땀을 흘린다. 생각 따로 몸 따로지만, 열심이다.

경로회관에서 매주 수요일과 목요일 저녁 일곱 시면 백발이 비치는 실버 남녀 20여 명이 모여 손에 손잡고 진지한 모습으로 열심히 연습한다. 낮에는 밭에서, 또는 하우스에서 때로는 바다에서 열심히 일하고 저녁이면 서툰 발놀림과 몸놀림으로 땀을 쏟는다. 마주 잡은 손에는 배우겠다는 열정이 통하고, 서로서로 보완과 격려와 칭찬을 해 가면서 조금씩 발전하는 것이 흐뭇하고 자랑스럽다.

땀과 미소가 흐르는 모습들이 언젠가는 할 수 있다는 희망에 부풀어 있다. 농협에서 주최하는 농민대회장 무대 위에서는, 신나는 음악과 함께 댄스가 모든 사람의 흥을 돋우고 박수를 받으면서, 멋있는 장면을 연출하고 있었다. 평소 알고 지내던 이웃 마을 어르신도 있었고, 형과 누나뻘 또는 친구들도 있었다. 한창 좋은 나이를 넘긴 분들이다. 언제 저렇게 배웠을까? 정말 부럽고 존경스러웠다.

구경하던 마을 형님들이 나를 불렀다. 그래도 왕년에는 이 방면에 소질이 있었고, 놀기도 좋아했던 분들이다. 그중에 한상○ 형과 상순○

형이 “야! 시찬아! 오늘 행사가 우리 농협 주최인데 무대 위에는 이웃 작은 마을도 장기자랑을 하고, 더구나 읍 관내 다른 팀들도 와서 무대를 점령하는데, 우리같이 큰 마을에서는 손뼉만 치고 있으니 체면이 말이 아니다. 자네가 한라문화제도 연출했는데, 앞장서서 우리 마을에서도 한번 해 봐!” 하고 농담 반, 진담 반 주문을 한다. 옆 사람들도 배알이 편하지 않은지 "해 봐!" 하면서 거든다.

나는 얼떨결에 분위기만 생각하고 아무 생각 없이 “좋습니다.” 말은 했지만, 실제로는 아무런 계획도 없고 자신도 없었다. 마을 운영을 위한 예산을 논의하는 기회가 있었다. 기존 있는 항목이 아니라 새로운 항목을 추가하는 것은 쉬운 일이 아니다. 사전에 이장님께 건의했더니 적극적으로 찬성해 줘서 예산에 추가했다.

이민 총회 때 호소한 보람이 있어 기본이 되는 자본금은 마련했지만, 이 적은 돈으로 강사를 모신다는 것은 어림도 없는 일이다. 마침 농협에 근무하는 팀장 중에 이 부분에 소질이 있는 분이 있다는 정보를 익히 들은 바 있어 찾아가 사정을 이야기했다. 재능기부를 부탁했더니 너무나 고맙게 쾌히 승낙을 얻을 수가 있었다.

사전 준비를 마치고 희망자를 모집했다. 실버댄스라 명명하고 남자 65세, 여자 60세 이상으로 정하고 공고를 했는데 모이는 사람이 없다. 하겠다던 사람들도 멍석을 펴 놓으니 오지를 않는다. 댄스라는 개념이 아직도 옛날 어두침침한 호롱불 아래 남녀가 껴안고 돌아가다가 소문나던 시절을 연상하고 그런 눈으로 비칠까 해서 참가를 꺼리는 눈치다.

어렵게 준비를 했는데 난관이고 실없는 사람이 될까 봐 걱정이 되었다. 결국, 먼저 이야기했던 형님들께 부탁하면서 홍보를 한 보람이 있어 열 명이 모였다. 경로회관에서 초라하지만, 시작할 수가 있었다.

처음에는 사교댄스로만 알고 참여했는데, 스포츠를 겸한 댄스라 일반 댄스보다 큰 노력이 없이는 할 수가 없었다. 그중에 나이가 많으신 분 몇은 어렵다고 가 버렸지만, 하면 할 수 있다는 분들과 함께 이어 갔다.

참여자들이 조금씩 매달 내는 회비는 경비에도 부족해서 강사 수고비는 엄두도 내지 못했다. 늘 미안하기만 한데 이에 보답하는 길은 열심히 배워서 언젠가는 무대 위에서 선보이는 것이라 여기면서 단원 모두 한마음이 되어 열심이다.

이민들의 성금으로 만들어진 단체라는 것을 명심해서 마을 행사에는 어떠한 일이 있어도 꼭 참석하여 기쁘게 해드려야 한다는 사명감을 가지고 있다. 이제 시작한 댄스가 훗날 동네마다 보급되고, 저녁이면 각 동 회관에서 동민들이 모여 함께 즐기는 날이 올 것이라는 희망을 가지고 있다.

손에 손을 잡으면 갈등이 생길 수가 없다. 웃음과 건강한 율동과 함께하노라면 요즘 걱정되는 치매는 들어올 공간이 없을 것이다. 상대방을 배려하고 협조 없이는 댄스를 할 수가 없다. 울면서 할 수가 없고, 잡념을 할 순간도 없다. 오직 열중하면서 신나는 음악에 취하지 않고는 할 수가 없다. 술에 취하면 좋은 점도 있겠지만 여러 가지로 애를 먹는다. 음악에 취했다 깨면 모든 스트레스가 사라지고 건강한 정신 건강한 육체로 재무장되어 활력을 찾게 된다는 것을 깨닫게 되었다.

젊었을 때 놀아 보지 않은 사람은 늙어서 잘 놀 수가 없다. 살림에 여념이 없지만, 여가를 잘 활용해서 문화와 예술 면에도 투자할 때가 되었다. 아이들이 성장해서 떠나고 벗들마저 하나둘 떠나가도 준비해 둔 문화와 예술은 우리 곁을 떠나지 않을 것이다.

모든 사람이 각자 취향에 맞게 꼭 댄스만이 아니라 그림도 그리고 붓글씨도 배우고, 사진 찍는 기술도 배우고, 국악에 풍물도 있고, 셀 수 없는 문화와 예술의 종류가 많은데, 그중에 하나씩이라도 익혀 노령화되는 시대를 대비해서 슬기로운 삶을 준비했으면 하는 바람이다.

똥개도 철이 든다

똥개가 시끄럽게 짖어댄다. 가끔 짖어대는 것과는 사뭇 다르다. 도저히 잠을 계속 잘 수가 없다. 저러다가 그만하겠지 하고 기다렸지만, 그칠 것 같지가 않다. 발정 난 짐승을 억지로 가둔다는 게 이렇게 힘든 줄 몰랐다. 도저히 더는 저대로 놔둘 수가 없었다. 아시안게임을 보느라 다른 날보다 늦게 잠을 청하는데 똥개 짖어대는 소리에 우리 선수가 패해서 속상했던 것까지 더해져 성질이 욱하고 올라왔다.

견디다 못해 대문을 열고 매어 놓은 똥개를 풀어줬다. (사실은 내쫓았다.) 뒤도 돌아보지 않고 얼씨구나 하고 대문 밖으로 뛰쳐나간다. 그 모습이 너무나 얄미워 대문을 닫아 버렸다. 그래도 혹시나 하는 미련 때문에 창고 문은 겨우 들어올 수 있는 만큼 빼꼼하게 열어 두었다. 올 테면 오고 말 테면 말라 하고 들어와 버렸다.

동네에 친하게 지내는 동생이 강아지를 키워 보라고 제안을 했다. 털 때문에 귀찮아서 마음에 썩 내키지 않았고, 집사람도 키워 본 경험으로 지저분하다고 반대를 했다. 족보가 있는 개는 다투면서 분양하는데 똥개는 분양이 어려워 동생 도와주는 셈 치고 암놈을 골라 눈을 손으로 가리고 받아 왔다.

개를 무서워하는 손사를 생각하면서 귀여운 강아지 때부터 무섭지 않다는 것을 보여 주고 싶었다. 가뭄에 콩 나듯 집에 오는 손자들이 강아지를 장난감 다루듯 하는 것을 보면서 잘했다는 생각이 들었다. 사료를 2포대를 먹이고 나자 중개가 되었다. 처음 오는 낯선 사람에게 짖어 댈 줄도 알고, 오랜만에 오는 손자들을 알아보기도 한다. 우리 차 소리도 구분하고 내가 밖에서 돌아올 때면 꼬리를 치는 것만으로도 사료 값은 톡톡히 하고 있다는 생각을 했다.

밤에는 풀어 주고 낮에는 묶어서 키웠다. 이웃 사람이 자기네 집에 와서 똥을 싼다고 불만을 하고 골목 안 사람도 불만스러운 이야기를 한다. 나는 조금은 자유를 주고 싶지만 그럴 수가 없다. 하필이면 왜 똥개라고 했을까? 똥을 먹는 개를 본 사람들은 이미 돌아가셨거나 나이가 지긋한 어르신이 되었다.

지금은 모든 아기가 고급스러운 기저귀를 차고 있지만, 그 당시 촌에서는 똥오줌을 가리는 세 살 전 아기들이 밑 터진 옷을 입고 아장아장 걸어 다녔다. 먼지 나는 흙 위에 소변을 자연스럽게 할 수 있었고, 어쩌다 똥이라도 싸면 구멍만 닦고 똥은 지나던 개가 해결을 했다. 도로 정화에 일조했다. 그 공으로 지금은 고급 사료와 회식 때 뜯다 남는 뼈다귀로 보상을 받고 있다.(결국, 보신하기 위한 술수라는 것을 아는 사람은 다 알지만.)

똥개라고 아무 곳이나 똥을 싸지는 않는다. 지저분한 곳, 또는 새로운 자양분이 필요한 곳, 많은 사람이 밟지 않을 곳을 찾아서 해결하려고 노력한다. 급하면 가리지 않는 것도 볼 수가 있고, 구역 표시 하느라고 억지로 힘쓰는 모습도 볼 수가 있다. 똥은 어느 유명인이 말했듯이 완벽하게 설계된 꾸러미로서 삼라만상을 비옥하게 만드는 창조물이며 배양제라고 했듯이 욕만 할 대상은 아니라고 생각을 한다.

사료 네 포대를 소비하더니 제법 성견이 되었다. 월경을 길게 한다는 것도 처음 알았다. 월경이 끝나면 멀리 있는 수컷들까지 모여드는 것을 보면서 혼인택을 생각하게 한다. 지금에야 약으로 월경 조절이 가능하지만, 옛날에는 어려웠다. 신랑 쪽에서 두세 개의 날을 정해서 신부 쪽에 알리면 그중에서 가리는데, 먼저 신부의 몸 상태를 보고 다음에 집안의 대·소사와 연결하여 결정했다.

개나 사람이나 시집을 보내는 입장에서 신랑을 가리는 것은 비슷하다. 개를 묶어 놓고 좋은 종자를 골라 시집을 보내려고 수소문 중인데, 발정이 시작된 개는 주인 마음도 몰라 주고 빨리 시집가겠다고 난리를 피운다. 어쩌면 육체적인 생리 현상을 솔직히 표현하는 모습이 부럽다. 며칠 전에 대문 밖에는 전혀 마음에 들지 않는 수캐가 자기 신부라고 점을 찍고, 오줌까지 싸 놓고 갔다. 그날 이후 주인 몰래 어디에서 만나자고 약속이라도 했는지 발악을 한다.

중개될 때까지 아무 곳에나 실례해서 욕을 하면서 뒤치다꺼리를 했는데 요즘은 흙 있는 곳을 찾아 실례하는 걸 보면서 똥개도 철이 드는가 보다 했는데 시집보내 달라고 성화다. 좋은 신랑감을 구해서 보내려고 노심초사하면서 기다리는데 저대로 묶어 뒀다가는 우리가 잠 못 자는 것보다도 주위 사람들에게 욕먹을 것 같다.

고육지책으로 대문을 열고 이 밤에 출가를 시켰다. 오늘 낮에 동네 어르신 한 분이 진돗개 암놈을 백만 원에 분양받았다고, 진도에서 발

행된 인정서를 보이면서 은근히 자랑이다. 좋은 종자의 씨를 받아 이웃에 분양도 하자고 했더니 손을 가로젓는다. 귀한 개인 줄도 모르고 결국 보신하는 데 쓰일 것이 뻔한데 생산을 하지 않겠다고 하기에 차라리 절에 보내서 개 비구니를 만드는 게 낫지 않느냐며 웃었다.

모든 동물의 공통된 욕구를 막는 것은 죄가 될 것이라고 농담을 한 생각을 하면서, 똥개를 대문 밖으로 자유를 만끽하라고 풀어 준 나는 복 받을 일을 했다고 자부해 본다.

기초연금

2014년 갑오년! 7월 25일은 청마가 두 발을 높이 들고 환호성을 지르는 기념할 만한 날이다. 우리나라가 선진국 대열에 합류했다는 뉴스를 접한 지 꽤 되었지만, 피부로 느끼는 날이 드디어 온 것이다. '만 65세! 당신은 올해부터 노인이며 기초연금 대상자가 되었습니다.' 하는 통보가 왔다. 아니 언제 이렇게 나이를 먹었나 하고 뒤돌아 본다.

별로 이룬 것도 없는데 무얼 하면서 많은 세월을 보냈는지 모르겠다. 어렸을 때 조석으로 뵈 온 분들이 어느덧 한 분 한 분 안 보이기 시작했다. 지금은 옛날 익숙한 얼굴들보다 새로운 얼굴들을 더 많이 본다. 이발소에서 하얘진 머리카락을 염색했다. 하기야 집안 내력으로 염색을 시작한 지는 꽤 되었다. 딸을 출가시키면서 염색을 그만두려고 했는데, 그래도 조금 더 젊게 보이려고 염색으로 위장을 해 왔다. 그러나 행정을 속일 수는 없었다.

그동안 별로 느끼지 못했던 노인이라는 계층에 합류한다고 생각하니 서럽다. 왠지 양쪽 다리에 힘이 빠지는 느낌이 들기도 한다. 매달 20만 원 노인들에게는 너무나 후한 복지다. 이전에 선배님들이 노령연금으로 9만 원씩 받으면서도 얼마나 감지덕지했는가! 이제 노인들

주름살 몇 개는 펴지는 느낌이다. 하기야 재산 능력 또는 생활 능력이 충분해서 한 푼도 받지 않는 행복한 노인들도 있지만, 이는 소수이고 어려운 살림에 노년을 준비 못한 노인들에게는 이보다 큰 혜택이 없다.

후진국에서 온갖 고난과 배고픔을 참아 온 보람을 얻게 된 날이 눈앞으로 와 있다. 선량들이 복지 운운하면서 선거 때마다 단골 메뉴로 올리더니 결국 실행하는 날이 온 것이다. 돌아보면 너나없이 힘든 세월을 잘도 견디어 냈다. 수출만이 살 길이라고 허리띠 졸라매고 검은 타이어 고무신도 터질까 봐 아껴가며 소중히 신어 온 세월이다.

머리카락을 잘라서 팔고, 남의 나라에 광부로, 간호사로 떠나면서 눈물로 가족과 이별하던 장면이 어젠 듯하다. 무덥고 험한 남의 나라 전쟁터에서 산화해 간 젊은이들이 선진 조국의 밑알이 되었다고 생각하니 가슴이 뜨거워 온다.

할아버지로부터 극악무도한 일제하에서 숨 한 번 제대로 쉬지 못했다는 역사를 귀로 듣고 눈으로 읽었다. 인민군이 밀려오는 6 · 25 피비린내 나는 전쟁은 아버지한테서 들으며 성장했다. 오늘날 선진국이 되는 과정에서 쓰러져 간 수많은 선구자! 열사! 그리고 인고의 역사를 지켜낸 조상의 업적 때문에 내가 기초연금을 받을 수 있다고 생각한다.

나는 기회 있을 때마다 아이들에게 이야기한다. 노령 사회는 오는데 준비된 노인과 준비 못한 노인의 삶은 많은 차이가 난다. 지금 어렵다 말고 반드시 준비하라고 기회 있을 때마다 강조한다. 내 나이

40대에는 아이들 교육을 하느라고 여유가 없었지만, 그래도 소액 정기예금으로 노년 계획을 세웠다. 당시만 해도 70세 이상 노인들이 많지 않아서 나도 70세를 정점으로 생각하면서 준비를 하느라 했던 것이다. 100세의 고령사회가 올 줄은 상상도 못했다.

국민연금이 시작 단계였는데 지식인 중에는 장차 나라가 어려워지기라도 하면 본전을 잃게 될지 모른다면서 기피를 하는 사람도 있었지만, 묵묵히 정부의 말을 이행하고 보니 오늘날 많은 도움을 얻게 되었다. 국가에서 국민의 복지를 위해서 연금을 지급하는 나라가 얼마나 될까? 좋은 나라에 태어나 좋은 시기에 살아가는 자신이 행복하기만 하다. 기초연금을 받으면 더 나이가 들어 힘들 때 보람 있게 사용할 수 있도록 계획을 세워야겠다.

이 연금이 굶어서 또는 추워서 돌아가시는 분들에게 도움을 많이 줘서 이제는 그러한 뉴스가 없었으면 좋겠다. 옆집 사람이 송장이 된 후에야 발견되는 사건을 본다. 평상시 어울리지 못하고 오라는 곳도 갈 곳도 없는 홀몸 노인들에게 기초연금이 얼마나 도움이 될까?

생활에 쫓기고 자식 뒷바라지하느라 정작 자신을 위한 준비는 전연 하지 못한 채 어느 날 노인이 되어 버렸다. 많은 날을 가족을 위한 일에만 매달려 온 삶이다. 어울리고 노는 일도 해 본 사람이 한다. 노인들은 연금도 중요하지만, 이야기를 나눌 수 있는 사람이 그립고, 아침에 일어나서 갈 곳이 있다면 더 행복하지 않을까?

치매

집에서 1km 떨어진 외진 곳에서 시신을 찾았다. 가족과 동네 사람들과 경찰 그리고 마을 앰프까지 동원되었다. 찾아 헤맨 지 삼십 시간도 훨씬 지났다. 추위에 웅크린 채 앉아서 임종했다. 밤새 고뇌한 하나밖에 없는 아들이 가슴으로 통곡하는 소리가 들리는 듯했다. 너무나 곱게 늙으셨다. 며칠 전에 길에서 만나 인사했더니 "으응" 하면서 지나갈 때만 해도, 치매기를 느끼지 못했다.

치매는 75세 이상 노인에서 20%, 85세 이상은 절반이 이 병을 앓는다는 통계를 본다. 정부에서 심각성을 인지하고 대책을 세운다는데 희망을 가져 본다. 치매라는 병명을 알게 된 것은 그리 오래되지는 않았다. 그래서 노망老妄보다는 친숙한 용어는 아니다. 옛날 악다구니 중에 '방에 똥칠하도록 살아라!' 하는 말이 있다. 이는 노망하라는 최악의 저주였다.

뇌의 신경세포가 손상되어 장애가 생기는 신경정신계 질환이면서 심장병, 암, 뇌졸중과 더불어 4대 주요 질병으로 나이가 들어갈수록 내 가까이는 오지 않기를 기원하면서 살아간다. 노력만으로 예방할 수 있다면 좋으련만, 억지로 찾아온다면 완전히 막는 것은 불가능한 병들이다. 달나라에 가는 것도 좋고 별나라에 가는 것도 좋지만, 질병을 점령하는 것부터 했으면 좋겠다.

치매를 앓는 부모님을 부여안고 우는 자식들의 사연을 보고 들을 때마다 감동을 한다. 무어라 위로할 수가 없다. 직접 관리하는 사람만 안다. 더구나 가끔 둘러보는 형제간과 일가 친족 사람들의 핀잔만 듣지 않아도 좋겠다는 하소연에 슬그머니 울분이 올라오기도 한다. 관리하는 사람들에 대한 동정이 아니라, 사회적 측면에서 대책이 마련되어야 한다는 생각이다.

치매나 노망이라고 하지 말고 백심증白心症이라고 하자는 데 동의한다. 뇌 속에 하얀 도화지로 태어나 평생 온갖 그림을 그리다가 하나하나 지워 간다. 결국, 태어날 때 하얀 도화지로 돌아가는 것이다. 도로 아기가 되어 밥 달라 하고, 기저귀 갈아 주고 잠재우는 일이다. 아기는 날이 갈수록 혼자 할 수 있지만, 노인은 날이 갈수록 힘들어져 가기만 한다.

살아가면서 지우고 싶고 생각하기조차 싫은 일이 기쁜 일보다 많은 게 보통사람들의 삶이다. 지우고 잊어버리고 싶은 사연 많은 노인이 건너편에 살았다. 남편은 첩을 얻어 나갔고, 아들마저 먼저 보내고 나서 헛소리를 하면서 다니더니 노망이 들었다. 가련한 며느리 혼자 감당하기에는 자꾸 튀어나가는 시어머니를 감당할 수가 없었다. 지금보다 사회적 관심도 없었고, 혼자 져야 하는 짐이다. 방에 창살을 만들고 밥을 넣어 주고는 했다. 동물원 원숭이 사육과 하나도 다르지 않았다. 할머니는 돌아가셨지만, 지금도 며느리를 보면 눈물지며 고생했던 모습이 보이는 듯하다.

4·3사건으로 청상과부가 되었다. 아들 하나에 인생을 걸었다. 지금은 비행기 타면 한 시간대 국토지만, 전에는 육지 학교 보낸다는 게 지금 유학 보내는 것보다도 힘들었다. 넉넉하지 못한 살림에 봇짐 지고 장날마다 옷가지를 팔러 다니면서 서울 유학을 보냈다. 뜻대로 되는 일이 얼마나 되는가? 정화수 떠놓고 비는 어머니를 생각하면서, 보답하려는 아들의 노력은 반백이 넘더니 어머니와 같은 노인이 되었다.

날이 밝기 전에 집을 나간 어머니를 이틀 만에 찾은 아들의 얼굴에는 눈물마저 잊은 듯했다. 너무나 고생하셨다고 두 손을 잡아 드렸다. "아니야. 평생 나만 위하더니 나를 위해서 먼저 가신 거야!" 하고 말을 하는데 속눈썹이 젖는다. 노망 중에도 순간적으로 정신이 온다는데 아들에게 짐이 될까 봐 추운 날 새벽에 대문을 나섰을지도 모른다는 생각에 숙연해진다.

마음을 비우고 머릿속도, 하얀 도화지로 돌아가고 싶은 이웃도 있다. 노망도 아무나 하는 게 아니다. 물론 가계도 있다지만, 죽을 때까지 섭섭한 게 많아서 그런지 아니면 자식의 불효가 치매에는 약이 되는지 모르겠다. 잘 돌아다니던 노인네가 며칠 보이지 않았다. 옆집에서 국 한 그릇 들고 갔는데 욕실에서 임종한 걸 보게 되었다. 안채의 아들네 문은 잠겨 있었다. 수년 전부터 문제가 많은 집으로 입에 오르내리면서도 동네에서는 지켜볼 수밖에 없었다.

아들 내외가 일본으로 돈 벌러 갔을 때 손자들을 건강하게 키워냈다. 장기간 거주하면서 돈도 많이 벌어서 돌아왔는데 부모와 자식 간이 냉랭했다. 깊은 가정사 알 바는 아니지만, 동네 사람들은 걱정했다. 아버지가 옆집에 놀러 간 아내를 찾아가서 "나! 미숫가루 먹었어요." 하면서 집으로 왔는데, 실은 살충제를 물에 타서 마시고는 돌아가셨다.

하얀 도화지로 태어나 평생을 그리다가 좋은 지우개로 깨끗이 지우고 치매가 되어 돌아가시는 분 이야기도 아프고, 지우개가 나빠서 지우지 못하고 가시는 분 이야기도 아프다. 삶이 지워지지 않고 조용히 회상하면서 평안히 잠자듯 가는 사람은 무슨 복을 타고났을까? 노후에 자식들이 손발 주무르고 미음을 떠 넣으며 애타게 쳐다보는 가운데, 조용히 눈감는 행복한 임종 대열에 나도 끼었으면 좋겠다.

건강검진 예약

날이 밝으면 시내에 있는 건강검진기관에서 집사람과 같이 검진 받기로 예약한 날이다. 점차 나이가 드니 이웃에서 갑자기 사망하거나 병원으로 후송되는 사례들을 볼 때마다 남의 일 같지가 않다. 소심해지면서 버럭 하고 소리 질러대던 날이 언제부터인가 마누라 눈치를 살피는 날이 많아 간다. 다행인 것은 언제 부부간에 다투었는지 가물가물한 일이다. 저녁 먹고 좀 지나면 9시 뉴스를 보기도 전에 꾸벅꾸벅 졸리기 십상이고, 대신 새벽에 잠이 깬다.

건강검진 예약을 해서인지 오늘 새벽은 다른 날과 뭔가 조금은 다르다. 괜히 조바심 비슷한 불안이 마음을 뒤척이게 한다. 올해 들어 격년제로 정기검사 하는 나이인 것을 먼저 꿰차고 있는 검진기관에서 먼저 몇 월 며칠날에 병원차가 마을에 가니 검진 받으라는 연락이 왔다. 해마다 우리 마을에 찾아와서 검진하는 의료기관이다. 경로당에서 하는데, 의료보험에서 정해진 부분만 검진한다.

2년 전에 참여해서 검진했는데 친절하고 짧은 시간에 마칠 수 있어서 좋았고, 비용도 들지 않았다. 이번에는 비용이 좀 들더라도 시내에 있는 검진기관에서 신체의 많은 부분에 대한 검진을 받기로 집사람과 의논해서 예약했다. 위 내시경을 묻는 접수자에게 그냥 촬영만

하겠다고 했다. 물론 할 수 있다면 좋겠지만, 한 번 고통을 경험하고는 아무래도 내키지 않아서다.

우리 부부는 평소 건강하고 양쪽 가계를 살펴보아도 집안 내력으로 하는 병 따위 걱정되는 사항은 없다. 단지 나이가 들어갈수록 허리, 무릎, 발목 관절이 조금은 삐걱거리고 쉽게 피로를 느낀다. 숨도 차지만 이는 나이 들어가는 자연 현상이라고 대수롭지 않게 여긴다. 주위에서 비슷한 연령대에 있는 사람들이 건강상 어려움을 많이 겪는 것을 보면, 얼마나 다행스럽고 고마운지 모른다. 부부뿐만이 아니라 아이들까지 모두 건강해 줘서 모두가 고맙고 행복하다.

이제 날이 밝아 오기 시작한다. 그렇게 문제없던 대변도 병원에 가는 걸 싫어하는지 막상 채변하려니 쉽지가 않다. 전날 밤 9시 이후에는 물 먹는 것도 조심하라고 해서 더 신경이 쓰였나 보다. 이렇게 신경이 쓰이고 불안하고 초조한데 왜 예약했는지 후회를 해 본다. 보건과 건강을 돌볼 수 없던 어려운 시절에도 증조부, 조부님 모두 팔순을 넘기셨다. 아버지는 팔십칠 세인데도 동네 다방을 들락거릴 만큼 건강한 체질이다. 혈통이 건강한 가문이다. 손금에 생명선을 보아도 팔목까지 닿은 걸 보면 염려 붙들어 매어도 될 것 같다.

그래도 마음이 놓이지 않는 것은 오래 산다는 것보다 더 건강하게 살기 위한 욕망 때문이다. 나의 건강이 개인 문제만은 아니다. 집안에 환자 한 사람이 생기면 온 식구가 환자가 된다. 항상 얼굴은 근심의 그림자가 드리워져 있고, 웃음이 사라진다. 가족 모두 즐겁고 매사에 열심히 일할 수 있는 원동력은 온 가족의 건강에서 출발된다는 것을 모르지 않는다. 건강을 지키는 것은 온 가족의 의무다. 의무를 다하기 위해 오늘 검진 받으려는 것이다.

아주 큰 병이 아닌 작은 한 가지 병을 지니고 살아가는 사람은 꽤 오래 사는 것을 볼 수가 있다. 조금만 아파도 병원 출입하며 조심한다. 병원에서 처방하는 대로 고분고분 말 잘 듣는 사람은 오래 산다. 평소 건강을 자랑하고 큰소리치면서 병원에 자주 가는 것을 싫어하는 사람들이 한번 병원에 갔다는 소식에서, 장례식장으로 직행하는 것을 여러 번 보아 왔다.

어찌 되었든 나라가 잘살고 볼 일이다. 물론 의료보험 비용을 내지만 더 많은 혜택을 나라에서 얻을 수 있다. 어렸을 때 병원비 때문에 병원 문턱을 밟아 보지도 못하고 앓다가 천운이라고 타고난 운명만을 탓하던 시절이 엊그제 같은데, 실로 고마운 시대에 살고 있다. 나라가 더 부강해져서 더 많은 혜택을 누릴 수 있기를 소망한다. 아이들이 직장만 얻어도 의료비용에 도움을 얻을 수 있으니 효도하는 일 중의 하나라고 할 수가 있다.

가끔 뉴스에서 듣게 된다. 검진기관에서 정상이라는 판정을 받았는데도 얼마 되지 않아 병을 발견하고는 어려움을 겪는 것을. 운명이라고 할 수밖에 없겠지만, 나에게도 일어날 수 있다는 생각을 하면 아찔하다. 좀 더 세밀하고 정확한 의료 기술이 개발되었으면 하는 마음 간절하다.

모든 의료기관이 많이 개선되었다고는 하지만 아직도 만족할 단계는 아닌 것 같다. 찾아간 사람들은 결과가 나오기까지 불안한 상태다.

더 친절하고 안심할 수 있도록 인도하는 좋은 모습을 보았으면 한다. 신임을 얻어 더 많은 사람이 건강검진을 신뢰하는 날이 빨리 오기를 기대한다.

이제는 출발 시각이다. 잡념을 버리고 의사가 시키는 대로 복종하면서 "모든 게 정상입니다. 술만 조금 줄이시면 좋겠습니다." 하는 의사의 판정을 미리 기대하면서 차에 올라 시동을 건다.

서툰 이별

반주를 곁들인 저녁 식사 후에는 9시 뉴스를 전부 보지 못한다. 꾸벅꾸벅 졸리는 게 점점 몸에 배어 간다. 오늘도 마찬가지로 졸리는데 마루에 있는 전화기의 따르릉따르릉하는 평화를 파괴하는 벨 소리에 나도 모르게 투덜거리며 전화를 받았다. “형님! 접니다. 한번 찾아뵌다는 게 그만, 죄송합니다. 그리고 앞으로 제가 나고 자라면서 뛰어놀던 골목을 제 맘대로 창피해서 다닐 수가 없을 것 같습니다.” 하고 시작되는 이야기에 정신이 번쩍 든다.

나보다 근 10년 연하지만 이웃에서 자라 친동생 같은 사이다. 그리고 이어지는 이야기는 거의 절망에 가까운 맥 풀린 목소리다. “저 이혼해야 할 것 같습니다.” 물론 몇 주 전에 이혼 신청했다는 이야기는 다른 사람을 통해서 들었지만, 아이들도 출가할 나이가 되고 앞으로 서로 간에 필요한 일이 많아 힘들 거라고 막연히 생각하고 있었는데 의외다. 소문을 듣고도 도와주지 못하고 무심하지 않았나 하는 마음이 든다. 그러나 제삼자 입장에서 선뜻 나서지 못하는 게 현실이기도 하다. 내용을 알수록 더욱 힘이 든다.

“그래! 그 방법밖에 없겠는가?” 하고 안타까운 마음에 되물었다. “많은 시간 고심 끝에 결정했습니다. 협의 이혼이 안 되면 법정 이혼이라도 하겠다는데 방법이 없습니다. 법정 이혼 당하고 자존심 상하느니 차라리 그쪽에서 원하는 대로 협의 이혼 하겠습니다." "당사자는 한이 맺혀 그런다 치고 아이들도 다 자라서 성인이 되었는데, 만나서 용서를 구하고 설득을 한다면 길이 있지 않겠나?" 하고 되물었다.

"아이들은 만나 주지도 않고 오히려 내 전화를 받으면 닭살이 돋는다고 합니다. 그래도 같이한 세월이 떨어져 지낸 날보다 많지 않으냐, 모든 게 내 잘못으로 생긴 일이니 앞으로 속죄하는 모습으로 종이 되어 열심히 살아갈 수 있도록 기회를 달라고 했습니다. 그러나 막무가내로 거절당했습니다. 이제 다른 길은 없는 것 같습니다." 하는 말을 들을 때는 차라리 물어보지 말걸 하는 생각이 들기도 했다. 속상한 전화를 끊고 혼자 생각에 잠겨 본다.

결혼, 두 사람의 만남은 다양한 모습이지만, 결코 우연이 아닌 꼭 만나야 할 사람들의 필연이 아닌가. 두 사람의 기쁨만 아니라 온 가족과 주위 모든 사람의 축복과 기대 속에 탄생한 가정이다. 어떠한 역경도 힘을 모아 극복하고 서로 아끼고 사랑하는 것이 축복해 준 모든 이들에 대한 보답이고 어쩌면 의무가 아닌가. 어느 결혼식장에서든 공통으로 상대가 병들고 괴로워할 때도 내 몸같이 아끼고 사랑하겠다고 서약을 한다. 그러나 이 서약의 유효 기간은 평생이 되지 못하고, 식이 끝나면 무효가 되는 경우가 옛날과 달리 요즈음은 너무 빈번한 것 같다.

우리 이웃도 넉넉하지는 않았지만 부지런하다는 주위의 칭찬과 부모에게 효도하는 모습, 형제간의 우애, 자식들에게 예절을 잘 가르쳤던 매우 모범적인 가정이다. 어느 날 파탄이 시작되고 무너지는 모습은 그리 쉬울 수가 없었다. 손이 예쁜 여자를 만나면서 평화스럽기만 했던 가정은 온데간데없이 사라졌고, 울부짖는 아내와 사춘기가 다 된 자녀를 뒤로하고 주위의 만류도 아랑곳없이 손이 예쁜 여자 따라 떠나 버렸다.

남은 사람들 남편과 아버지를 잃어버리고 텅 빈 가슴을 한숨과 눈물과 원망으로 채워야 했다. 부모와 형제간이 아무리 잘 보살펴 준다고 해도 결코 쉽게 채워질 수 없는 빈자리다. 뒤에서는 '오죽하면 남편이 버렸을까?' 하는 소리 없는 시선 속에 아이들 몰래 속으로 눈물 없는 통곡이 보이는 듯하다. '경제적으로 넉넉해서 해녀 일과 많은 농사와 젖소들을 돌보느라 손이 거칠어지지 않고 아이들 돌본다고 목소리 높이지 않았다면, 결코 내 곁을 떠나지는 않았을 거'라는 생각을 하는 독백의 소리가 들리는 것 같다.

남들보다 억척스럽게 손이 부르트고 허리가 휘도록 새벽부터 밤늦게까지 일하면서 혼자 아이들 키우는 것을 보면 남의 일 같지가 않다. 어머니에게 어린 자식 모두 맡기고 다른 살림을 차리고 살았던 선친을 떠올리게 된다. 합의 이혼 전에 나의 살아온 과정을 이야기하면서 말려도 봤지만, 번복시키기에는 역부족이었다. 다행히 아이들이 건강하고 착하게 성장해 가는 모습이 기특하기만 하다.

이혼이 급증하고 있다. 특히 여성 지위와 교육 · 경제적 능력이 향상됨에 따라 이혼 요구가 급증했다고 보는 시각도 적지 않다. 사유로는 기타 혼인을 계속하기 어려운 중대한 사유가 배우자 부정행위나 배우자 직계존속의 부당 대우보다 많아졌다. 어떠한 사유로든 새로운 아픔이 시작된다. 시원하고 후련할 것만 같아도 쓰리고 아프다. 당사자뿐 아니라 가족들 결혼을 축하해 줬던 모든 이들이 안타까워한다.

제삼자들은 색안경 쓰고 볼 것이 아니다. 한 가정이 겪었던 아픔을 나의 아픔으로 알고 이해했으면 좋겠다. 오죽하면 이혼까지 했을까 하는 마음으로 아픈 상처를 보듬어 주고 싶다. 행복과 믿음이 충만한 새로운 인생이 시작되기를 빈다. 특히 당사자들은 남들보다 어려운 일을 겪어 봤기에, 두 번 다시 속상한 일이 없었으면 좋겠다.

아버지는 아들의 결혼식에 초대받지 못해 울었다. 아들은 초대할 수 없는 처지가 괴로워서 울었다. 서툰 이별을 보는 사람들 가슴속이 서늘하기 그지없다.

물보다 진한 것은

여섯 살과 여덟 살 손자 둘을 데리고 마트엘 갔다. 제사 준비하는데 방해가 되어 마침 필요한 것도 있고 해서 동행을 했다. 먹고 싶은 과자 한 개씩 사 준다고 약속했는데 문을 들어서기 바쁘게 진열장으로 내닫는다. 손에 한 개씩 들고 올 때까지 옆 계산대에 고모님이 서 있는 걸 못 봤다. 지팡이에 의지하고 백발이 전부 감춰지지 않은 목수건으로 감고 있는 노인네를 고모님이라고는 생각을 못했다. 직접 찾아뵈온 지 꽤 되었다.

고모님 하고 부르는 소리와 쳐다보는 시선이 거의 동시였다. 만 원짜리 상품권을 손에 쥐고 계셨다. 필요한 물건과 바꾸려고 서 있는 중이다. 마트에서 뛰는 손자들을 부르면서 고모할머니에게 인사를 하라고 시켰다. 여덟 살짜리는 머뭇거리는데 여섯 살짜리가 용감하게 나서서 "안녕하셔요." 인사를 한다. 두 손을 배꼽에 대고 배운 대로 하는 모습이 기특하다.

점원에게 구매한 물건을 취소시킨다. 오늘따라 달랑 상품권만 가지고 와서 마침 돈이 하나도 없다면서 과자 있는 쪽으로 간다. "고모님 다음에 사 주셔도 됩니다." 하면서 황급히 손자들을 데리고 나왔다. 성의를 무시하는 것 같아 미안했지만, 고모님 댁에서 지팡이 짚고 마트까지는 상당한 거리다. 뭔가 필요해서 왔을 터인데 손자를 만났다고 과자를 사 주고 나면 다시 먼 거리를 왕복해야만 한다.

오랜만에 뵈온 고모님은 부쩍 힘들어 보였다. 다행인 것은 귀는 좀 멀어졌지만, 눈과 정신이 밝고 맑은 것은 천만다행이다. 올해 97세, 지팡이에 의지하면서도 건강하게 걸어 다니신다. 없는 집안에 큰딸로 태어나 무거운 옷가지를 짊어지고 오일장을 누볐다. 온갖 고생 다 하면서 가정에 도움을 주고 부모 · 형제를 위해 헌신했으면, 시집가서 편하게 사는 복이라도 있어야 하는데, 첩첩산중 너무나 고생만 하면서 살아온 어르신이다.

일가친척 없는 집안에 시집가서 4 · 3사건에 남편 잃고 당신이 낳은 자식 남매에 인생을 걸었다. 아들은 차분하고 말없이 고분고분 어머니 말씀에 순종했지만, 딸은 사춘기에 말썽을 꽤 피웠다. 지금도 딸에게 욕하던 광경이 떠오른다. "너 그만큼 키운다고 동전으로 쌓으면 네 키 두 배도 훨씬 넘었을 것이다." 딸의 키가 반에서 제일 컸기 때문에 비유한 것 같다.

말썽 많은 딸은 효녀가 되고, 착하고 희망덩어리면서 삶의 모든 것이었던 아들은 불효자가 되었다. 흰 눈이 얇게 뿌려진 초등학교 운동장이다. 고등학교 3학년 동창들이 편을 가르고 축구 시합을 했다. 키퍼를 하고 있었는데 볼이 상대방 문전에서만 놀고 좀처럼 오지 않았다. 심심하고 추위도 덜 겸 골대(송구용) 한쪽을 잡고 턱걸이를 했다. 골대가 넘어지면서 복부를 눌렀고 병원으로 후송되었다. 이동이 가능하도록 고정이 안 된 골대였다.

당시 온 마을의 관심거리가 되었다. 과부의 몸으로 뒷바라지를 하면서 고생한 삶을 모르는 사람이 없었다. 차라리 좀 모자라기라도 했으면 할걸, 어렵게 시험을 치르고 이름 있는 학교에 입학하고 모범생으로 장래가 촉망되는 가운데 불의의 사고를 당했으니 관심이 집중될 수밖에 없었다. 하루는 좋아졌다 하고 하루는 힘들다 하더니 결국 파손된 창자로 어머님의 통곡을 들으며 하늘나라로 갔다. 지금도 동창들이 꽃상여를 메고 온 마을을 한 바퀴 돌 때 동창들도 울고 구경하는 마을 사람들도 울던 광경이 눈에 선하다.

식음을 전폐한 고모님을 곁에서 지켰다. 가끔 밤중에 일어나서 나를 붙들고 우는 고모님을 당시 어린 나로서는 달리 위안할 수도 없었다. 당시 고모님 나이가 사십 대 초반이다. 남편과 아들을 가슴에 묻고 긴 세월 눈물로 잘 견디셨다. 이런 고모님을 누구보다 잘 이해하면서도 거리를 둔 것은 아버지 때문이었다. 집안 문제로 간격이 생겼는데 집안의 어른으로 별 관심을 보이지 않아 섭섭하다는 생각이 들면서부터였다.

"나는 네 아버지 다음에 너다." 중재를 기대했는데 아버지 편에 선다. 소홀했던 시간이 흘렀다. 어릴 때 내 손에 세뱃돈 쥐여 주던 손이 주름지고 힘이 없다. 살면 얼마나 오래 살까? 요사이 하나뿐인 딸마저 암 투병 중이다. 엄마가 알까 봐 숨기려고 했지만, 서울에 자주 가는 핑계도 바닥이 나 버린 데다, 더구나 머리를 수건으로 감싼 모습과 수척해진 딸의 얼굴을 보면서 눈치 빠른 고모님이 모를 리 없다.

마트에서 뒤돌아 나온 것을 잊을 수가 없었다. 어리둥절하는 아내의 손에 고구마와 배추 그리고 고등어 몇 마리 챙겨 들고 찾았다. 불러 봐야 잘 듣지 못하는 걸 알기에 "고모님, 저 왔습니다." 하는 소리와 함께 문을 열고 들어가서 식사하는 고모님께 "그냥 돌아 나와서 미안했습니다." 하고 용서를 빌었다.

아내도 정말 잘했다고 미소를 짓는다. 돌아오는 길에 얼마 남지 않은 아내 생일에 혼자 적적하게 지내는 고모님을 왁자지껄 시끄러운 손자들과 함께할 수 있도록 모시자고 약속했다.

6부

방파제

많은 편에 서라

내가 세상에 태어나서 두 번째로 배운 이름 아버지! 엄마 가슴을 아프게도 한 이름 아버지라는 노래를 들으면서 오늘따라 일 년 전에 돌아가신 아버지 생각이 난다. 아버지가 그리워서 생각난 것은 아니다. 평생 나에게 남긴 한마디, '많은 편에 서라'는 말씀이 생각나는 것이다.

마을 이장 선거와 관련하여 지방법원의 선고가 끝남에 따라 진행 과정에서 생긴 일들을 마을 사람들에게 보고하기 위해 회관으로 모이도록 한 날이다. 재판 결과를 보고하는 날인데 주민들이 모이지 않는다. 원고와 피고가 같은 마을 사람과 마을 간의 사건이라 눈치를 보면서 참석을 꺼리는 것이다. 그래도 용기를 갖고 모여든 사람들은 성원이 요구되는 사안이 아니니 진행하자고 하지만, 중요한 사안을 삼십 명도 안 되는데 도저히 할 수가 없었다.

읍내에서 가장 큰 마을이다. 이장이 된다는 것은 할 일도 많지만, 그만큼 위상도 커졌다. 자연히 경쟁도 심해 보통 이천 명의 유권자가 참여한다. 2017년 12월 제8대 이장 선거도 세 사람이 후보로 등록을 하고 경쟁에 돌입했다. 여느 마을처럼 우리 마을에도 향약과 선거규정이 있다. 마을마다 내용은 조금씩 다르지만, 마을의 전통과 미풍양

속을 지키며 공정한 경쟁을 위해서 주민총회 의결을 거쳐 만들어진 것이다.

우리 마을 이장 선거 규정에는 공정성을 위해서 후보자는 등록 삼십 일 전에 법인체와 자생단체 임원직을 사임해야 한다는 조항이 있다. 그러나 선거관리위원들이 검증할 수 있는 체제가 아니라 후보자의 각서를 받는 것으로 대체한다.

기호 1번 후보가 2번 후보의 법인체 임원 사임 시기를 지적하면서 근거 자료를 제시했다. 선거관리위원회에서 갑론을박 끝에 후보 자격 상실 결정을 내리면서 책임을 통감한다고 위원장까지 사임해 버렸다. 연장자라는 구실로 내가 추천되어 자동 승계를 했다. 위원장과 같이 사임을 해야 하는데 큰 행사를 두고 무책임한 모습을 보이는 것 같아 어렵게 수락을 했다. 다음에 더 큰 시련이 올 줄은 전혀 몰랐다.

기호 3번 후보가 1번 후보의 자생단체장이라는 근거 자료를 제시한 것이다. 선거 일정은 얼마 남지 않았는데 난감하다. 공정을 앞세우는 선거관리위원 중에도 후보자들과 관련된 사람들이 있어 결정에 어려움이 많았다. 제주도 선거관리위원회를 찾아 자문해 보고 변호사 사무실도 찾아다녔다. 나름대로 답은 가지고 있었지만 몇 사람 안 되는 위원들의 의견을 한데 모으기가 너무나 어려웠다.

해법을 향약에서 찾았다. 어려움이 있을 때는 소청심사위원회에서 심의한다는 내용이다. 구성원은 역대 이장과 향약과 규정을 제정한 사람들로 되어 있다. 무거운 짐을 소청심사위원회에 제시했다. 위원들도 후보자들과 같은 마을 선후배 간이라 마음은 정해졌지만, 선뜻 결정을 내리지는 못하고 꽤 많은 시간을 소요한 후 1번 후보 자격 상실로 결정이 되었다. 향약상 더 이상의 심의 기구는 없다. 대법원의 결정이다. '후보자에게 통보하고 규정상 일인인 경우 당선인으로 한다.'에 의거 선거를 마무리했다.

마무리가 또 다른 시작이 되었다. 법원에 당선 무효 소를 제기한 것이다. 직접 만나서 마을의 명예를 위해서 취하해 줄 것을 요구했다. "재판에 질 것 같으니까 요구하는 것 아니냐."며 거절했고 마을에서는 대책위원을 선정하여 대응했다.

결과는 원고 소 각하다. 따라서 선거 집행 과정에는 하자가 없다는 것이다. 내가 바라는 내용 그대로였다. 마을 사람들에게 알려야 할 의무가 있다. 모든 소송 비용이 마을 자금이었고 마을을 상대로 한 소송이다. 소송 과정 중 헌신 노력한 분들도 알리고 마을이 불리하도록 한 사람들에 대해 논의도 해야 한다. 그러나 주민들은 해야 한다는 필요성에는 공감하면서도 소집에 응하지는 않는다. 당선된 이장마저 이 눈치 저 눈치를 보면서 소집에 소극적이다.

선거 과정을 원칙적으로 수행했고 소송에서 이겼지만, 나에게 남은 것은 탈락한 후보 쪽에서 차마 입에 담지 못할 비난과 욕설 그리고 맹목적 추종자들의 원망뿐이었다. 규정 위반으로 탈락한 후보는 소송에서 지고도 반성하기는커녕 너무도 떳떳하다. 많은 주민은 남의 일인 양 한다. 가해자와 방관자는 한 끗 차이라는 말이 실감이 난다.

성격은 타고나는 것보다 성장 과정에서 더 많이 형성되는가 보다. 조금은 외롭게 성장하면서 원칙이 몸에 배었고 약한 편에 서는 게 비릇이 되었다. 많은 편에 서라는 아버지 말씀을 들을 때 나이가 한창 혈기 왕성한 삼십 대였다. 아버지는 마을의 크고 작은 일에 빠짐없이 참여했던 유지셨다. 그 말씀을 하시는 아버지가 이해가 되지를 않았다. 마음속에서 얼마나 반발했는지 모른다.

모난 돌이 정 맞는다고 했다. 아들이 그렇게 되지 않기를 바라는 마음에서 하신 말씀인데도 동의할 수가 없었다. 많은 편에 서기보다 쉽고 편한 것은 없다. 소수의 의견을 내거나 소수 편이 옳다고 판단이 되면 불리한 줄 알면서도 선다는 것은 결코 쉬운 일이 아니다. 배운다는 것은 옳고 그른 것을 판단하기 위함인데 편해지자고 많은 편에 선다면 배울 필요가 있을까?

지난날을 돌아보며 후회는 없다. 나름대로 떳떳이 소신 있게 살아왔다. 남은 인생 무덤에 묻힐 때, 나의 평가를 생각하면서 자손들에게 부끄럽지 않도록 살아갈 것이다. 비록 소송 관련 보고 대회가 힘 있는 자들의 눈치와 이기적인 주민들의 계산으로 무산되었지만, 재판에서 나의 손을 들어 준 판사가 고맙다.

언젠가는 재판에서 진 본인과 측근들이 주민총회에서 잘못을 시인하는 날이 올 것이라고 믿는다. 기회를 잘 이용하는 영리한 사람들을 본다. 상 받을 자리에는 항상 있고, 욕먹을 자리에는 묘하게 빠지는 게 신기하다.

'많은 편에 서라'는 아버지 말씀을 자식들에게도 해야 할지 말아야 할지 망설여진다.

가난과 협동의 역사 톳

해변가에 풍악 소리 들리는 곳에 갔다. 천막과 무대가 마련되어 있었다. 톳에 관한 팸플릿을 나눠 주고 있다. 건강하려면 먹어야 하는 좋은 식품으로 소개를 하면서, 요리법까지 교육을 하고 열심히 홍보를 하는 행사다. 톳으로 만든 차와 떡을 일일이 나눠 주면서 선심을 쓴다. 받아 들고 먹으면서 괜찮다고 고개를 끄덕이는 할머니 눈이 옛날에 젖어 있다.

마을 안길 중간중간에 허름하게 바람 막은 헌 가마니를 의지하고 힘들게 모닥불을 피워 놓았다. 집집마다 몇 가닥 내놓은 장작이나 나뭇가지를 새벽녘까지는 아끼면서 피워야 한다. 썰물이 가고 밀물이 오기 전에 울퉁불퉁 미끄럽고 위험한 갯바위를 오르내리며 채취한 톳을 밤새 지키고 있다. 앉아 불을 지키는 것은 노인네 몫이고 젊은이는 희미한 손전등을 들고 순찰이다. 옆에는 장작 하나 들고 다른 젊은이가 동행을 한다. 밤을 새워 보물을 지키는 것이다. 톳은 분명 귀중한 보물이었다.

음력 정월 그믐이나 이월 보름 또는 그믐에 밀물과 썰물 간만의 차이가 클 때를 택하여 톳 채취를 하였다. 집집마다 동원이 되었다. 젊은이가 있는데 나이 많은 분이 나오면, 서로 질책을 하기도 한다. 한

정된 시간 안에 해야 하는 작업이라 열심히 해야 한다. 채취하는 사람, 담는 사람, 지게로 져 나르는 사람 쉴 틈도 없다. 바다에 부는 하늬바람은 어느 다른 곳에 부는 바람보다 매섭다. 더구나 손발을 바닷물에 적셔야 하는 작업 환경에서 귀는 빨갛게 달아 올랐고 손발의 감각은 둔한데도 누구 한 사람 불평불만을 이야기하지 않는다. 그럴 경황이 없는 것이다.

밀물이 밀려온다. 허둥지둥 마음이 바쁘다. 목소리만 커 간다. 왜 밀물은 빨리 움직이는지 야속하기만 하다. 밀물에 발을 적시며 힘들었던 하루 작업이 마무리된다. 작업복을 갈아입고 나면 어둠은 빨리도 온다. 저녁밥 먹는 둥 마는 둥 장작 서너 개 들고 밤 근무를 나간다. 포장도 안 된 마을 안길에, 져 올린 톳을 한 사람 겨우 지나갈 틈을 내 놓고는 빈틈없이 널어놓고 밤새 지키는 것이다. 하루 이틀에 끝나는 일이 아니다. 물론 조별로 나눠서 지킨다고 하지만 마무리하는 데까지 날씨가 순탄해야 보통 일주일 또는 열흘 걸릴 때도 있다.

나는 당시에 젊은 층이라 순찰조다. 불을 피워 놓고 손 한 번 쬐기도 전에 순찰 나가란다. 당시 노인들은 지치기도 했지만 불을 좀 더 가까이해야 하는 입장이고, 전부 손을 같이 내밀기는 좁은 탓도 있었다. 명령에 불응하거나 불평하면 다음 날 조반상에서 숟가락 세례로 밥상머리 교육을 받아야 한다. 어느새 부모에게 고자질을 하는 것이다. 손가락에 담배 함부로 피우지 못했고, 웃어른 만나면 꼬박 인사부터 해야만 하던 시절이다.

동네에서 제일 나이 많은 할아버지와 같은 조 편성이 되었다. 중간 노인들은 극성으로 순찰을 돌리는데 유독 젊은 우리를 두둔했다. 쉬면서 충분히 불도 쬐어야 한다고 하면서, 먼저 쬔 사람들은 뒤로 물러앉으라고 하며 챙기셨다. 불가에서는 무슨 할 말이 그리 많은지 이야기가 한도 끝도 없이 이어진다. 특히, 할머니들은 순찰 한 번 도는 일도 없이 저녁에 시작한 이야기가 밤 2시까지는 연속이다. 이야기하는 사람만 있고 듣는 사람은 없는 듯한데, 전부 알아듣는 것도 희한한 일이다.

밤새 고생한다고 동네 공금에서 사온 막걸리를 김치 안주 삼아 몇 잔 마시고 순찰을 나서면 비틀대다 톳을 잘못 밟아 미끄러지기도 했다. 밤이 깊으면 떠들던 입들이 닫혀 버린다. 순찰을 한 바퀴 돌고 오면 앉아서 아시잠을 자다가 들어오는 기척에 눈을 뜬다. 불 앞인데도 손발을 데지도 않고 고개 한 번 끄떡하면 깨고, 호흡 세 번 하고 또 눈을 붙인다. 보통 경력으로는 어림도 없는 일이다.

이때쯤이면 할아버지가 이야기를 들려준다. 이보다 더 춥고 배고픈 시절 이야기다. 하루 두 끼도 어려운 시절에는 바다에서 갓 자라는 톳을 뜯어다 보리쌀에 넣어 밥의 분량을 늘려서 주린 배를 채우던 시절 이야기다. 아이는 영양가 없는 밥으로 배만 볼록하고, 어미는 굶어 죽었다는 이야기가 슬프다. 일제 강점기 시절, 4·3사건, 6·25전쟁 이야기도 빼놓지 않았다.

톳은 깊은 곳에는 자라지 않는다. 썰물 때마다 드러나는 바위에서 자란다. 당시에는 마을을 운영하는 기금은 필요한데 마련할 방법이 없었다. 그렇다고 집집마다 거출한다는 것도 어렵다. 톳을 공동으로 채취해서 말리고 다듬어서 팔아야 했다. 고혈압에 좋다고 일본에서 전량 수입을 했다. 마을 운영기금으로 내고 남은 것이 있으면 공동분배를 받았다.

톳을 지키면서 옛이야기 해 주던 할아버지도, 밤새 떠들던 어른들도 보이지 않는다. 지게로 져 나르던 몇 사람이 보일 뿐이다. 매년 정 · 이월은 오고 가고 밀물 썰물도 변함없는데 사람만 변했다. 그러고 보니 톳도 많이 변했다. 톳이 자라는 바위를 채취하기 전에는 함부로 밟지 못하게 했다. 톳이 자랄 수 있도록 밭에 김매듯 다른 해초를 제거하면서 관리를 했다. 잘 자란 것은 어른 키를 훨씬 넘는 것이 많았다.

배고픔을 달래 주던 톳, 기금이 되어 마을 운영과 협동에 도움을 주던 톳, 이제 건강식품으로 환영을 받게 되는 게 참으로 기쁘다. 오고 가는 바닷물이 예전과 달라졌는지 많이 짧아졌다. 윤기도 없고 가늘어졌다. 가꾸고 다듬고 생산하는 사람들 주머니에 동전 소리와 콧노래가 배어야 톳이 건강해지고, 양질의 건강식품이 될 것이란 생각을 해 본다.

멈칫한다는 것은

한길가에 훤하고 늠름한 건물이 서 있다. 가끔 이 건물 앞을 지날 때면 나도 모르게 멈칫거린다. 주위에 사람이 없을 때는 건물을 쳐다보면서 김녕우체국이라고 읽고 지나간다. 새롭게 단장된 건물 구역 안에 초라한 옛 건물이 그냥 있어 마치 안에 갇힌 것만 같다. 주위를 아무리 살펴도 옛 건물 흔적이나 드나들던 자리도 없고 눈에 익은 나무 한 그루도 없는데 혹시나 하고 살펴본다.

멈칫하는 데는 여러 가지 이유가 있다. 만나지 않았으면 하는 사람을 조금 떨어진 곳에서 미리 보았다면 돌아가기라도 했을 것을 바로 코앞에서 마주쳤을 때의 난감함이다. 또는 너무나 그리워했던 사람을 뜻밖에 만났을 때 껴안기 전에, 손잡기 전에 무의식적으로 행해지는 모습이다. 주위에서 가끔 볼 수 있는 장면이기도 하다. 이외에도 수없이 많은 사연과 연계되어 여러 가지 형태로 멈칫할 수도 있다.

고등학교에 진학을 못했다. 겨울에 방을 덥히려면 우마가 방목된 들판에서 가마니에 우마분을 주워 담아 지게로 지고 와야 한다. 먼 곳에서 집까지 오는 길에 몇 번이고 쉬면서 일행들과 이야기도 하고, 끙끙대면서 겨울을 나기 위한 준비를 열심히 해야 한다. 한길 버스정류장을 그대로 넘어올 수도 있는데, 마침 하교하는 동창생이 보인다.

고등학교 모자를 쓰고 책가방 들고 버스에서 내리는 모습이 먼발치에서 보이면, 나도 모르게 멈칫거리게 되고, 부러 한 번 더 쉬었다가 일어선다.

마을에 공공기관이 몇 군데 있다. 진학하지 못한 사람은 많은데 수용할 수 있는 인원은 한정적이다. 청소만 하는 사람보다 나중에 인재로 키우기 위해서는 선별할 수밖에 없었다. 그렇다고 시험 보는 것도 아니다. 아버지가 마을에 안면이 꽤 넓은 편이었다. 특혜로 평생 처음 취직한 곳이 김녕우체국이다. 처음 일 년 동안은 단순한 청소였다.

일 년이 지나갈 즈음 밑에 후배가 들어왔다. 물론 진학을 못하고 취직을 한 것이다. 우체국에는 전신을 다루는 곳과 우편을 담당하는 곳, 그리고 예금을 관리하는 곳 세 군데로 나뉘어 업무를 분담한다. 후배가 들어온 뒤 우편을 담당했다. 우표 한 장에 7원이다. 후에 +3이라는 표시를 하고 10원이 되었다. 1970년대 중학교 납부금이 천오백 원이 안 되었을 때 삼천 원이 봉급이었다. 성치 못한 어머니 대신 가장이 되어 집안 기둥이 되어야 했다.

일본교포들로부터 소포가 밀려온다. 창구에는 소포 찾으려는 사람들이 줄을 선다. 집배원(당시에는 배달부라고 했다.)이 통지서를 교부하기 바쁘게 몰려왔다. 소포 보관 창고는 세 평 남짓인데 발 들여놓을 틈도 없는 곳에서 차례로 찾는다는 것이 여간 어려운 일이 아니다. 마루에 내용을 펼쳐놓고 혹시나 빠진 게 없나 물품 내용을 일일이 검사를 해야 한다. 내용 대부분이 입다가 해어지기 전인 의류가 대부분이다. 그래도 일본에서 소포 오는 집이 그렇게 부러울 수가 없었다.

우표 수집이 유행이었다. 우표 뗀 자욱이 있으면 난리가 난다. 나는 수집하지 않는데 괜히 나를 의심하는 것 같아 마음이 괴로운 적도 한두 번이 아니었다. 집배원은 지역을 잘 아는 사람이어야 하는데 시험을 치르고는 지역에 생소한 사람이 배당되었다. 전남 신안이라고 했다. 풍습도 지역도 어느 것 하나 우편 담당인 나를 도와주기보다 오히려 의지하려고 한다. 마을에 방 두 칸 빌리고는 딸과 함께 살았다. 근무 중에도 술 냄새를 풍기고 산다. 결근하는 날에도 다른 집배원들은 도와주려고 하지 않는다. 하기야 자기 맡은 일도 힘든 판이다.

오전에 우표 팔다가 오후에는 직접 가방을 챙기고 대신 뛰어다닐 수밖에 없다. 다음 날 출근하면 미안하다고 사정은 하지만, 우체국장으로부터 호된 책망을 듣는 모습에서 안쓰럽기만 했다. 고향에서 멀리 떨어진 이곳까지 와서 근무해야 하는 사정과 자주 술을 먹어야 하는 입장을, 당시에는 원망스러웠지만, 이해할 수 있었던 것은 한참 지난 후였다.

손편지 써 본 지가 언제인가. 당시에는 무슨 사연이 많아서 엽서뿐 아니라 편지 왕래가 그렇게 많았다. 양 볼이 불그스레한 소녀는 무슨 비밀편지인지 우표를 사 들고 밖에 있는 우체통에 넣기도 했다. 교환대가 놓이고 전화가 개인 집에 설치되었다. 칠십 대도 안 되었다. 교환원 세 명이 교대 근무를 하면서 깊은 밤 늦게 응답하는 날에는 난리가 나고, "우체국장 바꾸라." 하고 큰소리 지르면 졸리던 교환원은 닭똥 같은 눈물 흘리면서 용서를 빌어야 했다.

군에서 제대를 하자마자 같이 근무하자고 찾아왔지만, 완강히 거절했다. 우체국에서 고생한 일들이 각인돼 있어 도무지 다시 근무할 생각이 없었다. 우체국과 결별을 하고 50년, 젊은 날 힘들었지만 많은 추억이 곳곳에 서린 곳이다. 국장님도, 배달부 아저씨들 특히 술 냄새 풍기고 사시던 분이 보고 싶다. 할머니가 되었을 교환원은 지금도 잘 졸고, 눈물이 많은지 궁금하다.

지금은 각자 손안에 우체국을 가지고 산다. 전화도, 전신도, 우편도 손안에 있다. 얼굴 붉히며 우체통에 편지 넣는 일도 없고, 전화 있는 집 아이가 건너 건넛집까지 달려가서 서울에서 또는 부산에서 전화 왔다고 연락하며 뛰어다니는 일도 없다. 오직, 찬바람 맞으며 때로는 눈비 맞으며, 우체국 앞을 지날 때마다 멈칫거리는 사람이 있을 뿐이다.

선거

2017년 1월 24일 구좌 체육관 별채에서 김녕 농협장 보궐선거를 하였다. 지난 선거에서 당선자가 허위 사실 유포로 당선 후 2년 간 끌어오던 재판에서 당선 무효 결정에 따라 치르는 재선거였다. 나는 처음부터 뜻을 두고 있지는 않았지만, 낙선자가 당선자를 상대로 소송을 제기했고 승소하자마자 나온다는 게 싫었다. 원래 성질머리가 그랬다. 항상 손해를 보면서 아니다 싶으면 남들이 하기 싫어하는 이야기를 하고 원칙을 주장하고 나중에는 나만 남는 일에 능숙해 있다.

삼십 년 가까이 형제처럼 지내는 친목 모임이 있다. 연말이라 총회를 마치고 연례행사처럼 노래방에 들렀다. 노래도 하고 춤도 추고 여느 때처럼 신나게 뒤풀이를 했다. 헤어지기 직전 내가 마이크를 잡았다. 그러고는 결연하게 입을 열었다. 지금 농협장 선거에 낙선한 조합장이 소송도 하고 출마를 한다는데 너무하는 거 아니냐고 성토하고 상대방이 없다면 내가 출마를 하겠다고 선언을 한 것이다. 그리고 다음 날부터 서둘러 준비를 했다. 뜻밖에 나와 같은 생각을 하는 조합원이 많았다.

등록 준비를 다 마치고 1:1 선거라는 소문과 확신이 굳어져 가는데 뜬금없이 한 사람이 튀어나오는데 다름 아닌 삼십 년 친목 회원이고 지난 모임에서 같이했던 성씨도 같은 사람이 등록하겠다는 것이다. 나는 장시간 전화로 설득했다. 1:1도 너무나 힘들다. 자네가 나오면 나의 지지표를 더 가져갈 텐데 한 번만 양보해 달라고 설득했지만 막무가내다. 이장 선거에서 후보 자격 상실된 후보와 측근들이 당시 선거관리위원장인 나와의 감정 때문에 적극적으로 추천하는 양상이다. 오히려 세력이 약한 내가 스스로 물러나기를 바라는 눈치다. 이쯤 되고 보니, 오기로 그만둘 수가 없었다.

농협 이사, 감사 했고 직접 농사를 지으면서 애로사항이나 개선해야 할 문제점을 누구보다 많이 알고 있다고 자부할 수가 있다. 처음 의사를 선포했을 때보다 힘이 빠진다. 측근들에게는 비용을 줄이자고 했고 모두 동의했다. 그러나 용기를 갖고 열심히 하자고 다짐을 했지만, 가능성에는 희망보다는 깨끗한 선거를 하자는 쪽이었다.

당일 오후 2시쯤 투표율을 보면서 가망이 없다는 것을 알았다. 그전에도 예측은 했지만 도와주는 사람들에게 이야기할 수는 없었다. 그리고 은근히 의외의 변수도 기대한 것이 사실이다. 생각했던 것보다 투표율이 너무나 높은 것에 변수는 없다는 것을 확신하고 집사람과 가족에게 최선을 다한 것으로 만족하자고 해놓고 사우나로 향했다. 나의 예상은 적중되었다. 결국, 와신상담 준비된 낙선자가 당선되었다. 다음 날 아침 일찍 당선 축하 전화를 했다. 나중에 집에 찾아와서 먼저 전화까지 해 주어서 고맙다고 인사를 한다.

선거는 출마해 본 사람만이 안다. 후보자가 되면 살아온 발자국이 고스란히 유권자의 심판대에 오른다. 좋은 사례보다는 좋지 않은 일들을 들춰내는 데 일가견이 있다. 때로는 너무나 동떨어진 이야기로 속상하게 하는 일도 많다. 일가 친족이 많거나 측근에 동조하는 사람이 많으면 억울한 소문은 줄일 수도 있고, 변호해 주는 사람도 있다. 나와 같이 아버지가 4대 독자와 같은 입장이면, 더구나 사돈까지도 먼 곳에 있으면 그런 호강을 기대해서는 안 된다.

어떤 사람이 내게 질문을 한 적이 있다. 선거 당락을 사주로 볼 수는 없느냐고! 당연히 볼 수가 있다. 맞지 않는 것은 당사자끼리만 한다면 대운을 보고 유 · 불리를 알 수가 있다. 주위 사람들 크게는 당, 조직 작게는 일가친척 운동원 조직에 의해서 결정이 되기 때문에 맞히기가 힘든 게 선거이다. 그렇기에 오죽하면 조상의 묘까지 이장하는 것이 아닌가 하고 답을 한 적이 있다.

금품선거 척결이라고 어느 선거에서나 강조하고 감시 감독과 포상금과 선거 무효 등 무시무시하게 들리지만 별 효과는 없다. 실제로 적발되는 사례는 거의 없으니까. 잡는 쪽보다 주는 쪽이 한 수 위다.

선거에서 패배하면 얻는 게 없는 것으로 알지만 얻는 것도 많다. 공약을 통해서 내가 하고 싶었던 희망 사항을 전달할 수가 있고 그동안 멀리했던 사람들과 진심을 주고받을 수도 있다. 진정으로 도와준 고마운 사람들도 얻을 수 있고 멀리하고 말조심해야 할 사람과, 터놓고 이야기할 수 있는 사람을 구별할 수 있는 기회도 얻게 된다.

누구나 후보자가 될 수 있다. 아니면 부모 · 형제 또는 가까운 사람이 후보자가 될 수도 있다는 마음으로 살았으면 좋겠다. 말과 행동을 함부로 할 수가 없다. 남에게 모범이 되려고 노력하고 솔선수범하여 궂은일에 앞장서야 나중에 좋은 평판을 얻을 수가 있기에 그렇다. 선거 후에 아쉬워하는 식구들에게 '속상해하지도 말고 사람들을 제대로 알게 됐다는 게 보람이 아니냐. 아무나 조합장에 출마할 수 있는 게 아니다. 자긍심을 가지고 떳떳하고 자랑스럽게 살아가자'고 힘주어 말했다.

2017년 2월 16일 선거 후 처음 열리는 농협 총회에 꽃다발을 당선된 조합장 손에 쥐여 주면서 악수를 했다. 그리고 모인 분들에게 보내 준 성원에 감사의 뜻을 전했다. 능력 있는 당선된 조합장을 중심으로 화합하고 단결하여 선진 농협을 만들자고 부탁을 했다. 많은 박수를 보내 주었다. 이러한 모습은 오늘뿐 아니라 이후 계속될 선거에서도 이어지기를 바라는 마음 간절하다.

망설이지 않고 실행할 수 있었던 것은 잘한 일이라고 자찬을 하면서 돌아서는 발걸음이 한결 가벼웠다.

흥부가 이기는 사회

윤 일병이 선임병들로부터 계속된 구타와 비인간적인 방법에 의해 시달림 속에서 유명을 달리했다. 이 사실을 은폐 축소하려 한 군부는 맹렬한 여론에 밀려 책임자가 머리 숙이고 국민 앞에 사과한다. 그러나 분명한 것은 이미 흥부는 죽었다는 사실이다.

김해 가출 여고생은 싱싱한 먹이를 좋아하는 자들에게 성매매를 당하고 사육하는 놀부에 의해 매장되었다. 지금은 30도가 넘는 8월의 날씨에 50도가 넘는 스트레스! 보고 듣는 일들이 괴롭기만 하다. 매일매일 일어나는 흥부가 죽어 가는 뉴스도 광풍이 몰아치는 듯한 여론도, 요란한 매미가 선선한 바람이 불면 조용해지듯 얻는 게 있는 듯 없는 듯 꼬리도 없이 사라져 갈 것이다.

흥부가 이겼다는 소식을 들어 봤으면 좋겠다. 드라마나 소설에서 또는 옛날부터 교육하는 모든 선생님, 부모님, 성경, 불경 그리고 잘났다는 사람들은 권선징악을 가르쳤다. 결국, 흥부가 이긴다고 했다. 그러나 배운 대로 착실하게 실행하면서 살아가노라면 이긴 것보다 지는 게 더 많다는 것을 터득한다.

놀부들이 더 잘사는 모습을 너무나도 많이 볼 수 있다. 그렇다고 동요하지 않고 아이들에게 정제시키는 것은, 좋은 시절이 오면 흥부가 반드시 이기는 세상이 올 것이라는 희망을 믿기 때문이다.

참신한 정치인이라고 믿어 온 자가 기업가의 검은 돈을 받고 검찰에 출두한다는 소식이다. 이러한 소식에는 이제 관심이 없다. 흥부 정치인이 과연 얼마나 될까? 고무신, 막걸리로부터 발전을 거듭해서 세종대왕(만원권 지폐)을 팔고, 위대한 어머니 신사임당(오만원권 지폐)을 내세운 놀부가 이기는 것 모르는 사람은 없다. 세종대왕을 존경하고 신사임당이 아니면 살아가기가 어려운 백성이다. 본전을 건지려는 놀부에게 돌을 던질 흥부가 도대체 몇이나 될까?

능력이 모자라서 세종대왕과 신사임당 덕으로 벼슬을 얻은 놀부는 백성을 위하는 척, 희생하는 척하는 데는 프로다. 본전을 건지려는 데 혈안이 되어 있는 놀부를 흥부들은 알 수가 없다. 물고기 비린내가 어떤지 모르는 며느리를 중매인으로 내세워 성급히 본전을 찾으려는 놀부가 내 주변에 있었다. 그는 벼슬을 얻기 위해 세종대왕을 존경하지 않고 아무렇게나 뿌리고 다닌 죄로 관리청으로부터 출두 요구를 받았다.

주어진 임기를 다할 수 없다는 조바심에 전전긍긍하는 놀부가 불쌍하다. 유종의 미를 거두는 길을 택하라는 흥부의 조언을 들으려고 하지 않는다. 벼슬을 구하러 다니면서 취직을 부탁받아 열 명도 넘게 규정을 무시하면서 채용했다. 그런 독재, 독선을 말리는 흥부를 갖은 방법으로 홀대하고 폭력까지 휘두르려 했다. 사실을 잘 아는 사람들도 세종대왕이 주는 좋은 음식과 벼슬에 빌붙는 게 편하였고 놀부는 이를 다스리는 데 탁월했다.

놀부에게 흥부는 이길 수가 없다. 구경하는 사람들도 입을 다물었다. 결국, 놀부는 세종대왕 부실 관리로 벼슬에서 퇴출당하고, 규정 무시로 지금까지 듣지도 보지도 못한 중징계를 덤으로 얻었지만, 흥부의 손실도 컸다. 어떻게 도와주지 못할망정 잘못을 지적하여 매정하게 할 수 있느냐는 것이다.

공과 사는 구분해야 한다고 평소에 목청 돋우던 사람들이 더했다. 흥부는 자세한 이야기를 할 기회나 장소가 부족하지만, 놀부는 기회도 장소도 마음만 먹으면 만들 수가 있다. 더군다나 과정은 무시되고 퇴출당한 놀부가 안됐다는 동정심이 많은 우리 사회 좋은 사회에서 세종대왕은 놀부의 위선을 진실로 바꿔 주기까지 한다.

대중의 힘을 빌려 바른말 하는 집단은 있어도, 개인은 소멸해 간다. 동네 안에서도 지적하는 어른들은 모두 돌아가시고, 뒷공론만 할 줄 안다. 싸움을 말리는 사람도 없다. 법정에 증인으로 채택될까 봐 담 구멍으로 구경할 뿐이다.

불의에 맞서는 것은 아이들 게임에서나 볼 수 있고, 많은 공부를 한 분들은 지적보다 칭찬이 약이라고 한다. 잘못을 못 본 척하고 많은 사람이 가는 쪽으로 가는 게 현명하게 사는 길이란 걸 모르는 사람은 없다. 그러나 옳고 그름을 판단하기 위해서 배우는 것이 아닌가?

잘못을 지적하는 것은 덮어 주기보다 훨씬 어렵고 힘든 일이다. 너그러움과 포용이라는 구실로 잘못을 미화하고 덮어 주는 일은 아무나 할 수 있다. 잘못을 잘못이라고 지적하는 사람들은 씨가 말라 간다.

흥부가 이기는 사회! 놀부가 맥을 못 추는 사회! 놀부에게 마음 놓고 놀부라고 할 수 있고 흥부가 보호받을 수 있는 사회가 바로 눈앞으로 왔으면 좋겠다.

아기천사

이름만 들어도 널리 알려진 대학병원 산부인과다. 신생아 네 명이 사망했다. 경찰이 자료를 압류하고, 보건행정이 야단법석이다. 신생아를 해부하고 원인을 규명한다고 한다. 이미 돌이킬 수 없는, 절대 일어나서는 안 되는 기막힌 사건이다.

모든 매스컴이 초점을 맞추면서 연일 열을 올린다. 산모들의 눈물이 마르기 전에 식어 갈 것이다. 못살던 시절에는 산아제한을 했다. 좁은 국토에 먹을 것도 변변치 못한데 계획 없이 무조건 출산하면 점점 후진국이 된다고 했다. 박사도 전문가도 행정가도 너나없이 떠들어댔다. 둘만 낳아서 잘 기르자고 국가 차원에서 홍보를 했다. 계획 출산에 필요한 피임 기구를 나눠 주고, 건강한 여인들을 피임을 위해 산부인과로 유도를 했다.

심지어 정기적으로 훈련하는 예비군을 모아 놓고 보건소에서 나온 강사가 '왜! 산아제한을 해야 하는지' 틀에 박힌 교육을 슬슬 잘도 했다. 훈련이 현역 못지않게 힘들고 군기로 분위기를 채울 때, 병원에 가서 피임 수술을 하면 훈련을 면해 준다고 귀가 솔깃한 제안을 한다. 한 사람이 나서면 눈치 보면서 친구 따라 강남 간다고 여럿이 동행했다. 우리나라 산부인과와 비뇨기과 수술 실력이 선진국 대열에

끼는 큰 성과를 올리는 데 일조했다고 자부한다.

훈련 갔다가 아내와 의논 없이 수술받고 양쪽 다리를 벌려 불편한 걸음걸이로 집에 와서, 당신을 위해서 내가 했다고 위세를 떤다. "짜장면도 먹고, 훈련도 안 받고 잘했지?" 말이 끝나기 전에 베개가 남편 머리 위로 비행을 한다. "누구 마음대로 했냐고!" 당시만 해도 내가 불편해도 남편이 불편해서는 안 된다는 착한 여인들만 살던 시절이다.

'아들딸 구별 말고 하나 낳아 잘 기르자!' 당시에는 국가에서 입만 열면 충성하는 국민들만 살았다. 말 잘 듣고 앞장서면 공무원들 진급이 잘 되던 시절이다. 지금 생각하면 너무나 가슴이 아프지만, 무조건 비판할 생각은 없다. 미래를 보지 못했다고 탓하기엔 너무나 현실이 어려웠던 시절이다. 당장 입에 풀칠이라도 해야 하는 어려움이 아기 출산에 발목을 잡아야 했다.

많은 세월이 흘렀다. 생산을 장려하는 정책이 쏟아진다. 말 잘 듣던 백성들은 나이 들어 능력이 없고 젊은이는 직장 찾아 뛰어다니느라 시간이 없다. 결혼식 올리는 예식장은 예약하기 어려운데 산부인과 아기 울음소리는 뜸하다. 산아제한 강의하던 박사, 교수, 전문가는 유능했는데, 출산을 장려하는 사람들은 그들보다 못한 것 같다.

신생아 한 명이 아쉬운 나라다. 개인의 자식이면서 국가의 보물인 신생아를 일반 가정도 아니고 큰 병원에서 네 명이나 사망한 것은 작은 사건이 아니다. 두 번 다시는 절대 일어나지 않도록 하는 대책을 반드시 마련해서 백성들을 이해시켜야 한다. 겨우 1m도 안 되는 관 속에 한 번 안아 보지도 못한 아기와 이별해야 하는 산모가 오열하면서 흘리는 뜨거운 눈물 잊어서는 안 된다.

동병상련! 이 사건을 보면서 나만이 겪은 일은 아니겠지만 두 번이나 가슴에 묻어야 했던 날들을 회상해 본다. 결혼해서 찾아와 준 첫 아이는 너무나 고운 공주였다. 당시 도시가 아닌 곳에서 출산은 보통 생산지와 같았다. 산기가 보이면 경험 많은 동네 할머니 집으로 뛰어간다. 모시고 와서 할머니가 시키는 대로 부엌에서 물을 데우면서 끝날 때까지 꼼짝하지 않고 대기한다.

고슴도치도 제 자식은 함함하다 했던가! 하늘에서 떨어졌나, 땅에서 솟았나! 품 안에 안는 것조차 성스러웠다. 젖을 빠는 모습이 신기해서 입을 뗄 때까지 눈을 뗄 수가 없었다. 일주일이 지났다. 문간에 친 금줄도 한쪽으로 조심스레 갈무리했다. 잠자는 아기 볼에 가만히 입을 맞추고 아내 얼굴에 주근깨 생기지 말라고 내가 신던 양말 뒤꿈치로 닦아 주고 출근했다.

근무 중에도 점심시간에 집에 가서 아기 얼굴 볼 생각뿐이다. 문을 열고 들어서는 나를 보는 아내 얼굴이 심상찮다. 젖을 물려도 기척이 없다는 것이다. 포대기에 싸인 아기는 평안했다. 이미 숨이 멎어 있다. 멍하니 천장을 보는데 '넋이 없다는 표정이 이런 거구나!' 하는 것도 잠시 아내를 안았다. 눈물이 나오지 않았다. 아내에게 아무 말도 할 수가 없었다.

배꼽 자른 가위로 전이된 파상풍이다. 의학 상식이 있었다면 끓는 물이나 불에 소독이나 할걸! 전혀 생각도 못했다. 급한 대로 바늘 상지(당시에는 양말, 무릎, 엉덩이 부분 터진 곳을 꿰매고, 단추도 달아야 했다.

항상 바늘과 실 가위를 가까이 둬야 하는데 이를 보관하는 도구)에 가위를 그대로 사용한 것이 화근이었다. 후회한들 아무 소용 없었다. 가슴에서는 먹지 않고 간 모유가 흐르고 눈에서는 피눈물을 흘리는 아내를 보면서 가슴으로 울었다.

삼신할머니는 두 번째 선물을 주셨다. 이번에는 절대 실수 없이 동네에 생긴 병원에서 낳자고 다짐을 했다. 지금도 집을 얻기가 어렵지만, 당시에도 어려웠다. 동네 혼자 사는 할머니 바깥채에 둥지를 틀었다. 밭에 보리를 한곳으로 모아야 경운기로 타작을 했다. 한집에 사는 인정으로 모른 척할 수 없어 칠 개월 된 몸으로 지게를 지고 도왔다. 그날 밤에 아프다고 해서 급하게 병원으로 가서 조산해야 했다. 지금 시절이면 키울 수도 있지만, 촌에서는 어려운 시절이라 떠나보내야 했다.

어렵던 시절 가슴에 묻은 아기들! 지금은 희미하게 잊혀 가는데, 발달한 선진국 병원에서 일어난 사건을 보면서, 울부짖는 산모들이 지난날 아내를 보는 듯해 가슴이 미어진다. 조상들도 아기가 태어나면 문간에 금줄을 치고 접근을 조심했는데, 많이 배운 전문가들이 예방을 소홀히 했다는 게 너무나 밉다.

'오열하는 산모께 무어라 해야 위로가 되겠습니까! 안아 보지도 못하고 떠나보낸 아기들은 천사가 되었습니다. 어렵고 오염된 세상에서 때 묻지 않고 너무나 고운 천사가 되었습니다. 삼신할머니가 임신을 통보한 날부터 많은 날을 배 속에 아기와 밀담을 주고받으면서, 아기가 좋아하는 음식만으로 가려 먹었습니다. 감기에 약도 피하고 가고 싶고 어울리고 싶어도 피하면서, 오직 배 속의 아기만 생각했습니다. 지켜 주지 못한 미안함은 천상에서 용서할 것입니다. 산모님들! 힘내셔요. 기도하겠습니다.'

과일나무 심은 날의 꿈

늦가을의 따스한 햇볕이 비탈진 기슭에 가득하다. 아직은 다섯 살도 안 된 대추나무에 반은 붉고 반은 연두색을 띤 대추가 가늘고 여린 가지마다 실하게 달렸다. 어느 날 관광하다 충청도 어느 조용한 마을에서 보았던 왕대추보다 실하고 몇 배는 더 달렸다.

초등학교에 입학한 지 1년도 채 안 된 손자 놈이 고사리 같은 손으로 따서 얼굴 하나 가득 흐뭇한 미소를 띤다. 작은 입으로 가을 햇빛과 함께 먹는 모습이 밀레의 만종보다 더 감동이다. 맛을 본 손자가 더 높은 곳에 있는 대추를 따려고 발돋움을 한다. 가시에 찔릴세라 조심하라고 소리를 지르는데 잠이 깨었다.

그 모습이 지워지지 않고 그대로 정지되기를 바라는 마음에서 잠자던 모습 그대로 한참을 지그시 눈을 감고 꿈을 재생해 본다. 창밖에는 어제 오후부터 시작한 비가 주룩주룩 내리고 있다. 비가 오는 날이면 몸이 예전같이 생기를 느끼기보다 물먹은 솜마냥 조금은 눅눅하고 무거운 느낌을 받는 나이가 되었지만, 오늘 아침은 오랜만에 푸근하고 뭔가 풍년을 만난 느낌이다. 어제 심어 놓은 나무가 어려움 없이 힘차게 뿌리를 뻗어 잎을 피우고 튼실하게 자랄 수 있다는 안도감이 몸과 마음을 풍성하게 하는가 보다.

작년에도 대추나무 두 그루와 매실나무 여섯 그루, 자두나무 네 그루를 오일장에서 구매하고 정성스레 심었다. 몇 년 후면 따서 먹을 수도 있고 나눠 줄 수도 있겠지 하는 희망을 품고 돌봤다. 파란 싹이 돋아날 때는 금방이라도 열매가 달리는 것같이 기뻤다. 며칠이 지나 '얼마나 자랐나!' 가 봤더니 파랗게 돋아나던 잎은 하나도 없고, 줄기마저 소생할 가능성이 없다. 기뻤던 것보다 분하고 억울해서 맛있게 먹어 버린 노루를 어떻게 잡을까 하는 마음밖에 없다.

'다시는 심지 않으리라! 이 나이에 과수원 장만할 것도 아니고 키워서 따 먹는다 해도 얼마나 먹을 것인가?' 하면서도, 스피노자가 말했듯이 내일 지구의 종말이 온다 해도 오늘 사과나무를 심겠다는 마음으로 오일장에서 작년보다 돈을 좀 더 건네주고 굵은 묘목으로 구매를 했다. 대추 묘목 두 그루, 매실 묘목 네 그루를 사면서 앵두 묘목 어린놈은 덤으로 얻어 왔다. 이틀 후 비가 온다는 예보다. 마른 땅에 심느니 고생 덜어 주고 원기 회복시킨 후 내일 심기로 하고 양동이에 물과 성장 촉진하는 약을 섞어 묘목을 담가 뒀다.

노루 방지 그물을 치고 자갈을 고르고 부드러운 흙으로 밑에 깔면서, 구매한 묘목과 집에 꺾꽂이해 둔 무화과 묘목 다섯 그루까지 정성으로 심으면서 쑥쑥 자라기를 기원했다. 하늘은 금방이라도 비가 올 것 같은데, 요즘 잘 맞지 않는 일기예보 때문에 걱정스럽다.

집에 와서 발을 씻는데 정말 비가 온다. 오랜만에 정확하게 맞힌 일기예보가 고맙다. 오늘 심은 나무가 잘 자라서 내가 없더라도 열매를 딸 때마다 할아버지를 생각하게 해 줬으면 좋겠다. 나는 이 세상에 왔다 간 흔적을 남기는 영예를 얻을 수 있을 것이다. 어떻게 살았는가? 무엇을 남길 수 있는가? 내가 돌아간 후 어떻게 평가할까? 오늘 아침에도 벽에 걸린 초등학교에 갓 입학한 손자의 유치원 졸업사진을 보면서, '부끄럽지 않은 할아버지가 될게!' 마음으로 속삭여 본다.

나는 밭에 가는 것을 천직으로 알면서 자랐다. 춥고 배고픈 시절 세끼 밥 먹고 일할 수 있는 밭을 가진 집을 부러워했다. 옛날 부자는 일 부자였다. 지금은 밭에 일하러 가자는 소리를 좋아하지 않는다. 예전에는 직업이 농업이라고 하는 사람들이 많았다. 무직인 사람도 물으면 농업이라고 했다. 농사일이 너무 힘들어 내 자식만은 무엇을 해서라도 공부를 시켜 농사를 짓지 않도록 하겠다고 열심히 살았다. 허리가 휘도록 일을 하고 옷을 기워 입으면서 자식 공부에 모든 희망을 걸었다. 아이들도 자라면서 직접 몸으로 체험하는 동안 얼마나 힘든지 너무나 잘 안다.

지금은 기계화해서 농업도 경쟁력이 있다고 하지만, 선뜻 농업에 관심 있는 젊은이는 많지 않고, 부모들이 원하지도 않는다. 밭에서 젊은이를 만나기가 쉽지 않다. 농부는 거의 노인네들이다. 나이 많은 부모는 농사일이 힘들 때 자식들이 쉬는 날 좀 도와주기를 바라면서 전화를 한다. 왜 쉬는 날 비상이 많고 당직이 많은지, 전화하기도 싫고 기대하지도 않는다. 크면서 경험으로 힘드는 것을 잘 알기에 피하는 게 아닌가 싶어 섭섭할 때도 있다.

몇 년 후 내가 더 힘들어질 때 우리 밭에는 실한 열매가 달릴 것이다. 아이들은 한 번이라도 밭으로 갈 것이다. 일하다 지치면 나무 아래서 쉬기도 하고, 열매도 따서 간식으로 한몫할 것이다. 오늘 아침 비가 내리는 마당을 보면서 나의 머릿속에는 대추나무 두 그루가 이십 그루가 되고, 매실나무 네 그루가 사십 그루가 되고, 무화과 잘 자란 과수원을 보는 듯 넉넉한 아침이다.

팔자소관

못 배우고 못났으니 못사는 건 당연하다. 이 말은 돌아가신 할머니 적부터 자연스레 들어온 말이다. 할머니도 당신 할머니한테 들었을 것이다. 해마다 연말연시에는 신수를 보려는 사람들, 생각은 있으나 용기가 없어 보지 못하는 사람, 미신에 가까운 것을 봐서 무엇 하느냐는 사람, 무관심한 사람, 시간 여유가 없어 보고 싶어도 보지 못하는 사람들로 정리가 될 테다.

아주 오래전부터 전통적으로 내려온 것이라고 할 수 있다. 옛날에는 주로 토정비결로 신수를 보면서 액운이 낀 달을 조심히 보내야겠다는 준비를 했다. 근래에는 사주로 신수를 보면서 한 해를 준비한다. 토정비결은 태어난 연월일만으로도 볼 수 있다. 사주는 연월일시를 놓고 추명推命함으로써 토정비결보다 세심히 살필 수 있는 것이고, 확률로도 정확도가 높다.

연월일시를 네 기둥으로 삼는다 하여 사주四柱가 되는 것이고, 사주에 따른 간지(십간인 甲, 乙, 丙, 丁, 戊, 己, 庚, 辛, 壬, 癸와 십이지인 子, 丑, 寅, 卯, 辰, 巳, 午, 未, 申, 酉, 戌, 亥를 조합한 짝)를 포함하면 8자가 되므로 합해서 사주팔자라고 한다. 금년은 무술년이고 1월은 갑인월, 1일은 계사, 밤 1시 임자 시에 태어났다면 무술년 갑인월 계사일 임자시 이렇게 사주팔자가 성립이 된다. 전문인이 아니라도 달력만으로 누구나 연과 일은 알 수가 있다.

중국 송나라 서지평(900년대 사람)의 것이 체계화되어 전승되고 있지만, 처음에는 왕실이나 귀족 간에 비밀스레 유통되었다고 한다. 점성술이 이보다 훨씬 전에 출현하여 이와 비슷한 것으로 아는 사람들도 있지만, 다른 학문이다. 젊었을 때 흥미를 느껴 선생님을 찾아다녔지만, 참다운 스승을 만나기가 어려웠다. 그래도 띄엄띄엄 공부해서 철학관 운영을 해 본 경험이 있다. 지금은 대학 부설 교육을 통해서 쉽게 배운다는데 부럽다.

사주는 먼저 자신이 살아온 과정을 솔직하게 이야기하는 데서부터 시작한다. 과거를 사주로써 짐작은 할 수 있지만, 당사자만큼 정확하지 않기 때문이다. 과거를 알면 미래의 길흉화복을 예측하는 데 많은 도움이 된다. 좋은 일이야 많을수록 좋겠지만, 어려움이 온다면 미리 대비하려는 마음에서 사주를 보는 것은 나쁘다 할 수가 없다.

행복한 순간에는 조상이나 부모에 대해서 고마움을 모르다가 불행한 일을 당하면 내 탓이 아니라 조상 탓하고 팔자소관이라고 자포자기하는 모습을 본다. "우리 어멍 무신 날에 날 낭 고생 허게 햄신고?"(우리 어머니 나를 무슨 날에 났기에 내가 이런 고생을 하게 하는가?) 하면서 어머니를 탓하는 탄식 소리를 흔하게 듣는다. 언제부터인가 신문지상뿐 아니라 많은 잡지에까지 오늘의 운세가 인기 끄는 코너가 되었다.

어디까지나 재미 그 이상도 그 이하도 아니다. 왜냐하면 같은 띠라고 해도 같은 운명이 될 수가 없기 때문이다. 이는 사주팔자가 같다 해도 태어난 환경이 다른데 당연히 팔자가 다를 수밖에 없다. 설령 같다 하더라도 조상들의 선 · 악에 따라, 유산에 따라 천차만별로 나뉜다. 조상이 선을 베풀었다면 후손도 그 음덕을 보게 되는 것이다. 설령 한 번쯤 일탈하더라도 그 조상을 봐서 용서받을 수도 있다.

사주팔자만 좋다고 해서 누워서도 감이 입 안으로 떨어지지는 않는다. 음덕과 사주와 노력이 운명을 좌우하는 것이다. 점수를 매긴다면 음덕 30점 사주 20점 노력 50점이라고 말하고 싶다. 음덕이 좋아 유산과 명성을 물려받고 아무리 사주가 좋아도 노력 없이는 평범한 삶을 살 수밖에 없다. 모든 게 모자라지만, 노력에 따라 상위의 삶을 살 수 있다.

내 인생은 내 것이고 내 마음대로 살다 가면 그만이라는 생각은 대단히 잘못된 것이다. 자기가 행한 만큼, 베푼 만큼 후손에 음덕으로 전해져서 후손들의 생은 나의 인생에 뿌리를 심고 있다는 것을 잊어서는 결코 안 된다. 부디 선하고 사랑과 자비로써 주위를 살펴 물질만이 아니라 정신적으로도 많은 도움을 남긴다면 후손들에게는 그것이 곧 음덕이고 유산이다.

사주팔자를 보면 사람마다 그릇이 정해져 있다. 자기 그릇에 맞는 삶을 살아간다면 아무런 탈도 생기지 않는다. 그러나 많은 사람들은 분수를 모르고 과욕으로 그릇이 넘치고, 결국에는 화를 당하는 모습을 보는 것은 이제 너무나 흔한 세상이 되었다. 넘침은 부족함만 못하다고 했다.

건강과 부자와 명예는 한 그릇에 담을 수 없다고 한다. 잘사는 사람들이 자손이 귀하고 부자라고 모두 건강하지도 않는다. 명예를 얻은 사람이 건강과 부자가 되는 것도 아니다. 그러므로 분수에 맞게 팔자소관의 그릇에 걸맞도록 살아야 한다. 이를 모르고 과욕을 하면 소화가 안 되어 모든 것을 잃게 되는 것이다. 실패하고 힘들 때, '그래, 이게 지금 운이고 조금 노력하면 나아질 것'이라는 믿음을 갖는다면 분명히 변화를 보게 된다.

운명은 의지와 관계없이 받아들여야 한다는 생각은 버려야 한다. 팔자소관 운운하는 사람은 비겁한 사람이다. 생각과 운동, 음식으로 98% DNA를 좌우할 수 있다고 한다. 의사가 포기한 환자가 회생하는 사례도 많이 볼 수 있다. 팔자소관, 사주팔자는 이제 2%에 불과하다. 사주를 보지 않더라도 분명한 것은 누구든 여유 있을 때 어려움이 올 수 있다는 것을 알고 미리 준비를 해 나가는 슬기가 필요한 것이다. 그게 곧 현명한 삶을 살아가는 비결이다.

방파제

길이 삼십 미터, 폭 이 미터 꼬마 방파제가 있다. 삼발이로 멋있게 쌓은 방파제가 아니라 돌로 울퉁불퉁 홍역을 심하게 겪은 모습이다. 백 년도 훨씬 지나 연세는 지긋하다. 위험하다고 다니지 말라는 곳에는 청개구리 모양 늘 흔들리는 돌이 좋아서 아이들이 놀이터로 삼았다. 무릎이 까지고 부모님께 단단히 혼쫄난 아이도 삼 일 후면 방파제 흔드는 돌 위에 서 있다. 우리 동네 아이들 모두 그렇게 여물어 갔다.

귀한 시멘트가 배당되었다. 장정이 된 그 아이들이 방파제를 정비하고 포장했다. 아담하고 깨끗한 방파제로 거듭나는 날 온 동네 사람들이 모여 막걸리로 축배를 들었다. 민가와 길 하나 사이 조그만 포구의 안전을 위해서 중장비 없던 시절에 큰 돌을 지게로 지어 나르고 굴리면서 만든 방파제를 보면서 '어떻게 만들었을까?' 고개를 갸우뚱해 본다. 춥고 배고픈 시절에 어른들은 힘만은 모두 장사였겠다 싶다.

살기 위해서 죽을힘을 다하여 만들었다는 것을 안다. 비료가 없었다. 두엄이 흔하지도 않았다. 바다에서 해초류를 채취해서 말린 다음 밭에 씨앗을 덮어야 한다. 양질의 해초를 얻기 위해 배와 테우가 필요했다. 배라고 해 봐야 이 톤도 안 되는 목선에 풍을 세우고 노를 저어 바다로 나가 갈고리로 작업을 했다. 테우도 마찬가지다. 처음에는 가까이에서 작업하지만, 점점 멀리 작업을 나간다. 때로는 다른 마을까지 진출해서 작업한 용감한 이야기를 듣기도 했다.

태풍은 말할 것도 없고 파도가 포구를 덮치면 힘없는 조각배는 부서지고 행방불명되기 십상이다. 땅만 칠 수 없어 탄생된 방파제다. 화학비료가 나오면서 해초 채취 작업은 끝났지만, 조그만 배로 먼 곳까지 갈치를 낚으러 다녔다. 해초 작업할 때에도 시기를 피해 다녔지만, 본격적인 어부로 탈바꿈할 수가 있었다. 오징어는 가까운 곳에서 할 수가 있어 바다 상태를 보면서 움직일 수가 있지만, 먼 곳에 간 갈치배는 그럴 수가 없다.

일기예보는 경험에 의해야 했고 통신 수단이라고는 편지뿐인데, 바다에 나간 배는 돌아오지 않았다. 거친 파도가 포구를 휩쓸고 간 아침에는 아낙네 애간장 끓는 통곡 소리에 동네 사람들이 모인다. 바다를 향해 원망해 본들 아무 소용도 없다. 혼이라도 달래려는 굿판이 벌어지고 초하룻날에는 밥 지어 올려놓고, 잔을 걸어 두 손을 모으고 절을 했다.

바다가 잔잔한 날 혹시나 하고 바다만 바라본 지도 며칠이 지났다. 아낙네 눈에 익은 풍선이 저 멀리 희미하게 보일 때는 꿈인가 생시인가 꼬집어 보다 가까이 와서야 "살았다. 우리 남편 살아서 돌아왔다." 하면서 춤을 춘다. 온 동네가 축제다. 허름해진 옷과 수척한 얼굴을 만지고 얼싸안고 방방 뜬다. 그간 추자도에 피항했다가 왔다는 이야기를 들으며 반가워 울지만, 같이 오지 못한 집은 숨죽여 가며 가슴으로 울었다.

마을에서 최고 어부가 한동네에 살았다. 배 길이보다 긴 상어를 볼 수가 있었다. 상어 가죽으로 연필심을 매끈하게 할 수 있었다. 외동아들하고는 친형제같이 자랐다. 밤에는 한 이불에서 자기도 했고, 오줌싸개인 친구를 도와주기도 했다. 친구 선친이 최고 어부인데 아들이 바다에 가는 것을 용서하지 않았다. 몰래 낚시하고는 고기를 가지고 나에게 주면서 비밀로 해 달라고 했을 정도다. 결국, 최고 어부는 전수되지 못했다.

기계로 다니는 배가 나오면서 풍선이 사라졌다. 방파제가 감싸 주던 포구에는 배 · 테우 한 척도 없다. 고기 잡은 배가 올 때면 반찬용, 명절 · 제사 때(상에 올릴) 제수용 사려고 사람들이 모였는데 사람 구경하기도 어렵다. 모기를 피해서 매어 놓은 배에 또래들이 몰래 올라 달도 없는 밤에 별을 세며 무서운 이야기 하던 어린 날, 바다 저편으로 도깨비불이 오락가락했는데…. 밀물과 썰물은 그대로인데 방파제만 두고 모두 가 버렸다. 가로등이 오더니 도깨비불마저 자취를 감췄다.

오입쟁이로 소문난 어른과 방파제에 앉아 더위를 식히며 수평선 멀리 갈치잡이 배 집어등을 말없이 한참 동안 바라보았다. 어른은 무슨 생각을 하고 있는지 모르지만, 나는 속으로 몇 척이나 되는지 세고 있었다. 무릎을 세우고 있는 것도 지루해서 입을 열었다. "어르신, 오입을 잘하는데 무슨 비결이 있습니까?" 했더니 "그럼, 나는 비밀을 철석같이 지키고 술 먹고 떠벌리는 일 한 번도 없었다." 한다. 듣고 보니 그럴듯하다. 전수받을 생각이 없기에 경험담 듣는 것은 포기했다.

여름날 저녁에는 어른들이 방파제를 점령하고 자녀에서 손자까지 미주알고주알 얘기 보따리를 끌러 놓다가 연속극 보러 간다. 아침에 와서 보면 청춘들이 술병 베개 삼아 해가 솟아오른 것도 모르고 배꼽 드러내 놓고 코를 골고 있다. 역시 방파제를 만든 조상 덕을 톡톡히 누리고 있다. 궂은 날이 아니면 외국에 돈 벌러 간 외동아들이 뛰놀던 방파제 한쪽에 앉아 동쪽 하늘만 바라보던 할머니가 있었다. 언제부터인가 그 자리는 노상 비어 있다.

작품해설

東甫 김길웅(수필가 · 문학평론가)

| 작품 해설 |

문득 뒤돌아본 회상 공간 속의 풍경들

-수필집 『두럭산 숨비소리』에 나타난 임시찬의 작품 세계

東甫 김길웅(수필가 · 문학평론가)

1.

수필의 문학적 존재 지반은 작가의 체험이다. 그것은 소설과는 같은 산문 형식이면서도 그와 다른 수필만의 특성을 지니게 된다. 단적으로 말해 소설이 작가가 꾸며 낸 이야기라면, 수필은 자신이 직 · 간접적으로 체험한 바를 미적 가공을 거쳐 가며 언어로 매개한 것이다. 소설이 허구적 진실이라면 수필은 체험적 진실로서 분명한 대비를 이룬다.

산문 형식의 글로 소설과 희곡에 공통적으로 근접한 듯하면서도 수필만의 속성과 독특한 존재 방식을 갖는 건 이런 수필의 생리 때문이다. 소설적인 구성을 갖되 소설이 아니고, 희곡적 요소를 띠면서도 희곡이 아니다. 수필은 엄연한 문학의 한 장르로 독자성을 지닐 수밖에 없다.

소설 · 희곡과 같은 듯 다른 이런 수필의 문학적 차별성의 근원이 체험임에는 이견이 있을 수 없다. 그만큼 체험은 수필의 문학적 근본으로, 이를테면 작품이 발아하고 생장해 꽃 피고 열매 맺는 환경요인인 토양이라 보면 좋다.

소설이 허공에다 그리는 그림이라면, 수필은 현실이라는 대지 위에 독특한 문양을 아로새긴다. 그 문양은 허상이 아니고 실상이며 추상이 아닌 구상이다. 상상을 통해 풀어 놓은 '거짓'이 아닌, 작가 자신이 직접 겪었던 체험을 진솔하고 적나라하게 담아 낸 '참'이다. 따라서 수필에는 작가의 삶의 이력이 아스라이 녹아들게 된다. 그 서술 범위는 파노라마로 영역을 넓혀 가며 작가의 유년에서 청 · 장년 그리고 노년으로 거침없이 흐른다.

인생이란 시 · 공간 속에서 살아온 일과 겪었던 바가 물결로 일렁이는가 하면, 때로는 그때의 바람 속으로 너울 치며 밀려오기도 한다. 수필은 단조하지 않아 흥미롭고 맛깔스럽고 진지하며 절박하다. 체험 속의 표정과 말 그리고 가슴 두근거림과 밭은 숨결, 그것들이 지닌 필연적인 인과율因果律이 종국에 애환을 낳는다. 도도한 시간의 강물이 돼 성패와 굴곡의 서사敍事로 흐르면서 한 편의 대서사시가 우리 앞에 당도해 있기도 한다. 그러나 수필은 문학으로서 수필일 뿐 자서전은 아니다. 혹여 그러할진대, 문학이 되려면 자전적 수필로 그 지위를 확보할 수 있어야 한다.

임시찬은 등단한 지 2년으로 커리어 일천한 수필가다. 또 평자와의 만남도 최근의 일로 그를 속속들이 알고 있지 못하다. 하지만 몇 몇 작품에서 만난 그의 삶과 인생이 자그마치 나를 사로잡기에 모자람이 없었다. 그의 글쓰기는 시종 진솔했고 그것은 자그마치 감동이었다. 농사지으며 흘리는 땀에 전 글, 그런 삶 속에서 물소리처럼 바람소리처럼 흘러나온 목소리가 참 신실信實했다. "문장은 사람이다" 뷔퐁이 한 말을 뼈에 저리도록 실감했다. 그와 그렇게 격의 없는 사이로 발전하는 작금이다.

등단했으니 작품집을 내고 싶다고 했다. 쉬엄쉬엄 다가가리라 했는데 그게 아니다. 창작열이 활화산이다. 지난가을에 띄워 포구를 떠난 배가 올봄 만선의 깃발을 나부끼며 귀환했다. 그새 밤낮 먼 투망投網으로 조업에 잔뜩 열을 올렸으리라. 노 저어 어장을 옮아 다니고 바람에 맞서다 같이 흐르며. 손이 부르트고 밤잠을 설쳐 가며 뒤척였으리라.

어간, 60편. 6편을 떨어내 54편을 첫 작품집에 올린다며 찾아온 그의 얼굴은 전혀 지쳐 있지 않고, 외려 불그스레한 미소 띤 열다섯 살 홍안이었다. 그에게 있어 수필은 절대적인 성취였고 그래서 열락에 잠겨 있었던 것이다.

임시찬에게는 평생을 수필로 추스르려는 의지가 숨어 있다. 그것은 즉흥적인 기분이 아닌, 꿈의 실현이고 영혼과의 약속일지도 모른다. 비교적 호흡이 긴 문체인데도 읽다 보면 어느새 결말에 이른다. 맛집에서 먹은 뚝배기나 재래시장 순대국밥 맛깔인데. 행간에 이르면 먼 시절의 가장 제주적인 토속 취미에 젖어들며 입가엔 어느새 번지는 미소. 그의 고향 취향이 옛날 동네 우물만큼이나 웅숭깊다.

2.

① 손자가 학교에 간다. 지금까지 잘 자라준 것과 같이 건강하고, 많은 아이와 잘 어울리면서 선생님 말씀 잘 듣는 착한 학생이 되기를 바랄 뿐이다. 요즘 부모들은 유독 실력에 매진하여 공부만 잘하면 된다고 난리법석으로 인격이나 도덕은 뒷전이다. 선생님을 찾아가서 난리를 피우는 일은 우리가 크던 시절에는 상상도 못했다. 이런 세대에 아이들이 무엇을 보고 느끼면서 자랄 것인가?

사회를 아무리 탓해 본들 무엇이 다르랴. 손자가 학교에 가는 것을 계기로 집안에서 먼저 솔선수범하여 말보다 행동으로 교육해야 한다고 다짐해 본다.

-〈손자가 초등학교에 간다〉 중에서

② 두불자손을 더 아낀다는 속담이 있다. 모든 할아버지 할머니들은 자식보다 손주를 더 사랑한다. 자식들 키울 때는 사랑을 줄 시간과 기회가 늘 부족했다. 열심히 키워야겠다는 강박관념과 자기가 이루지 못한 꿈과 욕심을 자식을 통해서 대리만족을 얻으려고 다그치고 욕하고 때리면서 키웠다. 자식들은 밥으로 키우는 게 아니라 사랑으로 키워야 한다.(중략)

나무들을 심어 놓고 돌 방석 하여 앉아 커피 잔에 사색 한 스푼 공상 한 스푼 넣고 살며시 눈감고 마신다. 커피 잔 속으로 손자들이 '할아버지' 하며 달려오는 모습이 보인다.

-〈손주〉 중에서

①, ②는 '손주'가 공분모다. 녀석이 어느새 자라 학교에 입학하고 있으니 감회가 일지 않을 수 없는 일이다. 아이가 초등학교에 간다는 것은 집이라는 울타리를 허물고 학교라는 새로운 세계에로의 진출의 의미를 지닌다. 집안에서도 솔선수범해 아이에게 말보다 행동을 우선하는 교육을 해야 한다고 다짐하고 있다. 겉으로 드러내지 않으면서 자손에 대한 지극한 애정을 넘치게 담고 있는 글이다.

②의 '두불자손을 아낀다'한 속담이 함축하고 있는 뜻을 허투루 대할 수 없게 한다. 자식을 넘어 손자를 더 사랑한다 함이니, 혈육에 대한 사랑은 그칠 줄 모르고 흐르는 강물 같은 것이 아닌가. 자식은 어른으로 장성해 버렸으니 그 아이에게 정이 가는 것은 인지상정일 테다. 임시찬의 소박한 인간미가 돋보인다.

> 아버지가 돌아가시기 전에 얼마 안 되는 재산을 당신의 의지대로 자식들에게 조상 제사 지내는 책임과 함께 분배하고, 이전등기를 해 놓았다. 그런 일이 불만스럽다고 제사, 명절에도 오지 않고 남처럼 지내는 동생도 있다. 재산 없이 돌아간 부모 밑에 자식 형제들은 사이좋게 지내지만, 그렇지 않은 집안은 형제간이 남보다 못한 경우를 쉽게 볼 수가 있다.
>
> 우리 형제들도 여느 집안과 같이 초가삼간에 나뭇가지 해다 밥해 먹고, 양푼 밥이 모자라 숟가락으로 금을 그어 가며 먹던 시절이 있었다.(중략) 마당가에 멍석 펴 놓고 모기가 오지 않도록 쑥으로 연기를 피우면서 밤하늘의 별을 사이좋게 세나가 삼이 들었나.

동생들이 성장 과정에서 형이 울타리가 되어 고생하면서 도와 준 것은 망각하고 섭섭했던 것들만 기억되는지 거리를 두려고 할 때면 여간 섭섭하지 않다. 원망스럽기까지 하다.

-〈장남의 울타리〉 중에서

소소한 것으로 형제간에 간극이 생겨 불화로 가는 것처럼 불행한 일은 없다. 화자는 장남으로서 소임을 다하느라 했음에도 돌아앉아 버린 동생을 생각하면 가슴이 미어질 일이다. 흔히 겪는 일이지만 단순하지 않은 게 형제 사이의 미묘한 관계다. 사실이 왜곡 과장되거나 그것이 필경에 오해와 불신을 부르는 수가 적지 않다. 세상이 메마르고 물질만능으로 흐르면서 가치가 전도되는, 통속에 만연된 시류에 곧잘 휘둘리는 것이 범상한 사람들의 일이다.

이런 개인사를 숨기지 않고 세상에 내놓을 수 있는 것이 수필이란 생각을 이 대목에서 하게 된다. 치부恥部라고 마음에 묻어 둘 수 없으니 돌파구를 수필에서 찾았을 테다. 토정하는 것이 수필가의 마음자락이 아닌가. 임시찬은 서슴지 않고 털어놓아 자신의 글에 울림의 공간을 하나 만들어 놓았다. 귀를 세워 듣게 한다. 과연 장남은 한 집안의 울타리인 게 맞다.

신랑 부모님께도 절을 하는데 절을 받는 사돈 내외는 싱글벙글 한다. 신부 부모와 그렇게 달라 보일 수가 없다. 행복한 순간들을 담아 두기 위한 촬영을 마치고 폐백을 드리는 순서다. 식장 또 다

른 방에 준비되어 있다.(중략)

사위와 딸이 따라주는 술을 연거푸 마시고 헤어져야 할 시간이 가까이 올수록 가슴속에서는 뜨거운 그 무엇이 누르려고 하면 할수록 밀고 올라온다. 눈가에 촉촉함이 배기 시작한다. 서둘러 사돈님들께 양해를 구하고 따라나서는 신랑 신부도 못 나오게 하면서, 비행기 시간을 핑계로 도망치듯 빠져나왔다. 세상에 무엇과도 바꿀 수 없는 보물을 놓고 가는 듯 섭섭하고, 서운하고 가슴 한쪽이 온통 빈 듯한 마음에 옮기는 발자국이 허공을 헛딛는다.

-〈딸 결혼식〉 중에서

임시찬은 딸 가진 아버지로서 겪게 되는 북받치는 설움의 현장에 있다. 그는 평소 활달하고 명쾌한 성품의 소유자다. 그럼에도 딸 결혼식 날, 그예 눈물을 흘리고 말았다. 참기 힘들어 흘린 눈물이다. 딸이 결혼으로 출가외인이 되는 순간, 아비가 무심히 앉아 있는 것이 외려 이상한 일 아닌가. 통곡이 아닌, 속으로 삭이는 속울음이라 많은 말을 대신하는 함의含意만큼 순정純正하게 와 닿는다. 사람이 살다 보면 이렇게 감정을 드러내야 할 때가 있는 법이다. 눈물을 흘리고 난 뒤의 청량감 때문에 우는 것인지도 모른다.

만물은 저마다 파동이 있다. 그 파동에 따라 서로 공명共鳴하며 메아리를 일으킨다. 임시찬은 딸의 결혼식 날 사랑의 메아리를 일으켜 놓았다.

다만, 내외가 함께한 자리인데, 신부 어머니의 표정이 생략된 것이 조금 아쉽다. 한 문장쯤으로 아내의 표정을 묘사했으면 금상첨화였을 텐데, 그럴 경황마저 없었던 걸까.

> 할아버지 냄새가 나지 않도록 해야 손자와 입맞춤이 된다. 냄새 나는 할아버지와 예쁘게 입 맞출 손자가 있겠는가? 내 가족은 그렇다 치고 다른 많은 이들과 가까이하려면 역시 몸에서 싱싱한 냄새는 기대하지 않아도 할아버지 냄새만은 지워야 한다. 몸과 옷과 방 그리고 청소만으로는 절대 지울 수가 없다. 지우려고 하는 정신과 노력이 없이는 절대 할 수가 없다.(중략)
>
> 나이가 들어갈수록 방 안에 있는 시간을 줄이고 많은 사람을 만나는 것도 한 방법이다. 운동이든, 봉사 활동이든, 취미 활동이든 나이가 들어도 할 일이 있다면 곱게 늙어 갈 수가 있다는 생각을 해 본다. 만나는 모든 사람이 불편해하지 않는 몸과 말과 차림새를 갖추는 노력이 하르방 냄새를 줄여 줄 것이다.
>
> –〈하르방 냄새〉 중에서

늙어 갈수록 곱게, 화려하게 입으라 한다. 결코 값 비싼 고급 옷을 입으라는 말이 아니다. 추하지 않게 하라는 완곡한 권고의 말이다. 옷이야 남루만 아니면 되는 것 아닌가. 깨끗이 빨아 입고 먼지를 털어내면 그게 곧 화려함이 될 테다.

입성보다 더 중요한 것이 몸을 청결하게 하는 일이다. 조금만 신경 쓰면 되도록 하루 한두 번 샤워하게 설비를 갖춰 살고 있지 않은가.

요즘 아이들 냄새에 민감하고 어른 보는 눈이 예전처럼 어수룩하지 않다. 의뭉한 듯 영특하고, 모르는 듯 하나에서 열을 다 꿰찬다. 금쪽 같은 손자가 눈을 흘긴다면 그 순간, 할아버지의 체신이 땅에 떨어지고 마는 세상이다. 할아버지로서 낯을 세워야 한다.

씻고 입는 데서 한 발짝 더 나아가, 마을로 나가 대외 활동으로 하르방 냄새를 없애겠다는 화자, 도랑치고 가재 잡는 지혜에 박수를 보낸다.

> 중개될 때까지 아무 곳에나 실례해서 욕을 하면서 뒤치다꺼리를 했는데, 요즘은 흙 있는 곳을 찾아 실례하는 걸 보면서 똥개도 철이 드는가 보다 했는데 시집보내 달라고 성화다. 좋은 신랑감을 구해서 보내려고 조심초사하며 기다리는데 저대로 묶어 뒀다가는 주위 사람들에게 욕먹을 것 같다.
>
> 고육지책으로 대문을 열고 이 밤에 출가를 시켰다.(중략)
>
> 모든 동물의 공통된 욕구를 막는 것은 죄가 될 것이라고 농담을 한 생각을 하면서, 똥개를 대문 밖으로 자유를 만끽하라고 풀어 준 나는 복 받을 일을 했다고 자부해 본다.

–〈똥개도 철이 든다〉 중에서

비록 집에 기르는 미물일망정 무관심하지 못한다. 더욱이 개는 영물의 짐승이라 정을 주게 되는데, 녀석의 생리까지 관찰하는 것은 아무나 하는 일이 아니다. '흙 있는 곳을 찾아 실례하는'에 이르고 있다. 그러면서 '똥개도 철이 드는지, 시집보내 달라고 성화'라 한 데 이르러 웃음을 자아낸다. 짐승을 사람 대하듯 피차에 오가는 정리의, 그 살가움이 마치 손을 내밀어 곁불이라도 쬐는 듯하다.

'중개 → 흙 있는 곳에서 실례함 → 시집보내 달라 성화 → 대문 열어 출가'로 이어지는 일련의 사고의 흐름이 눈길을 끈다. 종당에 자유를 만끽하라고 개를 풀어 준 것을 '복 받을 일'이라 자부하고 있으니, 이 곧 생명에 대한 외경畏敬이 아닌가 한다.

> 한 손에 테왁 쥐고 한 손에 비창 들고 칠성판 등에 진 해녀다. 물속은 깊고 얕고 없이 저승길이다. 살기 위해서, 살리기 위해서 해녀가 되었다. 바닷일을 마치고 돌아와 밭에 갔다 와서 물에 밥 말아 먹고 자는 아내를 본다. 곱던 얼굴에는 수경(물안경) 자욱이 희미하게 자리 잡았고, 귀밑머리가 희끗희끗하다.
>
> 언제 한번 크게 웃게 한 적 있던가? 사랑한다는 말은 했던가? 해녀가 될 수밖에 없었던 아내! 수압으로 귀가 아프고 현기증으로 먹는 약 방울 수가 늘어 가는 아내다. 해녀가 가는 길을 보며 마음 속으로 너무나 안타깝고, 잘해 줄 수 없었던 자신을 탓하면서 지난 날들을 돌아본다. 정말 고생한 아내에게 진심으로, 고맙다 하면서 주름진 이마에 살며시 손을 대 본다.
>
> -〈해녀가 되는 길, 해녀가 가는 길〉 중에서

화자는 작품 속에서 '누가 시켜서 했다기보다는 내가 해야 하는 숙명으로 알았다'고 해녀가 된 아내의 한 생의 '숙명성'을 짚어 냈다. 그러면서 아내는 해녀의 길을 걸으며 체념했다고 했다. 어려운 가정을 도와야겠다는 책임감, 내가 아니면 누가 할 것인가 하는 의무감이 아내로 하여금 해녀가 되게 한 것이다. 화자의 아내는 해녀 중에서도 상군이라 한다.

그런 아내에게 위로의 따스한 말, 사랑한다는 한마디 말조차 인색했던 화자는 늘그막에야 회한에 가슴을 쓸어내린다. 얼마나 애틋한가. 이거다 하고, 인생에 대한 깨달음이 곧 수필일진대, 이 한 편의 수필이야말로 임시찬의 인간다움 자체라 해서 지나침이 없을 것이다. 한평생 고락을 함께하며 이제 해로동혈偕老同穴로 가는 내외의 동행이 초어스름 한 줄금 비 지나고 붉게 물든 놀빛으로 타고 있다.

동네 사람들이 아끼던 올레 물통이 메워지면서 주차 공간으로 변했다. 개구리 울던 곳에 차의 시동 소리 요란하다. 손발 씻던 자리와 담뱃대 입에 물고 쳐다보던 어르신들 모습은 보이지 않는다. 올챙이 잡고 웃던 조그만 손은 주름투성이고, 눈은 희미해졌지만, 올레 물통이 있던 자리에 서면 너무나 또렷하게 옛날이 보인다.

배수구, 하수구 시설이 현대화되어 간다. 물을 잘 다스리려는 행정의 모습이 고맙기만 하다. 차를 달리다 보면 여러 곳에 저류조를 본다. 물이 다니는 길을 잘 알고 옛날 올레 물통을 만든 어르신들과 같은 마음이 오늘에 되살아나는 느낌이다. 물을 저장하고 흐름을 완만하게 해서 피해를 줄이는 일이 무엇보다 중요하다. 이왕 만드는 거 삭막하거나 흉한 모습이 아니라 팽나무 한 그루와 그 밑에 쉴 수 있는 정자 하나 놓였으면 좋겠다.

-〈올레 물통〉 중에서

밭일 하고 돌아오다 손발 씻으며 이웃들이 두런두런 정담을 나누던 곳, 올챙이 뜨고 개구리 울던 곳, 동네 사람들이 아끼던 물통이었는데, 곳곳에 상수도가 들어오면서 올레 물통이 메워지고 말았다. 뒤로, 우물물 두레박을 올려 주고 물 허벅 들어 주던 동네 인심마저 말라 가기 시작했다. 우마를 방목해 오던 들판도 버려져 가시덤불로 우거졌다. 대신 삶이 윤택하고 편리해진 것일까. 하지만 일득一得이 있는 반면 다실多失로 많은 것을 잃었다. 사람 사이의 정, 오가는 마음, 주고받는 말이 왠지 예전 같지가 않다.

시대의 흐름에 역행하려는 심산이 아니다. 이왕 변한 것이야 어쩔 수 없다 하나 세월이 얼마쯤 지나 '저류조 밑바닥에 펄이 쌓일 것이면, 거기 연꽃이 피어나고 올챙이가 놀았으면 좋겠다.'고 푸념한다. 근원으로 돌아가려는 의지가 간곡하다. 저류조에 연꽃이 피고 올챙이가 떠다녔으면 좋겠다. 자연은 자연 그대로 있어야 자연하다. 자연의 시간은 인간의 세계를 맑게 회복시키는 힘이 있다. 어떻게든 자연 훼손에서 오는 상처를 치유해야 할 것인데, 암담한 일이다.

해녀들도 신성시한다. 숨비소리도 크게 내지 않으려고 조심을 한다. 외지에서 시집온 해녀가 믿지 않고 드러난 두럭산 위에서 볼일을 봤는데, 갑자기 광풍이 일어났고 범인으로 들통나 많은 욕을

먹는 난리가 난 이후로는 서로 경계하고 더욱 조심한다.(중략)

두럭산 주변은 제법 깊고 많은 해초와 더불어 소라, 전복, 해삼, 오분자기가 많이 모여 산다. 따라서 해녀들 숨비소리도 함께 산다. 할머니, 어머니 숨비소리가 저장된 곳이다. 사리에 전신을 내보이는 날이면 신비하기만 하다.(중략)

가정의 안녕 앞에 모든 걸 희생한 할머니 · 어머니 모습을 그대로 닮은 해녀 아내다. 오늘도 숨비소리를 두럭산에 묻고 온 아내가 죽은 듯 잠든 모습에서 할 말을 모두 잊어버린다.

–〈두럭산 숨비소리〉 중에서

두럭산은 한라산, 청산, 영주산, 산방산과 더불어 제주의 5대 산의 하나로, 김녕리 연안 바다 밑에 있어 한 달 한두 번 사리 때 모습을 드러낸다. 신비의 산이다. 영산 한라산에서 영웅이 나면 두럭산에서는 용마가 난다고 전해 온다. 이곳은 해산물이 풍부해 해녀에게 비옥한 바다 밭이다. 해녀들이 노상 몰리면서 숨비소리 끊이지 않으니, 물질 상군인 화자의 아내에게도 빼놓을 수 없는 인연의 산이다.

표제작인 연유 그러하니, 화자는 독백처럼 뇐다. '오늘도 숨비소리를 두럭산에 묻고 온 아내가 죽은 듯 잠들었다.'고. 칠성판을 등에 지고 물속을 수없이 오르내리느라 지칠 대로 지쳐 잠든 아내인데, 무슨 말을 하랴.

사랑이란 정면에 서는 것이 아니라 옆에 서는 것이다. 옆에 서서 서로에게 간격과 틈을 허락하고, 그 사이로 강물이 들고나고 소리가 스미는 것을 듣는 일이다.

당시 하얀 눈은 빈부 격차 없이 골고루 왔는데, 요즈음은 백을 쓰는가 오름 쪽 아니면 골짜기 쪽으로 많이 가고 해안 쪽은 적게 오는 것 같다. 해안가 마을 마당까지 내려온 노루를 송아지인 줄 알던 시절이다. 지금 생각하면 추억이고 즐겁지만, 눈 치우는 일은 여간 힘든 게 아니었다. 누비저고리와 바지를 입고 눈을 치워 가며 산디(산도)짚을 마당 구석에서 가져가는 모습이 아른거린다. 할아버지의 겨울은 멍석을 낳고, 맹탱이를 낳고, 짚신이 잉태되는 계절이었다.

나무 한 조각이 떨어져 나간 허름한 대문도 그 안에 살던 멍석도 맹탱이도 이젠 보이지 않는다. 지금도 망인들은 짚신을 신고 가는데, 정지 구석에서 만든 짚신은 아니다. 볏짚 산디짚은 흔한데, 노끈 꼬는 사람은 없다. 눈 내리는 겨울에 눈을 감으면, 지금도 멍석 위에서 뒹구는 손자를 보면서 웃던 할아버지가 곁에 있는 듯하다.

-〈할아버지의 겨울〉 중에서

예전 긴 겨우내 한철, 멍석과 멱서리를 잣고 짚신을 삼던 할아버지를 그리워한다. 눈 내리는 겨울에 낮을 밤에 대어 바쁘게 손놀림하던 할아버지의 기억을 회상 공간 너머에 떠올려 놓고는 할아버지가 자아놓은 멍석 위에서 뒹굴던 아잇적 모습도 빼놓지 않았다. 가슴 뭉클하다.

'눈 내리는 겨울에 눈을 감으면'이라 하면서 화자의 여린 감성이

고개를 쳐들더니, 아득한 옛 시절로 오버랩 되고 있지 않은가. 그새 많은 시간은 가고 그것들이 기억으로 쌓였다. 잃어버린 시간의 기억이 추억이고 그리움이다.

손자를 바라보며 웃는 할아버지의 웃음이 한 폭 민화를 대하듯 인상적이다. 세상을 얻은 듯 득의만면한 그 웃음 말이다.

> 어머니는 소리를 좋아하셨고 누가 들어도 가슴을 저미게 했다. 나는 그 노래가 어머님이 가슴속 아픔을 밖으로 뱉어내는 통곡인 것을 몰랐다. 소리가 너무 구슬프게 들려 어린 마음에 별로 흥취도 없고, 슬프다는 것을 느낄 뿐 가사는 알려고도 하지 않았다. 밭에 김을 매면서도 노래를 했다. 어머님이 소리를 할 때만 얼굴에 생기가 도는 이유를 몰랐다.
>
> 나이가 들어갈수록 어머님의 생각이 지워지지를 않는다. 손자들의 재롱을 보면서도 어머님이 보신다면 얼마나 즐거워하실까? 맛있는 음식상에 가족들이 화기애애한 자리에서도 문득 생각이 난다. 지금도 나를 보면서 노래 한곡 조 하겠다고 애절하게 쳐다보던 어머님의 눈빛을 잊을 수가 없다.
>
> -〈어머님의 창부타령〉 중에서

임시찬은 어머니의 노래는 한의 노래였음을 나이 들어야 깨달았다. '누가 들어도 가슴 저미게 한' 노래였으니 예사 노래가 아니었다. 더욱이 선친과의 은원과 애증이 심적 갈등을 낳아 당신이 입으로 부르는 노래가 한 맺힌 노래인 것을 나중에야 알게 된 것이다.

화자는 이 작품의 결말에서 이렇게 토설하고 있다.

"모든 게 내 팔자라고 생각하면서 오직 밤하늘의 둥근 달을 보면서 적적함을 노래하시다가 돌아가셨다. 입으로는 소리를 하지만 뼈 마디마디 한이 서리고 가슴속에 흐르는 눈물을 보이지 않으려고, 애쓰는 소리였다는 것을 많은 세월이 지나서야 알 수 있었다."

'어머님의 창부타령'이라 했으나 실은 뼛속까지 사무치는 어머님에 대한 사랑의 곡진한 마음을 담아낸 진정, 임시찬의 사모곡이다.

어머니에 대한 그리움을 체화体化했다. 상처는 아픔이겠지만 동시에 향기이기도 하다. 그만큼 서정성에서 평가돼야 할 작품이다.

3.

임시찬은 올해 희수稀壽인데도 그에 더해 팔순의 큰 산으로 앉아 있다. 수필이 그의 한 생을 낟가리로 집적해 놓아 살아온 인생의 부피가 크게 만져지고, 재어 놓은 삶의 무게 또한 묵직하다. 무엇 하나 대충 그냥 거들떠보다 뒷전에 미뤄 두거나 겉만을 바라보고 허방치고 돌아앉지 않는 그다. 하나에서 열까지 낱낱이 손이 가고 알음알음 다가가 속살을 파헤쳐 그 깊이를 들여다보는 탐색에 공을 들인다. 그는, 실질에서 진실과 만나려 버둥거리고 사물의 이치에 통달하는 격물치지格物致知의 실천주의자다.

일단, 성과에 만족하는 그의 일상을 수필로 읽는 즐거움이 있다. 그렇게 그의 문학은 독자와의 임의로운 통섭에서 완성을 지향할 것이란 믿음을 갖게 한다. 임시찬은 글쓰기가 삶을 통해 완성되는 것임을 일찌감치 깨달은 작가다.

눈을 뗄 수 없는 것이 있다. 그의 수필에 흐르고 있는 조상에 대한 숭모의식과 혈연에 대한 도타운 애정 그리고 토지에 대한 불변의 신뢰와 고향과 이웃에 대한 사려 깊은 연대감이다.

임시찬이 단지 출생 이후 떠나지 않고 고향의 파수꾼으로 있다는 사실 이상으로 그의 근본에 대한 사고는 견고한 것으로 타자와의 차별성에서 바라보게 한다. 그것은 단순한 것이 아닌 그의 민낯이고 원초이고 시종 간직해 온 아잇적 마음으로서 그의 정신의 밑바닥에 터잡고 들앉은 원형이다.

이제 임시찬은 첫 수필집 『두럭산 숨비소리』로 자신의 책에 이름석 자를 달고 싶던 일차적 소망을 이뤘다. 벅찬 감회를 수습할 차례다. 이제껏 바라보던 시선을 거둬 더 먼 곳으로 눈을 보내야 한다. 과거회상시제에서 미래지향적인 시선으로의 전환. 그는 이제 자신의 문학이 터닝 포인트를 밟고 있음을 깨달아야 한다.

임시찬의 수필은 대개가 과거형이다. 까딱하다 천편일률적인 경험의 나열 수준에 머물기 쉽다. 소재에 대한 해석으로 메시지가 없으면 수필은 문학성을 방기해 버린다. 과거를 회상하던 눈이 미래를 향해 반짝이려면 사뭇 다른 관점이 요구될 것이다. 다시 긴장해야 할 소이所以가 여기에 있다. 스스로 의식이 깨어나야 하리라는 얘기다. 문학처럼 내공을 요구하는 영역도 없다. 짧은 시간에 등단하고 작품집을 낸 집약된 삶의 구도에서, 그렇다고 보폭을 느슨히 내딛어 이완해선

안된다는 주문을 하고 싶다.

하나만 덧대려 한다. 글감의 선택은 작가의 예술적 감각에 의해 차별화된다. 수필이 과거에만 매몰되면 단조롭고 무미건조하다.

에드문트 후설은 "예술가는 타고난 재능을 갖고 있지만 상상력에 불을 붙이지 못하는 지적인 노력 없이는 훌륭한 예술적 성취를 거둘 수 없다."고 했다.

수필이 오로지 체험에만 속박돼서는 안되는 이유다. 체험을 소재로 하되 상상력에 날개를 달 수 있어야 한다. 살아가는 일상의 얘기에 상상을 더하면 그만큼 수필의 외연을 넓힐 수 있다는 뜻이다. 상상과 허구는 다르다. 과거와 일단 결별하기 위한 장치라고 생각해도 좋다. 문학은 수면 아래 비치는 바깥 풍경 같은 것이다. 수필도 문학이므로 예외일 수 없다.

나이테를 보면, 어느 해에 나무가 잘 자랐는지, 어느 해에 나무가 살기 어려웠는지를 알 수 있다. 봄, 여름에는 세포가 크게 자라고 색깔이 옅은데, 겨울엔 세포가 거의 자라지 않아 색깔이 짙다. 임시찬은 '문득 뒤돌아본 회상 공간의 풍경들'에서 눈을 거둘 시점에 이르렀다. 나이테는 암시다. 이제 겨울을 목전에 두고 있음을 마음속에 새겼으면 한다.

생각도 진화한다. 모든 것이 자기중심에 머물렀던 생각이 다른 사람을 향한 쪽으로 바뀌는 것, 진화의 시작이다.

구양수가 말한 삼다三多를 새삼 상기할 필요가 있을 것이다. 많이 읽고 많이 쓰고 많이 생각하는 것, 좋은 수필을 씀에 이만한 훈수가 없다. 문장의 정밀도精密度를 높이고 수필의 품격을 한 계단 올려놓는 것 등이 모두 자기 연마에서 거둬들이는 문학적 성취임을 염두에 둘 일이다.

잘 쓴 수필, 더 좋은 수필에 다가가기 위해 정진하기 바란다.

두륜산 숨비소리

임시찬 수필집

초판인쇄 2018년 3월 26일
초판발행 2018년 4월 02일

지은이 임시찬
펴낸이 노용제
펴낸곳 정은출판
주 소 서울특별시 중구 창경궁로 1길 29 (3F)
전 화 02-2272-9280
팩 스 02-2277-1350
이메일 rossjw@hanmail.net
ISBN 978-89-5824-361-8 (03810)

값 13,000원